Deokure Tamer no Sonohigurashi
出遅れテイマーのその日暮らし
Deokure tamer
6

Deokure Tamer no
Sonohigurashi
出遅れテイマーのその日暮らし
Deokure tamer
6

CONTENTS

Deokure Tamer no Sonohigurashi

PROLOGUE プロローグ

火霊の試練でサラマンダーのヒムカをテイムした俺は、この後どうするか悩んでいた。

「火に囲まれ続けてるのも微妙にストレス感じるし、もう帰りたいが……」

かなり過酷だし、あまり楽しくもない。ここでこれ以上戦うよりも、水霊の試練に行った方が楽しそうだ。あっちは綺麗《きれい》だし、食べ物もたくさん手に入るからね。

ただ、火鉱石とか発泡樹の実は、実験用にもっとあってもいいだろう。火鉱石は火耐性塗料を作るのにも使えるのだ。

「火耐性塗料は、色々と有用そうだよな」

食器や家具にも使えそうだし、防具に使用できたらこのダンジョンの攻略にも役立ちそうだった。そう考えると、もう少し鉱石の数を確保しておいてもいい気がする。

しかし、テイムしたばかりであるサラマンダーのヒムカを迎えに行って、その能力や性格をすぐにでも見極めたい気持ちもあるのだ。

「うーん……？」

このまま火霊の試練の探索を続けるか、一度切り上げるか。

悩んでいた時、俺はあることに気が付いた。

「そう言えば、ルフレとファウはもう直《す》ぐ進化なのか？」

ダンジョンに潜っているうちにルフレとファウのレベルが上がっている。

ルフレが２４、ファウが２３だ。

ルフレがオルトと同じ条件で進化するとなると、あと一つレベルアップすれば進化なんだよな。

ファウはレベル２５で進化と決まっているわけじゃないが、両親であるオルト、サクラともに２５だったことを考えると、その可能性は高いはずだ。

「これは狙っていくしかないだろ」

「フム？」

「ヤー？」

全然分かって無さそうなルフレとファウの頭をナデナデしつつ、今後の予定をまとめていく。

「レベルアップを狙うとなると、ちょっと長くなりそうかな？」

ついでに鉱石や発泡樹の実を確保できたら最高だ。

「うーん、ダンジョンに挑戦を続けるなら、一度火霊門を出て畑に戻る方がいいか」

消耗品の補充など、色々と準備を整えないといけないのだ。

ここで切り上げるのであれば、ＨＰとＭＰを使い切るまでもう数戦こなすだけでいいんだけどね。

長時間戦うとなると、ポーション類がもう残り少ない。

それに、長時間戦闘するなら、ヒムカを連れてきた方がレベル上げにもなるし、今日の分の畑仕事も完全に終わらせておかないといけない。

そう考えて、火霊の試練を脱出した直後であった。

「カタカタ」

出入り口の目の前に、何かが立っている。

「うわあぁ！」

俺は思わず悲鳴を上げてしまっていた。

だって、目の前にいきなり武装した骸骨が立っていたんだぞ。誰だってビビるだろう。しかもその横にはそれなりにリアルなゾンビがいるし！

ゾンビの見た目的にはいわゆる腐った死体ではなく、ウィルス感染系の外見をしている。

まあ、どちらにせよ気持ち悪いことにかわりはないが。青白い肌と、その下に浮き出た青黒い血管。元人間とは思えない、鋭い牙と爪。ヘッドショットしたくなる姿だ。

「あ。すいません。驚かしちゃいました？」

「あ、え？」

一瞬、ゾンビが可愛い声で喋ったのかと思ったが、違っていた。アンデッドの後ろからひょっこりと誰かが顔を出したのだ。

頭のてっぺんからぴょこんと突き出た白い耳。マジックのアシスタントをしているバニーさん風の可愛い系の衣装。メッチャ可愛い、ウサギ獣人の男だった。

そう。男だ。

このゲームは性別をリアルからは変えられないし、初対面でも鑑定すれば性別が分かる。目の前にいる、一見美少女に見えるウサミミさんは、見紛《みまご》う事なき男なのであった。

ウサミミの男。でも可愛い美少年。そして、似合う以外の言葉が出てこないフリフリ衣装。

何だろう、素直にキモイと言い切れないこの感情……。

上半身の装備は、基本は燕尾服風《えんびふくふう》で、そこにフリルなどを足してアレンジしてある。下半身はミニスカートに、黒白のストライプニーソックスだ。そうか、装備の外見はいじれるから、男でもスカートが穿けるんだな。

「どうされました？」

「い、いや、何でもない」

くっ、可愛い顔で小首を傾げて俺を見上げるんじゃない！　やばい扉が開いたらどうするんだ！

まさかゲームの世界で男の娘に出会うことになるとは！

いや、待てよ。ゲームの世界で出会うのは別に変じゃないのか？　むしろ、ゲームの世界にこそいる存在なわけだし、それが当たり前か？

やばい、訳が分からなくなってきた！

「えーっと、そのー、骸骨がいたから少し驚いちゃって」

「すいません。僕の従魔です」

ボクっ娘キター！　いや、違う！　男だから当たり前だった。

もう、おっさんはパニック状態だよ！

「えーっと、従魔を連れているってことはテイマーなのか？」

「いえ、ネクロマンサーです」

「え？　まじ？」

さらに驚きだ！　超不人気職のネクロマンサーにこんなところで出くわすとは！　たしか全体で三十人くらいしかいないって聞いたことがあるぞ。

「はい、まじです。この子たちが証拠ですよ」

「カタカタ！」

「ヴァァァ」

白い骸骨とゾンビがフレンドリーに手を挙げて挨拶してくれた。

めっちゃ怖い。そして気持ち悪い。

実はこのゲーム、この手のスプラッタ&ホラー案件に関しては、プレイヤーからの見え方を変更することもできる。小、中学生や、苦手な人間に配慮した結果なのだろう。他には特定の種類の虫や爬《は》虫類《ちゅうるい》にも、フィルターをかけることができるらしい。

しかもいくつか種類があり、黒っぽい影のように見えるフィルターや、凄まじくマイルドに見えるフィルターなどがあるそうだ。

ただ、ここまでゴースト以外のアンデッドに出くわさなかったので、俺はその設定をデフォルトのままにしていたんだよね。

そもそも、せっかくファンタジー世界に来た気分なんだから、その辺は妥協したくない気もする。今はまだ耐えられるし、今後もっと気色悪いアンデッドが出た時にどうするか考えよう。

「可愛いでしょう？」

「か、かわいい？」

耐えられると可愛いは、雲泥の差があるぞ？

「はい！　動く骸骨とかセクシーですよね！　このタイプのゾンビが速く動く姿とか見てるだけでキュンとするし！」

やばい、何だこいつ。男の娘で僕っ子でネクロマンサーでアンデッド好き？

それぞれの特徴にインパクトが凄まじすぎて、逆にイメージが掴みにくいんだけど。

「改めまして、ネクロマンサーのクリスです」

「えー、テイマーのユートです」

「知ってます！　有名人ですもん！」

語尾に「もん」ってつけるな！　可愛いじゃないか！

「白銀《しろがね》さんですよね？」

「まあ、そう言われることが多いな」

もう、誤魔化すことは諦めたよ。俺はオルトやサクラみたいに、珍しいモンスを連れているからね。とぼけたって、どうせバレるのだ。

「お会いできて光栄です。それにしても、白銀さんはアンデッドをテイムしないんですか？」

「え？　アンデッド？」

「はい！」

クリスは目をキラキラさせながら、ズイと近づいてきた。ハラスメントブロックが機能しているので接触はしないが、メッチャ近い。

「確かに白銀さんのモンスたちは、世間的に言えば可愛いのでしょう！　ですが、僕に言わせれば甘いです！」

「は、はあ」

「脳内で、この小さくて可愛い従魔たちの後ろに、骸骨を足してみてください！　ゾンビでもいいですよ？　どうです？」

「どうですって……」

今にも襲い掛かられそうな「オルト！　後ろ後ろ！」の図にしか思えないんだが。

少なくとも、可愛いという感想は全く浮かばなかった。しかし、クリスにとってはそうではないらしい。

「ステキでしょ？」

超真顔だ。冗談でこの顔はできないだろう。

「そ、そうかな～？」

「そうですよ。可愛い従魔に、さらに可愛いアンデッドを足すんです。すっごく可愛くなるに決まってるんです」

アンデッド好きの趣味は分からんな。

そもそも、クリスはうちの子たちにあまり興味が無いらしい。アメリアやウルスラがオルトたちに向けていた視線にくらべると、その熱量が全く違っている。

アンデッド一筋ってことなのだろう。

「僕のおすすめは第三エリアに登場するプアゾンビですよ！　進化先に、ゾンビとスケルトン、どっちも選べますから！」

「ああ、そう……」

「ゴーストもいいんですけど、やっぱりスケルトンやゾンビにくらべると可愛さが一段落ちますからね」

「えーっと、機会があったら考えてみるよ」

やばい、ここは一時離脱だ。このままでは本気で色々な扉が開いてしまう！　俺はノーマルでいたいんだ！　男の娘もアンデッドも、遠くから眺めるだけで十分である。

「じゃ、じゃあ、俺はこの後用事があるんで」

「あーん。もっとアンデッド談義しましょうよ～！」

あーんじゃない！　可愛い！

い、いかん！　浸食が進んでいる！

「さ、さよなら！」

「次会ったら、ゾンビの可愛さについて教えてあげますね～」

ノーセンキューです！

走れ走れ！　走るんだ俺！

男子を可愛いと感じてしまった自分を忘れ去るため、俺はガムシャラに走る。押しが強めの男の娘ネクロマンサーの影を振り切るのだ。

第一章　火霊門での戦い

数十分後。

気づいたら、始まりの町に戻ってきていた。

いやー、酷い目――というか、不思議な目にあった？　ともかく、疲れた。

「ファウとルフレは、協力して作業してくれ。頼むぞ」

「フム！」

「ヤー！」

ルフレと、その頭の上に腰かけているファウが敬礼を返してくる。この二人には薬草などを使って、ポーションを作っておいてもらうのだ。

その間に、俺はサラマンダーのヒムカを獣魔ギルドに迎えに行く。

「キュ」

「モグ」

いつものように、お供は肩乗りリックくんである。ただ、今日はドリモも一緒だ。まあ、仕事もないだろうしね。

「よーし、新たな仲間を迎えに行くぞー」

「キキュー！」

「モグモ」

リックは元気よく応じてくれるが、ドリモは軽く肩をすくめるとそのまま先にテトテト歩き出した。

ドリモに元気リアクションは期待してなかったけどさ。

むしろ、こういうニヒルなリアクションがいいのだ。いやー、咥《くわ》えタバコじゃないのが残念なほどだ。もしかして煙草を作っていると言っていたマッツンさんから手に入れたら、吸ってくれるかな？

三〇分後。

「ヒム！」

俺の目の前には、元気よく両手バンザイをした赤い髪の少年が立っていた。

男性型なのにちょっと可愛い系とか、ネクロマンサーのクリスを思い出してしまったぜ。

「ヒム？」

「いや、何でもない。これからよろしく頼むぞ」

「キュ！」

「ヒムー！」

俺の足元でシュタッと手を挙げて挨拶をするリックに対して、ヒムカは腰だけを折って前屈《まえかが》みになると、その小さい手をちょんと摘《つ》まんで上下に振った。

「ヒムヒム！」

「キュ？　ギュギュー！」

少々力が強かったようで、思い切り上下に揺さぶられていた。両足が地面から離れていたし、リックが悲鳴を上げている。

「モグ」

「ヒムー！」

「モ、モグ」

ヒムカはリックに続き、ドリモと握手した手もブンブンと上下に振っている。

あのドリモが目を白黒させているな。とりあえずヒムカの元気が有り余っているのと、やや空気が読めないタイプなのは分かった。

その後、畑に戻ったのだが、そこでも全く同じ光景が繰り返されることとなる。

ファウだけはリックと同じ目にあわせるのはヤバいと思って、俺の手の上に乗せてハイタッチをさせた。まあ結局はヒムカの力強いハイタッチに吹き飛ばされ、手の平の上から転げ落ちていたのでどっちがよかったのか分からんが。

全員がヒムカの握手の洗礼を受けた後、俺は納屋の中でヒムカに色々と質問をすることにした。

「俺の質問に、イエスかノーで答えてくれ。イエスなら頷《うなず》いて、ノーなら首を横に振る。オーケー？」

「ヒム！」

ブンブンと何度も頷くヒムカ。理解したらしい。

「ポコ」

「お、チャガマサンキュー」

チャガマが静々と番茶を出してくれた。何だろう、お手伝いさん感が凄い。タヌキのお手伝いさんだ。まあ、普通のお手伝いさんは土足でテーブルには登らんだろうが。

今日は腹がフッカフカだな。どうやらチャガマは、ヘンゲ能力を使って姿やサイズを多少変えることができるらしい。トイプードルくらいのサイズから、オルトと同じくらいのサイズまで変幻自在だ。

姿形も、茶釜から頭や手足が生えた分福茶釜スタイルだけではなく、今のような狸の体で茶釜を背負った亀さんスタイルの場合も多かった。どれも可愛いが、腹毛がある分こっちの方がモフモフ度が高いのである。

「お、ちゃんと湯呑も使ってくれているな」

「ポコ！」

どうやらチャガマのお茶は、六時間に一回しか生み出せないらしい。これでは売り物にはできないので、俺が全て消費することに決めていた。

「じゃあ、質問だ。まず聞きたいのは戦闘ができるのかどうかなんだが。槌術と火魔術を攻撃に使うことはできるか？」

「ヒム」

「無理か」

他の精霊達と同じだ。生産特化なのだろう。

「ヒムー……」

「ああ、そう項垂《うなだ》れるな。予想してたし。生産を頑張ってくれればいいから」

「ヒム？」

「ああ、本当だ。だから落ち込むな」

「ヒム！」

落ち込んだヒムカが、俺の言葉に今度は跳び上がって喜ぶ。元気というか、いちいち感情表現が大げさであるらしい。ルフレと似たタイプかもしれない。

「じゃあ、次の質問だ。ガラス細工、金属細工、には炉が必要だろ？」

「ヒム」

「これって、炉は二つ必要なのか？」

「ヒム！」

首を横にプルプルと振るヒムカ。どうやらそれぞれに一つずつは必要ないらしい。なら、とりあえず安い炉を一つだけ買ってみて、何が作れるか試してもらうのがいいかな？

そう思っていたら、違っていたらしい。

ヒムカが納屋の隅に移動すると、しゃがんで何やらゴソゴソとやり始めた。鼻歌を口ずさみながら腰に下げている火霊の仕事袋に手を突っ込んでいる。

「ヒムムーヒムー！」

「おお！　まじか！」

何と、納屋の隅に小型の炉が出現したではないか。

どうも火霊の仕事袋はアイテムボックス的な能力があるらしい。炉が出て来るとは思わなかった。

これって、もしかして外でも作業ができるのか？　いやでも、装備の耐久値を回復できる鍛冶《かじ》じゃなくて、細工だからな。フィールドで作業できても意味ないか？

「とりあえず、炉は買わなくてもいいってことか」

「ヒム！」

ヒムカがエッヘンと胸を張る。

「なあ。今、何か作ってもらえるか？」

「ヒム？」

「えーっと、この辺の鉱石は使えるか？　銅鉱石なんだが」

「ヒムム！」

俺がインベントリから取り出した一〇個の銅鉱石を、次々と炉に放り込んでいく。

ヒムカが炉の中をかき回すこと約一分。

ヒムカが炉の中から何かを取り出した。シャキーンという感じで、掲げて見せてくれる。

「ヒームムー」

「おお、インゴットができたのか？」

「ヒム」

ヒムカが手渡してくれる。冷ましたりする作業は必要ないらしい。さすがゲーム、お手軽だ。

「まじでインゴットだな」

「ポコ」

チャガマと一緒にインゴットを見つめる。

元となった銅鉱石の品質が低いうえ、炉の性能もそこまで良くはないせいでインゴットの品質は低い。だが、それでもうちでは貴重な金属加工要員だ。

これはテンション上がるね。今後は孵卵器《ふらんき》などに使うインゴットも自力で調達できそうだ。

「それで、このインゴットをどうするんだ？　金属細工ってことは、これで終わりじゃないよな？」

「ヒム！」

ヒムカが自信満々に腕まくりポーズをした。まあ、ノースリーブだから袖はないけど。

ヒムカは、俺が返したインゴットを火魔術で熱しながら槌で叩き始める。金床などはやはり仕事袋から出てきたな。

しかし、仕事に必要な道具を最初から持っているヒムカと、持っていなかったルフレ。この差は何だろう？

簡単に買えるかどうかか？　まあ、オルトの場合はクワだけで十分だから納得できるが……。炉の場合は一分くらいで仕事が終わるが、醸造は数日間かかる。その辺の差なのかね？

「ヒム！　ヒム！」

俺が考え事をしつつも見つめる中、一心不乱にインゴットを叩くヒムカ。

途中で真っ赤に熱されたインゴットをむんずと掴んだ時には驚いたが、炎熱耐性スキルの効果なのか、全く熱がる様子もなかった。

それどころかインゴットを飴細工のように手で伸ばして、形を変化させている。そのまま作業をすること五分。

　俺がお茶を飲み終わって、チャガマのタヌ尻尾をモフモフし始める頃、ヒムカの作業はようやく終了を迎えていた。

「ヒム～！」

「お、できたか？」

「ヒム」

「へえ！　銅のタンブラーか！　お洒落《しゃれ》じゃないか！」

「ポコ！」

　特別な効果などは一切ない単なるタンブラーなのだが、仕上がりも綺麗で非常に美しい。チャガマも感心したように頷いている。リアルだったら何千円もするだろう。

　うちは金属装備を使える面子はいないし、こういった実用品の方が嬉しいかもしれん。

「金属細工は何となく分かった。次はガラス細工を見せてくれないか？　必要な素材はどれだ？」

「ヒムー」

「うん？　もしかして、インベントリの中にも素材が無いのか？」

「ヒム～」

　色々と鉱石を並べてみたんだが、ガラス細工に必要なものが足りていないらしい。その後、陶磁器作製を試そうとしたんだが、こちらも無理だった。やはり素材不足であるようだ。

「仕方ない。生産系の確認はここまでにして、ダンジョンに戻るか……。ヒムカ、戦闘では壁役を頼むことになるが、大丈夫か？」

「ヒムー！」

力こぶポーズで飛び跳ねるヒムカ。やる気は満々であるらしい。炎熱耐性もあるし、ヒムカの働きによってはダンジョン攻略が楽になるかもしれないな。

まあ、その前にアリッサさんのところにダンジョン関連の情報を買いに行くけどね。

「じゃあ、俺たちはいくな。留守番を頼むぞチャガマ」

「ポンポコ！」

チャガマに別れを告げた後、俺はアリッサさんの店にやってきていた。同行者はヒムカ、リック、ドリモだな。オルトたちはまだ畑で仕事をしてくれている。

「いらっしゃい。火霊門の情報でしょ？　売ってくれる？　それとも買う？」

アリッサさんが、開口一番そう言ってきた。

「は、話が早くて助かります」

「ま、その子を見たらね」

「ヒム？」

サラマンダーのヒムカを連れているだけで、色々と見破られてしまったらしい。

「しかもその髪色、ユニーク個体でしょ？」

見ただけでそこまで理解するとは……！　さすがです。

「いやー、売れる情報は正直ないんですよね。隠し部屋の情報はどうです？」

「持ってるわね」

「ですよね～」

最初の部屋にあるわけだし、ほとんどのパーティがあの部屋を見つけているだろう。

最初に隠し部屋の情報を売りにきたパーティは、部屋の探し方まで俺たちと一緒だった。考えることは皆一緒なんだな。

出現モンスターの情報も採取物の情報も、俺が持っている情報は全て知られていた。

ワンダリングロックのビリヤードアタックなんかは、やはり他のパーティも苦労しているらしい。水の用意が足りず、死に戻りが出ているパーティも多いみたいだ。

「でも、テイムしたユニーク個体のサラマンダーを連れてきたのは、ユート君が初めてよ？」

「じゃあ、ヒムカの情報は売れますね」

「ぜひ売ってほしいわ」

「ヒム！」

ヒムカがアリッサさんに両手バンザイで挨拶をする。

それを見たアリッサさんもホッコリ顔だ。

「ヒムカちゃんていうのね。いえ、ヒムカくんかしら？　可愛いけど、男の子よね？　ボーイッシュな女の子？」

「モンスに性別があるかは分かりませんが、一応男性タイプだと思います。他のサラマンダーもそうですから」

「また色々と人気が出そうな……。それで、どんな能力なのかしら？」

「ええっと、こんな感じです」

ヒムカのステータスを見せると、アリッサさんが驚きの声を上げた。

「陶磁器作製まで持ってるの？　さすがユニーク個体ね！」

「じゃあ、普通のサラマンダーは陶磁器作製がないんですね」

「ええ。うちのカルロがすでに通常個体のサラマンダーをテイムしたけど、このスキルは持ってなかったわね。それに、ヒムカくんの方がステータスも微妙に高いわ」

陶磁器作製のスキルがレアなのか。でも、素材不足のせいで使えないんだよな。

「陶磁器作製スキルを使用する条件は何ですかね？　色々と素材を見せたんですけど、陶磁器を作れないみたいなんです」

「えーっとね、まずは粘土ね。それと水。あとは釉薬《うわぐすり》。で、最後に窯で焼くのよ」

結構色々と必要だったらしい。

「窯か……。ヒムカ、火霊の仕事袋に窯は入ってるか？」

「ヒム～……」

窯は持っていないらしい。まあ、本来の初期スキルに陶磁器作製はないようだし、仕方ないか。

「となると、窯は買うとして……」

「素材の入手場所も知りたい？」

「ぜひ」

「毎度あり。えーっと粘土は第三エリアで採取できるわよ？」

「第三エリアだったらどこでもいいんですか？」

「いえ、西と南だけよ」

第三エリアは少し特殊な構造をしている。このエリアにはいわゆるフィールドがないのだ。エリアの半分を東西南北の町が占め、町を抜けると第四エリアへと続くダンジョンが姿を現すのである。

つまり、粘土は西と南のダンジョンでの採取品ということなのだろう。

ダンジョンに関してはあまり詳しく知らないが、それなりに長いダンジョンだとは聞いている。

「水はどこでも手に入るからいいとして、釉薬は塗料でも代用できるらしいわよ。というか、なしでも素焼きの陶器が作れるらしいから、これは色とか効果にこだわる場合に使う感じかしら？」

塗料でもいいなら、釉薬は問題ない。

となると、粘土と窯が必要なわけか。まあ、窯はレンタル生産場の施設を借りてもいいかな？

レンタル生産場は、その名の通り生産設備を借りて生産活動を行える施設の事だ。一時間幾らという感じらしい。

長い目で見れば買った方がいいんだろうが、ある程度のレベルの設備を使えるうえ、置き場所などを考えなくともいいので、結構利用者が多いという話だった。

陶磁器作製を試すだけだったら、レンタルでいいだろう。

そもそも、窯を設置する場所が無いのだ。ヒムカの持っている持ち運びが可能な小型炉のような、小型窯でもあれば便利なんだが……。いや、もしかしてあるのか？

「あの、持ち運びのできる小さい窯とかってありますかね？」

「あるわよ。高いけど」

「高いんすか」

「ええ、普通に一番安いのでも五万Gから。しかも性能は最低っていう。同じ性能でも設置タイプの窯だったら二五〇〇Gで買えるわね」

「ああ、なるほど」

それはちょっと購入を躊躇《ためら》ってしまうな。まあ、粘土を入手して、レンタル生産場で試してみてからどっちを買うか考えよう。五万のやつが買えない訳じゃないし。

あと、ついでだからガラス細工に関しても聞いちゃおうかな？

「次はガラス細工に関して聞きたいんです。これも素材が足りないみたいなんですけど、必要な物って分かりますか？」

「もちろん。と言っても、とても簡単だけどね。珪砂《けいしゃ》か石英のどちらかと炉があれば作れるわね」

「それだけですか？」

「ええ。色や効果を付加するために、鉱石を混ぜたりもできるみたいだけど、これは釉薬と同じでなくてもいいわ」

「珪砂と石英はどこで手に入ります？」

「これも第三エリアで調達できるわよ。東と北ね」

つまり、第三エリアに行けば、陶磁器もガラスも、素材は取りあえず手に入る可能性が高いってことか。ダンジョンに行かなくったって、町の露店なんかで買えるだろうしな。

俺はその後、ダンジョンの攻略に関して情報を軽く聞きつつ、露店を後にしたのだった。あ、因みに情報料はプラマイゼロだ。ヒムカの情報を意外と高く買ってくれたんだろう。

「じゃあ、戻るか」

「ヒム！」

「キュ！」

「モグ」

俺とヒムカがアリッサさんと話している間、他の二人は大人しく待っていたんだが、リックはドリモのヘルメットの上に張り付いている。ツルツルのヘルメットにしがみ付くのが楽しいらしい。尻尾が顔の前でファサファサと揺れて、ドリモは微妙に迷惑そうだ。

「ドリモ、すまんな」

「モグ」

「キュ？」

気にするなって言う感じで、軽く手を挙げるドリモ。大人な対応だぜ。

そして、相変わらず尻尾でドリモの視界を遮りながら、小首を傾げるリック。君はもう少し大人になりなさい。ドリモのヘルメットにへばりつくリックの姿はなかなか愛くるしいから、俺的には全然構わないんだけどね。スクショをメッチャ撮っちゃったよ。

アリッサさんはおまけで、第三エリアのダンジョン情報も少し教えてくれた。名前と傾向程度だが。

東の町の先にあるのが火獣の巣。砂地に火炎属性のモンスターが出現する、不人気エリアであるらしい。砂地では足をとられることが多く、それが人気のない理由であるそうだ。ただ、珪砂が採取できる可能性はここが一番高いらしいので、行くことはあるかもね。

北の町の先にあるのが、強風の路《みち》。常に風が吹いていて、移動が阻害されたり、飛び道具の軌道に影響がでたりするらしい。かなり面倒そうなんだが、珪砂を入手するためにはここも訪れる必要があるかもしれない。

西の町の先は、廃棄坑道という名前のダンジョンだ。ここは攻略が最も進んでおり、マップや隠し要素もほぼ出尽くしていると言われている。その理由がノームだ。β時代はこのダンジョンにノームが出現していた。それ故、ノームを求めるテイマーのお姉さま方が、執拗《しつよう》なまでに隅々まで調べ尽くしたという。ここでは粘土が採取できるそうだ。

南の町の先が地下水路。その名の通り、水路のようなダンジョンで、場合によっては完全に水没した道を進まなくてはいけないそうだ。俺はそこまで苦にしないが、うちの子たちはどうだろうな。粘土が採取できるらしいが、ここを無理やり攻略するよりは、攻略情報が完璧に揃っている廃棄坑道に行く方が楽だろう。

「まあ、とりあえずは火霊の試練だ。頑張るぞ。ヒムカも、頼むな？」

「ヒムム！」

「モグモ！」

「キュー！」

「ああ、お前らも頼りにしてるから、ローブを引っ張るなって！」


それから三〇分後。

俺たちは再び火霊の試練に戻って来たのだが、大問題が発生していた。

問題の元は、初めて戦闘に参加したヒムカではない。むしろヒムカは思いのほか活躍していた。

盾役としての能力は、進化前のオルトとほぼ同じなのだが、炎熱耐性のおかげで燃焼状態にならないのだ。このダンジョンでの盾役としては、非常に優秀だった。

攻撃力の低いファイアラークであれば、安心して任せることができるだろう。

問題はヒムカではなく、サクラであった。木の精霊であるサクラが火属性のダンジョンでどこまで戦えるか、様子見のつもりで連れてきたんだが……。

「～！」

「またか！　ほらサクラ、水だ！」

「――……」

どうやらサクラは燃焼状態になりやすいらしかった。ファイアラークやサラマンダーの攻撃ですぐに燃えてしまう。水属性のルフレが燃焼にならないのと逆だ。

二戦に一回は燃焼状態になってしまい、その火を消し、傷を癒すために俺とルフレのＭＰが凄まじい速度で減っていった。

しかも、ファイアラーク、サラマンダーは樹属性の攻撃に耐性があるらしく、サクラの攻撃の威力は半減だ。

今回、パーティはヒムカ、サクラ、ルフレ、ファウ、ドリモ、オルトの構成である。クママが外れた分、サクラに頑張ってもらうつもりだった。盾役と攻撃、サクラの能力ならどっちも問題ないはずだったんだが……。

サクラとこのダンジョンの相性が悪すぎて、クママの代わりが全く務まっていない。

リックの代わりにヒムカが入ったことで、より火力も落ちている。一回の戦闘にかかる時間が倍近くなっていた。

戦闘が長引けばダメージも多く喰らうし、燃焼になる可能性も高くなる。結果としてＭＰやアイテムの消費も上がるのだ。

「うーん、メチャクチャ効率が悪いな」

「――……」

「ああ、サクラ、そんな悲しそうな顔をするな。お前のせいじゃない。最初から相性が悪いことを知っていて、連れて来た俺が悪いんだ」

「――」

「そう自分を責めるな。な？」

「――」

慰めても、サクラは首を横に振って悲し気な顔をしていた。これは、このまま探索を続けていたら、好感度が減少したりしてしまうかもしれない。

それに、心臓にも悪い。だって、美少女が火達磨《ひだるま》になっているんだよ？　何度見ても慣れないのだ。

しかも焼け跡が痛々しすぎる。

燃焼状態になった後、しばらくの間黒い煤《すす》が付いたような焦げ跡のエフェクトが消えないのだが、美少女の姿をしているサクラは他の子たち以上にその姿がリアルなのだ。

リックやドリモ、クママの場合は毛皮がちょっと汚れただけに見えるし、オルトは泥んこ遊びをした後にしか見えないんだけどね。

結局、俺たちは一度畑に戻り、サクラの代わりにクママを加えることにした。

今後はフィールドやダンジョンと、モンスの相性をもっとしっかり考えなきゃダメだな。

「はぁ……。サクラには悪いことをした」

別れ際の、サクラの悲し気な表情が頭から離れん。

「ムム」

「慰めてくれるのか？」

「ヒム」

「クックマ」

「フム～」

「モグ」

「ラランララ～♪」

皆が慰めるように俺の足をポンポンと叩いてくれる。ドリモは手の甲で軽くだけどね。ルフレの頭の上に載っているファウが、盛り上げるような軽快な音楽を奏で始めた。

皆の心遣いが嬉しいぜ。

「よし、気を取り直して、ダンジョン行くか」

「ムム！」

「ヒム」

うちの子たちとスキンシップしながら、再び火霊門をくぐる。

サクラには悪いんだが、クママが入ると安定感が違っていた。サクサクと攻略が進むのだ。リックがいないので採取の効率は落ちたが、火霊の試練で戦うなら現在のメンバーがベストであろう。

そのまま戦闘を続けること数度。

「フムム～ム～！」

「よし、レベルアップだ！」

「フム！」

そして進化である。

どうやら精霊門の四大精霊たちは、25レベルで進化であるらしい。

「えーっと、進化の前にスキルを覚えたか」

オルトは10レベルで収穫増加を覚えたが、ルフレは25レベルで新スキルを習得していた。ここは精霊でも微妙に違うんだな。

「水中行軍スキル？　これは凄いな」

パーティメンバーの水中での行動力を上昇させるスキルだった。呼吸が長くなり、泳ぎも上手くなるってことだろう。水中での探索が非常に楽になるスキルだ。

「しかも進化するわけだろ？　ワクワクしてきた！　ルフレの進化先は何があるかな～？」

ステータスウィンドウから、ルフレが進化できる種族を確認してみる。

オルトの場合は四種類だったが、ルフレはどうだ？

「えーっと、ウンディーネクッカー、セルキー、ウンディーネフロイラインか」

予想通り、進化先は三つだった。ルフレからはまだ従魔の心をゲットできていないので、好感度マックスで選択できる進化先がまだ解放されていないのだ。

おそらく正当進化と思われるクッカーは、醸造、料理スキルが上級になり、水魔術が特化になるらしかった。

また杖術・特化が追加され、覚えるスキルを選択できた。選択肢には料理特化らしいスキルが並んでいる。

セルキーは確かアザラシの皮を被った海の妖精だっけ？　萌え方面に寄せれば着ぐるみ系かな？

リアルに寄せたら、結構キモイかもしれない。

能力的には水中探査特化かな？　釣り、水魔術、水中行動が上級となり、水中探査、杖術を覚えるらしい。しかも戦闘行動も解禁になるので、一気にパーティ戦闘力が上昇するのが魅力だな。

ただ、本命はユニーク進化先である次のウンディーネフロイラインだろう。フロイラインってどんな意味だっけ？　調べてみるか。

「ふむ……ドイツ語でお嬢さんか」

しかもウンディーネっていう言葉もドイツ読みだったという記憶がある。それに合わせたのだろうか？　ぶっちゃけ、ゲームの中は語感や知名度が優先なので、言語なんかメチャクチャだけどな。

「やはりユニーク進化先は、通常進化先二つの中間みたいなスキルか」

名前：ルフレ　種族：ウンディーネフロイライン　基礎Lv25
契約者：ユート
HP：70／70　MP：88／88
腕力10　体力11　敏捷17
器用21　知力20　精神19
スキル：醸造、水中行動・上級、調合、釣り、発酵、水魔術・特化、料理・上級、水中行軍（20）、治療者、醸造促進
装備：水精霊の杖、水精霊の羽衣、水精霊の髪飾り

水中行動、料理が上級に、水魔術が特化に進化し、治療者というスキルを覚える。そして残った枠を自分で選ぶことができた。

オルトの進化先に選んだノームリーダーも、ノームファーマー、ノッカーの通常進化先の良いとこ取りであったが、ウンディーネフロイラインも、クッカー、セルキーの良いとこ取りだな。それに、治療者がかなり凄い。

治療者：スキル使用中、魔術、アイテムでのＨＰ回復量にボーナス。パーティメンバーが多い程、精神力上昇。スキル使用中、隠れ身効果あり。

回復役のルフレには相当有用なスキルである。隠れ身のスキルがあるおかげで、敵からの被弾も減る。オルトの守護者も相当強力なスキルだし、この治療者もきっと強いだろう。

「これは一択だな」

俺はユニーク進化を選ぶことにした。

「ルフレ、行くぞ！」

「フム！」

「進化、開始だ！」

「フムー！」

白い光を放ち、ルフレが進化を開始する。

「ほぉー」

光が収まると、進化によって姿が変わったルフレが立っていた。

身長は伸びたな。一四〇センチちょいくらい？　ほぼ俺と同じだ。

着ている羽衣も、薄水色地に藍色の模様なのは同じだが、より複雑な模様に変化した。あと、所々にヒラヒラが増えたかな？　より女性的になったと言えるかもしれない。

「おー、可愛くなったじゃないか」

「フム～！」

俺が褒めると、ルフレが満面の笑みを浮かべてピョンピョン飛び上がって喜ぶ。外見は少しお姉さんになったのに、天真爛漫《てんしんらんまん》なところは変わらないみたいだった。

「ルフレ、成長した能力がどんなものなのか、ぜひ見せてくれ！」

「フム！」

その後、戦闘で能力を確かめたのだが、やはり治療者のスキルが強かった。

回復量が増すことで、ＭＰが相当節約できるようになったのだ。進化したことでステータスが増したこともあり、アクアヒールの回復量は倍近くなっただろう。

しかも隠れ身の効果があるおかげで回復行動をしても敵のヘイトをそれほど集めなくなり、回復を邪魔されることも無くなった。そのため、燃焼の回復もスムーズに行える。

今後、他のフィールドやダンジョンでもヒーラーとして活躍してくれることだろう。

そのままさらに戦い続けること一時間。

今度はファウがレベル25に達していた。ルフレと同様に、新スキルを覚えたな。同時に、進化も可能になっている。

「ヤー！」

自分でも進化可能になったのが分かるのだろう。ファウは俺の頭の上でスナフキン座りをして、ジャカジャカとリュートをかき鳴らして喜びを表現している。

「新スキルは広域音響？」

どうやら、音をより遠くに届けられるようになるスキルらしい。

歌唱や演奏の効果範囲が広がるスキルってことか？　いまいち利用価値が分からない。いや、例えばレイドボス戦なんかだと、より多くのメンバーにバフを与えられるのかもしれないな。

あとは単純に、宴会時により盛り上がるようになったかもしれん。会場が広くてもファウの音楽がきっちり聞こえるようになっただろうしね。次のお花見があるかは分からないが、その時は活躍してくれるだろう。

「お次は進化なんだが……選択肢は二種類しかないか」

ルフレの時もそうだったが、好感度マックスで解放される進化先を待つかどうか、ちょっと悩むんだよね。

ルフレはユニーク進化先があったから問題ないが、ファウの場合は通常進化先のみだ。

ただ、リックのように好感度がマックスになるのに特定のアイテムが必要な場合もある。正直、い

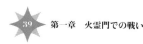

つファウの好感度がマックスになるかは分からなかった。

「だったら、普通に今進化させちゃうか。進化すれば強くなるのは間違いないんだし」

ピクシーから選べる進化ルートは、フェアリーとコロポックルの二種だった。

どちらも可愛いことは間違いなさそうだな。あとは能力がどう変わるかだ。

まずはフェアリーから見てみようかな。

「ふーむ……お？　スキルに飛行があるな。もしかして飛べるようになるのか？」

フェアリーだもんな。むしろフェアリーで羽がなかったら、運営に苦情が殺到するだろう。

ただ、飛行が手に入る代わりに跳躍スキルが消えてしまうみたいだった。いや、跳躍が飛行に進化するって事かな？

さらに歌唱が上級に変化し、回避、気配察知、幻惑のスキルを覚えるようだ。

幻惑は敵からファウへの命中率を下げるスキルらしい。パッシブスキルなので効果はそこまで強力ではないだろうが、不意打ちなどで致命的な一発を貰う確率が下がるのは嬉しかった。

幻惑と回避、気配察知を併せれば、被弾率が大幅に下がるだろう。

ファウはＨＰと防御力が低いし、かなり嬉しいスキル構成だ。テンション上がるね。というか、羽の生えた妖精さんになるというだけでテンションマックスだが。

「さて、フェアリーはかなり魅力的だが、コロポックルはどうだ？」

こちらには飛行スキルがない。行動力はピクシーと同じくらいってことか。

代わりに演奏、隠れ身が上級となり、採取が採集へと変化する様だ。さらに弓術、釣りのスキルが加わる。

小人のままだとすると弓術がどの程度強いかは疑問だが、採取系が伸び、遠距離攻撃も充実するわけか。そのかわり飛べないと。

「うーん……ここはフェアリーにしておこう。うちはまだ飛行系のモンスがいないし」

コロポックルも気になるんだけどね。

アイヌの民族衣装風の装備を身に着けたファウ。心魅かれるものがあるよね。次にピクシーを手に入れることがあったら、絶対にコロポックルを選ぼう。

「じゃあ、進化だファウ！」

「ヤ！」

進化を選択すると、ファウが光り輝いた。ただ、俺の頭上にいる状態で進化させてしまったので、いまいち見えん。せめて手の上とかに下ろせばよかったぜ。

名前：ファウ　種族：フェアリー　基礎Ｌｖ２５
契約者：ユート
ＨＰ：５８／５８　ＭＰ：８８／８８
腕力６　体力６　敏捷２８
器用２６　知力２２　精神１９
スキル：演奏、回復、隠れ身、歌唱・上級、聞き耳、採取、火耐性、火魔召喚、夜目、錬金、広域音

響、飛行、回避、気配察知、幻惑

装備：羽妖精のリュート、羽妖精の衣、羽妖精の首飾り

「ヤー！　ラッランララ～♪」

光が収まり、ファウがリュートの音を高らかにかき鳴らす。進化が終わったらしい。俺には見えないけど。

「ファウ、こっちに下りてくれ」

「ヤー！」

俺が両手を揃えて差し出すと、その上にファウがパタパタと羽を羽ばたかせてゆっくりと下りてきた。

「やっぱり羽が生えたか！」

「ヤ！」

背の高さや、赤いフワフワの髪の毛などに変化はなかった。

だが、トンボのような羽が背中に左右二対、計四枚生えたことで、その印象は大きく変わっている。羽は膝下くらいまでの長さがあり、意外と大きかった。

それ以外だと、服装はかなり変化したな。

元々身に着けていた青い半袖半ズボンは、青いレオタードのような形に変わっている。いや、腰にはミニスカートのようなヒラヒラがついているから、チュチュってやつに近いのだろうか？

チュチュのヘソあたりから首元までが開いており、何というかスニーカーの紐のような感じの飾りがついていた。肩紐はなく、前から見るとVの字に見える。さらに背中が羽を出すために大きく開き、露出度がさらにアップしていた。

体型がお子様な上にフィギュアサイズなので、色気みたいなものは全くないけどね。むしろこれに色気を感じるやつは業が深すぎるな。かなりの上級者であろう。

それ以外だと、服の上から羽織っていたポンチョ風のマントが無くなり、代わりに首に金属のチョーカーや、足にはサンダルの代わりに茶色のブーツを履いている。

イメージとしてはスナフキン感が大きく減り、妖精感が増したかな。

ああ、リュートも少しだけバージョンアップしたぞ。これまでは良く言えばシック、悪く言えば地味な茶色一色のリュートを使っていたんだが、縁などが赤に塗られ、少し綺麗になった。性能も上昇しているだろう。今からファウの演奏が楽しみだ。

「じゃあ、帰る前にファウの能力も確かめようか？」

「ヤー！」

羽が生えたのに、俺の頭の上に座るのはやめないのな。

そんなファウの戦闘スタイルは、これまでとは全く違うものに変わっていた。

いままでは後方で演奏をしつつ、火魔召喚で攻撃をするパターンだった。だが、何とファウが前に出たではないか。

敵の前を飛び回りながら、演奏と歌唱を使い出す。

当然、敵のヘイトはファウに集まりやすく、狙われてしまった。だが、そこからが凄い。何と、敵の攻撃を避けまくるのだ。元々小さいうえに飛行で小回りがきき、回避、気配察知、幻惑で回避率も高い。それゆえ、敵の大ぶりな攻撃には当たらないのだろう。

ファイアラークの火の粉や、狂った火霊の放つ散弾のような範囲攻撃はさすがに食らってしまうが、その手の早くて当てやすい攻撃は威力も低いので、そこまでの脅威ではないらしい。火耐性も持っているので燃焼状態にならないのも大きいだろう。

避けタンク+バッファーという、不思議な戦闘スタイルを確立していた。今後、敵が強くなった場合にどこまで通用するかは分からないが、火霊の試練ではかなり頼もしい。

さらに歌唱が上級になったことで、バフの効果も上昇している。ドリモの必殺コンボが炸裂《さくれつ》したとはいえ、狂った火霊を一撃で倒した時には驚いたね。

その分MPの消費が増えたので、調子に乗っていたらあっと言う間にマナポーションが無くなりそうだが。

「ルフレもファウも強くなったな」

「フム！」

「ヤー！」

このダンジョンでは色々と苦労させられたけど、結果的には戦力も向上して、色々と収穫の多いダンジョンだったな。

進化した二人のおかげで火霊の試練がぐっと楽になったし、このままここでもう少し狩りを続けるのもいいかもしれない。でも第三エリアも行ってみたいし……。

そう言えば、リアルで明日はＬＪＯの追加生産分の発売日だ。

ゲーム内でもあと数日で第二陣が大量にゲームに参加してくるだろう。

だったら、第三エリアが混み合う前に攻略しておいた方がいいかもしれないな。

「うーむ。進化と素材、どっちも目標達成したし、とりあえず畑に戻って色々と実験をしようかな」

発泡樹の実も火鉱石も、それなりの数が集まってるのだ。

そうして始まりの町に戻ろうとしていたんだが、途中で一つ思ったことがある。

それは、第三エリアにある、東西南北それぞれの町を全然探索していないということだ。

今のところ、第二エリアの精霊門に戻るために、転移した後はほぼ通り抜けているだけだからね。

東の町には毎朝畑仕事をしに行ってはいるが、畑の周辺以外は詳しくは知らない。

一応、アリッサさんからもらった町の地図もあるけど、実際見て歩いた訳じゃない。

第二陣のプレイヤーで混み合ってしまう前に、自分の足で散策してみた方がいいかもしれない。

粘土や珪砂を探すという名目もあるし、実験が終わったら行ってみようかな。

そんなことを考えながら納屋の前に戻ってくると、その前で蹲《うずくま》っている人影があった。

誰だ？　フレンドの誰かだと思うけど……。

近づいてみると、どうやらチャガマと遊んでいるらしい。喉を撫でられたチャガマが、気持ちよさげに目を細め、地面にダラーンと寝っ転がっているのが見えた。

「ポコ～」

「くくく、ここがいいのかしら？」

「ポ、ポコッ！」

「こっちはどう？」

「ポン」

「くくく、良い表情ね……」

爆弾魔のリキューだった。さっそくうちの子たちと触れ合いにきたらしい。言葉だけ聞くと非常に怪しいが。

「リキュー、来てたのか」

「くく、お帰りなさい白銀さん。火霊門かしら？」

「よく分かるな」

「南の森を突破しようとしてたし、今日は火の日だもの。少し考えれば分かるわ。くくく」

「ああ、なるほど」

俺と会話をしながら、リキューはチャガマを撫で続けている。長い前髪の間からのぞく目は、喜色に満ちている。

「チャガマが気に入ったのか？」

「この子、チャガマって言うのね」

「分福茶釜って言う妖怪なんだが、ちょっと呼びにくいだろ？　だから俺がチャガマって呼んでるだけだ」

「妖怪？　ＮＰＣってことは、テイムしているわけじゃないの？」

「ああ――」

俺はチャガマを手に入れた経緯をリキューに説明した。その前に早耳猫の掲示板を確認したら、もう情報が一般公開されていたので問題はないだろう。

「そ、そんなことが……。人混みなんて絶対無理だから行かなかったけど……。次のオークションは絶対に行かなくちゃ」

「頑張ってくれ。でも、妖怪なら探せば他にもいるかもしれないぞ？　スネコスリとか」

「ダメよ。茶釜じゃないと！」

「え？　タヌキが好きなの？」

「くくく……。チャガマ……平蜘蛛《ひらぐも》……」

「ああ。そういう」

自爆弾正《だんじょう》さんね。千利休《せんのりきゅう》だけではなく、松永久秀《まつながひさひで》リスペクトでもあったらしい。メッチャお似合いだけどさ。

「おいおい、チャガマに火薬詰めて自爆兵器をつくったりするつもりじゃないだろうな？」

「くく。大丈夫よ。それは妖怪じゃない茶釜で試すから。くくくく」

「……ポコー」

リキューを見上げるチャガマの表情が曇っている。自らをサワサワと撫でながら含み笑いを漏らすリキューに怯えているらしいな。

チャガマのためにも話題を変えなくては。

な、何か興味を引きそうな話題はないか？

「あー……そうだ！　リキューにおすそ分けがあったんだ！」

「おすそ分け？」

「そうそう。これなんだが」

「これは！　番茶じゃない！」

よかった、やはり食いついたか。俺がインベントリから取り出した番茶を見た瞬間、リキューが素早い動きで立ち上がった。そして、俺の差し出した湯呑を手に取り、見つめている。

その隙にチャガマがササッと逃げていった。撫でられている時はあんなに気持ちよさげだったのに、茶釜爆弾の話が余程恐ろしかったらしい。

もしかして自分が爆弾にされるとでも思ったのだろうか？

ただ、それに気付かないほど、リキューの視線は番茶に釘付けだった。

「こ、これ、頂いてもいいのかしら？」

「ああ、どうぞ」

「では……ズズ」

たかが番茶に大げさなとは言うまい。俺だって、最初にゲームの中でお茶を飲んだ時には嬉しかったのだ。

「くくく！　緑茶だわ！」

「喜んでくれたみたいでよかったよ」

「ど、どこで手に入れたの？」

「それはチャガマが出してくれたんだよ」

チャガマにハーブティーを供えると、代わりに出してもらえると説明する。あ、そう言えばこの情報はまだアリッサさんに売ってなかったかも？　まあ、リキューに口止めしておけばいいか。

「くくく。誰にも言わないわ。これでも口は堅い方なの。ねえ白銀さん、お茶は販売できるほどはないのよね？」

「あ、ああ。すまんが」

「くくく。了解したわ……。でも、そう……オークションね。爆弾を大量に売りさばいてお金を貯めなきゃ。それに平蜘蛛用の茶釜も手に入れたいわね」

ああ、茶釜を利用した爆弾は平蜘蛛って名付けるつもりなのね。それと、何が何でも次回のオークションで茶釜を手に入れるつもりであるらしい。

「くくく。これはとっとと火霊門に行かなくちゃ。絶対にいい素材があるはずだもの」

「火結晶は持ってるのか？」

「くく、大丈夫よ。爆弾の素材になるから、いくつか確保してあるの」

あの高価な火結晶を爆弾の素材にするのか？　さ、さすが爆弾魔。でも、威力はきっと凄まじいんだろうな。

「でも、どうして火霊門に行かなかったんだ？」

自分で言った通り、爆弾素材があると確信しているなら、もっと早く行けばよかったのに。

「くくく……人混みが怖いからよ」

「ああ、なーる」

確かに早く行き過ぎるとプレイヤーの数も多いか。俺みたいなスタートダッシュタイプの人で混雑していたのだ。

「白銀さんは火霊の試練に行ってきたのよね？　爆弾に使えそうな素材はあったかしら？　くくく」

「えーっと……見せた方が早いな」

俺は、火霊の試練で手に入れた素材を全てリキューに見せてみた。それほど多くはないが、リキューは目を輝かせている。

「凄いわね……。火属性のアイテムばかり。くくく」

「あと、これとかどうだ？　木実弾で使用すると、小さく爆発するんだよ」

「発泡樹の実？　へえ。それは良いことを聞いたわ。くくく、良い爆弾が作れそう」

リキューの表情が完全にマッドサイエンティストだ。

髪の間からのぞく、見開かれた目が怖い。

「じゃあ、早速行ってみるわね。情報、感謝するわ。くくく」

「いや、リキューの爆弾には助けられたからな」

ただでもらった爆弾であっさりとフィールドボスを倒せたんだし、このくらいは大したことじゃない。そう思ってたんだけどね。

「くくく。じゃあ、これはお茶の代金と情報料の代わりよ」

「え？　いやいや、大した情報じゃなかったし」

「くくく。そんなことないわ。お茶は素晴らしかったもの」

「いや、でもこれって」

「私の最高傑作よ。じゃ」

「あ、ちょっとリキュー？」

「くくくくくく――」

行ってしまった。俺に黒光りする爆弾を押し付けて。

しかも、前に貰った爆弾とは形状も名前も微妙に違うな。その名も小型火炎爆弾・リキュースペシャル改。

「改の字が怖すぎるんだが」

通常タイプでさえ爆発に巻き込まれそうになってビビったのに、スペシャルな改良版はどれほどの威力なのか……。というか、通常版でさえまだ一つ余ってるんだぞ。

「まあ、いざという時の切り札だな」

今は予定通りに実験に取り掛かろう。何から検証するか考えてみると、俺の考えていた以上に未検証のことが多かった。

まず最初に取りかかったのは、発泡樹の実を使った実験だ。

ああ、ちゃんと苗木分は確保して、畑に植えてあるぞ。

「では、発泡樹の実をそのまま食べてみるか」

そもそも食用に適しているのかが問題だ。何せ爆発する果実なわけだしね。

「切ったら爆発したりしないよな？」

ちょっとビクビクしながら発泡樹の実に包丁を入れる。どうやら切っても平気みたいだ。

軽くシューッという音が鳴った時には警戒したが、単純に中の炭酸的な物が抜けた音であるらしい。

「味は……ちょっと苦いか。しかも青臭い」

「ギキュ……」

「ヤー……」

「モグ……」

うちの子たちの中でも、発泡樹の実を食すことができるリックとファウ、ドリモにも食べてもらったのだが、やはりお口には合わないらしい。

三人とも実を飲み込んだ後、微妙な表情をしている。ファウとドリモなんて野菜が大好物なんだから、この味も平気かと思ったんだが……。

やはり別物みたいだった。暑気耐性薬も多少苦みがあって青臭かったが、あれは素材に使われている発泡樹の実のせいだったらしい。

「これをジュースに使えるか……？」

いや、色々混ぜれば、味だけ消せるかもしれん。

どちらにせよ、暑気耐性薬は素材が足りないせいで作成できない。食材として使うか、リックの木実弾用に取っておくしかないのだ。だったら、色々と試してみよう。

「それに、これが上手くいけば炭酸ジュースを飲めるようになるんだ。頑張らねば」

リアルで飲めという意見は無視である。ゲームの中で、モンスたちと一緒に飲めるというのが重要なのだ。

青臭さを抑えるために、色々と混ぜてみよう。白梨、紫柿、紅葡萄、緑桃、橙《だいだい》カボチャ、キュアニンジン、白トマト、胡桃《くるみ》、ハチミツ。その辺りだろう。

「ああ、後は果実酢と――お？　これはヨーグルト？　もしかして完成したのか？」

インベントリに見慣れぬアイテムが入っていた。どうやら完成したヨーグルトを、ルフレがインベントリに入れてくれていたらしい。

一緒にチーズも入っている。いやー、ついに乳製品が完成したか！　両方一〇人前ずつはある。

「よし、味見をしてみよう」

チーズから食べてみることにした。

一人前を取り出すと、穴の開いたチーズが出現する。ケーキのように切り分けられた一ピースだ。エメンタールチーズに近い見た目と言えばいいかね？　海外アニメのネズミの大好物として思い浮かべる、あれだ。

ただ、触った感じは非常にしっとりしていて、チェダーチーズやゴーダチーズに近い。

まあ、発酵時間や素材によって、色々変化するのだろう。ゲームの中なわけだし、現実とは作り方も全く違うしね。

俺は、チーズを口に入れてみる。

「うーん。チーズではあるが……」

イベント村で手に入れたチーズほど美味しくはないな。味は少し薄めで、若干の獣臭さがある。とはいえ、食べれない程ではないし、ワインなどとあわせるには十分だろう。

「ヨーグルトはどうだ？」

少し黄味がかったヨーグルトだ。それをサクラ印の木製スプーンで掬って食べてみる。

「酸っぱ！　しかも乳臭！」

何と言えばいいのだろう。凄まじく不味いとまではいかない。ただ、リアルで食している牛乳から作られているヨーグルトに比べると、酸味三割増し、乳臭さ三割増しという感じだ。風味は間違いなくヨーグルトなんだけどね。

リアルでは砂糖控えめで食べる俺も、さすがにこれはそのまま食べるのを躊躇う味だ。山羊乳から作っているからだろうか？　それとも、施設のレベル不足？

ただ、調味料や風味づけとして使うには、むしろ向いているかもしれない。

「まあ、これも混ぜてみるか」

チーズはジュースに使えないだろうが、ヨーグルトドリンクにできればこれの乳臭さも、発泡樹の青臭さも消せるかもしれないのだ。

「他の発酵食品はどうだろうな……」

チェックしてみると、チーズ、ヨーグルト以外にはオリーブの塩漬けと、大量のゴミが入っていた。オリーブの塩漬けは、リアルにある塩漬けと同じ物が作れないかと思って試してみたんだが、上手くいったらしい。ピザのトッピングに使えるだろう。

問題は大量のゴミだ。

どうやら何かを失敗したらしいが……。先日樽《たる》に仕込んだ物を思い出しつつ、出来上がっている発酵食品の生を確認して何が失敗したのか調べる。

「うーん……あ、桜の花びらの塩漬けか！」

お花見の時に漬けた、桜の花びらだ。あれの名前がない。ダメ元ではあったが、やはり失敗したらしい。オリーブトレントの実が塩漬けにできたことを考えると、霊桜の花弁ならもしかしたら上手くいくかもしれないが……。もう少し数が確保できたらにしよう。

その後、俺は色々と試作品を作ってみた。

途中からはもう炭酸とかではなく、美味しい組み合わせを見つけることが目的になってしまったけどね。

「最強は、緑桃、ヨーグルト、ハチミツ×2、発泡樹の実の組み合わせだな。ヨーグルトピーチサイダー・オリジナルレシピと名付けよう」

カル○スソーダの味にも似た、酸味と爽やかさのバランスがベストの組み合わせだ。臭みも全くなくなっている。ヨーグルトを入れたおかげだろう。しかも桃の甘みも加わっている。

残念なのは、どうしても微炭酸になってしまうことだ。どうやら発泡樹の実の処理の仕方が悪いらしく、シュワーッと表現できるほどの炭酸が生み出せなかった。

皮をむいた時のシューッという音は、中の炭酸が抜けている音で間違いないようだ。

ならば皮ごとジュースにしたらどうかと思ったのだが、皮は実よりも苦いうえにさらに青臭く、とてもではないが美味しいジュースにはならなかった。

しかも炭酸は強めなので、青汁サイダー的な物になってしまうのだ。炭酸が入っていることでむしろ臭いが引き立ってしまい、凄まじく不味かった。これは、もう一杯はいりません。

「オルト、クママ。飲んでいいぞ」

「ムム」

「クマー」

最高傑作をうちの子たちにも試してもらおう。ジュースを飲めるオルトとクママにヨーグルトピーチサイダーを渡す。

「ささ、一気に行っちゃってくれ」

「ムム！」

「クックマ！」

オルトたちは腰に手を当てる銭湯のコーヒー牛乳スタイルで、ジュースをゴキュゴキュと喉へと流し込んでいく。その直後のオルトとクママの反応は真逆のものであった。

「ムムー！」

オルトはジュースを一気に飲み干すと、空いた手で口を拭い、プハーッと満足気な声を漏らした。お口にあったらしい。

口の端に泡を付けて、本当に美味そうだ。しかも可愛いし。リアルにオルトがいたら、ジュースのCMに引っ張りだこになること間違いなしだろう。

「クマママー」

逆に、クママは眉根をギュッと寄せ、全身を小刻みに震わせている。こちらはお気に召さなかったようだ。不味さを全身で表現しているな。

「ムム？」

「クマー……」

デカいクママをオルトが慰める絵は、なかなかホッコリする。まあ、今後クママには炭酸系はＮＧってことね。

さて、オルトが炭酸を飲めることは分かったが、作り過ぎてしまった他の試作品をどうしようか。

「……全部は飲めんし」

激マズからまあまあの物まで、多種多様のジュースがテーブルに置かれている。

効果も、同じ物がほとんどない。しかも、有用な効果がついていて味も美味しいとなると、ほとんどないと言ってもよかった。

そういう意味では、登録をしたオリジナルレシピは味も良いうえ、効果もそれなりだ。ＨＰの微回復効果＋２０分間の火耐性付与の効果である。これは奇跡と言えるだろう。

「それ以外だと、発泡樹の実、紅葡萄、ハチミツ、果実酢の組み合わせがかなり美味しいな。こっちはミックスフルーツサイダー・オリジナルレシピで登録しておくか」

ハチミツをロイヤルゼリーに変更できたらもっと美味しくなると思うが、さすがに今回は控えておこうと思う。あれは貴重品だからね。

「さて、この大量のジュースはどうしようかな」

料理は、使う材料の数や量によって、出来上がりの分量が変化する。俺の料理スキルが上昇しているおかげか、ジュースは半種類ほどが二人前以上生み出されていた。

一人前しか作れなかったジュースは、試飲した俺が腹に収めている。リアルだったら確実に腹を壊しているだろうな。

ただ、二人前以上生み出されたジュースに関しては、まだ一人前ずつ余っている状態だ。

その数何と二九種類。美味しい物に関しては、残しておけばいいが……。

「不味い物はどうしよう。捨てるのも勿体ないしな～」

前に料理を作り過ぎた時みたいに、無人販売所に登録してみるか？

でも、不味い奴だけじゃな……。

「いや、そうか。美味しい奴も混ぜて、ロシアンルーレット的な感じにすればいい！　もしくはミステリーゾーン？」

ミステリーゾーンというのは、時おり自販機で見かける、何が出て来るか分からないくじ引き的な商品のことだ。その自販機を管理しているお店や業者が、好きに商品を入れることができるらしい。

売れ残ったドクターペ〇パーやメッ〇ール、季節外れのおしるこなどが入れられていることもあり、なかなか侮れない。心が折られた子供は多数存在するだろう。

あれを真似することにした。

きっと売れるはずだ。何せ俺も、碌《ろく》な物が入っていないと分かっていても見つける度に買ってしまうからね！　夏の外回りの時に冷えたコーンポタージュが出てきた時には殺意を覚えたものだ。

「じゃあ、美味しかった奴も一緒に販売しちゃおう。当たりは必要だし」

補充はオレアに任せることができる。さすが畑専用のモンスなだけあり、単に畑の管理だけではなく、無人販売所への商品登録なども行うことができるのだ。

「この後サクラの木工品で塗料を色々試すし、それと一緒に売っちゃおうかな。オレア、補充は頼むぞ？」

「トリ！」

「順番は……適当でいいか。オレアに味は分からないもんな」

「トリー……」

「そんな落ち込むなって。とりあえず、このアイテムボックスの上から順に補充していってくれ」

「トリリ」

ジュースの販売はこれでいいだろう。

「じゃ、次の実験に移るか」

次の実験対象は、塗料である。

まずは作るところからだ。

素材と水、ニカワを混ぜ合わせる必要がある。ニカワはどこでも売っているし、骨や毛皮系のアイテムを煮詰めれば作れるらしい。木工などでも使うので、需要は多いそうだ。

「毛皮と水を煮詰めて……」

「フム」

「ヤー」

「ヒム」

生産系の三体が興味深げに俺の手元を覗き込んでいる。やはり自分たちに関係することは興味があるようだ。

「臭いとかはほとんどないな」

リアルだとニカワを作る際に、凄まじい臭いが発生するらしいが、ゲームの中ではそんなことはないらしい。需要の多い消耗品を作るのにいちいち臭かったら、最悪だからだろう。

リスの毛皮一つで、ニカワ二つか。もう少し量が欲しいな。

「よし、君たちに指令を与えよう」

「ヤー!」

「フムー!」

「ヒムム!」

「この毛皮でニカワを作れ!」

俺が指令を出すと、敬礼するファウとルフレの横でヒムカも同じように敬礼してくれる。やっぱりね。教えてなくてもやってくれると思った。ちょっと期待していた自分がいるのだ。

インベントリに余っていたリスやネズミの毛皮を使って、ニカワを作ってもらう。多分五〇個くらいはできるだろうから、実験分にはそれで十分なはずだ。

俺はその間に、今作ったニカワで実験だ。

「まずは火耐性塗料からだな」

素材は火鉱石、水、火属性素材×1、ニカワか。火属性素材……微炎草が選べる。火霊門の素材を実験で使うのはちょっともったいないし、これでいいや。

「これを混ぜて……」

錬金鉢の中で混ぜ合わせて魔力を注ぐと、ドロドロの液体が光を放った。

「おお！　成功だな！」

俺の目の前には、小さい器に入った塗料が置かれている。

聞いていた通り、赤とオレンジのマーブル模様だ。三一種類の味があるアイス屋さんのフレーバーにありそうな色合いをしている。ストロベリー&オレンジ的な？　美味しそうだ。

「成功したし、もう少し量産しよう」

さて、生産三人衆の方はどうだ？

「フムー！」

「ヒームッ！　ヒームッ！」

「ヤー！」

おお、連係プレイでニカワを作っているな。ルフレが水を出して素材を投入、ヒムカが火を出しつつつ混ぜ合わせ、ファウが最後に魔力を流して錬金を施す。その工程を流れ作業でこなしていた。

「ちゃんとニカワができてるな。その調子で頑張ってくれ」

「フムー！」

「ヒームー！」

「ヤヤ！」

俺は三人が作ったニカワを使い、さらに塗料を量産しよう。

「そうだ、他の塗料も作れるよな？」

描画スキルを取得したことで、作製可能リストの一部が解放されていたはずだ。早速確認してみる。

「えーっと、水耐性塗料と、土耐性塗料が作れるわけか。それ以外だと黒塗料、茶塗料？　こっちは鉄と銅があれば作れるみたいだな」

茶色も黒も、上手く使えばシックな家具や食器が作れるかもしれない。いや、金属系の塗料を食器に使うのはまずいのか？　いやいや、ここはゲームの世界だし、別に金属を含んでいても問題ないと思うんだが……。

とりあえず作って、塗ってみればいいか。俺は順番に作成可能な塗料を作ってみた。

水耐性塗料は、青と水色のマーブルで、ソーダ＆ブルーハワイかな？　土耐性塗料は黄色と茶色で、チョコ＆バナナだ。やばい、そう考えてたら美味しそうにしか見えんぞ。

「ヤーヤーヤー！」

「ヒムム～！」

「フムッ！　フムッ！」

「錬金！」

ファウたちが作るニカワを端から使い、俺は次々と塗料を作っていく。一時間もすると、三〇個ほどの塗料が出来上がっていた。試すには十分な量だろう。

「じゃあ、次はこれを色々な物に塗ってみよう」

「――♪」

今度の助手はサクラである。メインは木工品だからね。

「とりあえず白木の皿に色を付けてみるか」

とりあえず、一番数がある土耐性塗料を選択だ。

「あれ？」

おかしい。サクラは色を付けることができているのに、俺はできない。

そもそも、色を塗る対象として皿を選べなかった。オートではなくマニュアルも試してみるが、刷毛を皿に近づけるとハラスメントブロックに似た見えない壁に遮られて、色を付けることはできなかった。

「うーん……何でだ？」

サクラにはできるってことは、スキルの問題？　となると何が関係あるだろうか。

「木工スキルの有無か？」

そう言えば、今は火霊の試練から戻ってきた流れで、サクラをパーティから外したままだったな。

俺は取りあえずサクラをパーティに加えてみた。パーティの生産スキルは一部が共有されるが……。

「おお！　できた！」

「――♪」

やはり木工が鍵だったらしい。

「うんうん、皿がカラフルになったな！」

ただ、色を塗ったのに効果は無しのままである。どうやら、塗料の効果は発揮されないみたいだ。食器だからだろうか。しかも、品質が8から3まで下がってしまった。塗料を塗ると品質が低下するらしい。

「まあ、食器だからな。品質が下がっても、効果が付かなくてもあまり意味ないし、問題ないだろ」

見栄え重視なのだ。

「とはいえ、効果が発揮されるアイテムでも試してみたいところだが……」

「――♪」

「お、杖か」

「――」

サクラがサッと差し出したのは、彼女が木工で作った杖だった。

「え？　結構強いな。さすがに俺が使ってるブルーウッドの杖程じゃないけど」

「――♪」

「サクラが作ったんだろ？　凄いじゃないか」

「――――！」

褒めてあげると、サクラが頬を染めてはにかむ。だが、これは褒めてやらんと。多分、オレアが素材生産で生み出してくれるオリーブトレントの枝と、樹精の霊木を使ったんだろうが、以前使っていた水樹の杖並みの能力なのだ。

名称：オリーブトレントの霊杖
レア度：3　品質：★5　耐久：200
効果：攻撃力＋5、魔法攻撃力＋20、樹魔術威力上昇（極小）
重量：2

「これって、普通に売れるんじゃないか？　でもせっかくサクラが渡してくれたんだし、実験に使ってみるか。上手くすればより価値が上昇するかもしれん」

この杖に合わせるなら、水耐性塗料が相性がいいかな？

「うん、塗れるな」

この杖であれば塗料が一つで足りるらしい。塗り終わると軽く光って、完成だ。

ただ、メチャクチャ期待外れだけどね！

「うわー、塗料の質が悪いせいか、そもそも相性の問題なのか」

「――……」

名称：オリーブトレントの霊杖＋
レア度：3　品質：★1　耐久：100
効果：攻撃力＋1、魔法攻撃力＋16、水耐性（極小）
重量：2

確かに水耐性は付いた。だが、能力が激下がりだ。しかも、樹魔術威力上昇（極小）が消えたし、最悪の結果だろう。

あと、青と水色のマーブル模様に塗られた杖とか、超ちゃっちい。幼児のオモチャにしか見えないのだ。

「……俺たちは大人しく食器なんかを塗っておこう。な？」

「――……」

サクラもコクコクと頷いている。

その後、俺たちは家具なんかにも色を付けてみた。こっちも品質が下がるが、形が悪くなるわけじゃないし、日常使いのインテリアとしては問題ないだろう。

カラフルなカラーボックスや椅子、テーブルができた。北欧発の家具屋さん風だ。

ただ、色は一色しか使えないらしい。

黒と茶色の格子模様を作ろうと思ったら、黒を塗った後に茶色を塗れなかったのだ。どうやら描画スキルのレベルが上がらないと多色には塗れないらしい。マーブル塗料は、ある意味その制限をすり抜けることができる裏技かもね。

「しかもこれ、無人販売所で売れるぞ」

水は井戸やルフレの生み出す水。鉱石も大半はホームマイン産の物なので、販売可能なのだろう。

木材を自前で揃えたいところなんだけど、雑木の苗木が無いんだよね。どこかで売ってないか探しているんだが、桜の苗木以降は見つかっていない。

桜も木工に使えるんだろうが……。桜の木の前に社などを設置しているので、伐採するのが怖いのだ。

一応、畑に植えた樹木を伐採して、木材を得ることはできる。しかし、樹木は伐採を行うと成長度が下がってしまい、元に戻るのに数日かかるのだ。

その間は当然果実も生《な》らない。町の外に行けば木材は採れるし、生産量を下げてまで木材を得ようとは思わなかった。

ただ、サクラの木工と塗料を組み合わせれば、色々と作れるだろう。これを無人販売所で売れば、そこそこ稼げそうなんだよね。緑桃などを木材用で育てちゃうか？　でも、いざ実がなればそっちの収穫を優先してしまいそうな気がするし……。

「やっぱり雑木の苗木が欲しいよな」

第三エリアの町とか見て回ったら、売ってたりしないかね？

掲示板

【丸焼け】精霊門について語るスレｐａｒｔ２９【怖い】

・攻略情報とともに愚痴を語り合う
・勿論、新情報は大歓迎

：：：：：：：：：：：：：：：：：

６０２：サルビア
罠の難度は低いものの、土霊の試練よりも火霊の試練の方が遥かに嫌がられているようだな

６０３：篠原
特にテイマーたちの阿鼻叫喚が酷い。
知人のテイマーとチームを組んで攻略を進めていたんだが、モンスが燃焼状態になる度にいちいち絶叫する。
俺のパーティ仲間も一緒になって慌てるから、陣形が崩れまくるんだよ……。

６０４：すばるん
それは仕方ないよ！
私だってノームスレにアップされたノーム丸焼け動画をみて絶叫したもん

６０５：ソーヤ
うわー、知り合いたちの絶叫が聞こえてくるようです

６０６：すばるん
その画像を上げた男性プレイヤーはメッチャ叩かれてた
グロ画像の百倍酷い映像だとか、こんなものをアップするなんて人の心がないとか、袋叩きだったよ

６０７：セドリック
女性テイマーを敵に回したか。
だがファンの集いにそんな物投下したら当然だろ。

６０８：すばるん
女性やテイマーだけじゃないよ！
ノームファンはすっごいたくさんいるんだから！

６０９：篠原
ノームスレ、ゲーム内掲示板の中でも書き込み数が上位に入ってたからな。

６１０：サルビア
まじ？

６１１：篠原
ああ、しかもノームの為に同じダンジョンを延々探索したり、土結晶を買うために大金を投じるような、ちょっと熱狂的なプレイヤーが揃っていることでも有名だ。
手に入らなかった期間が長い分、想いが爆発しているみたいだな。
「ノームファンを敵に回すな」が常識だぞ？

６１２：サルビア
き、気を付けよう。

６１３：すばるん
気を付けてください

６１４：篠原
それに、火霊の試練で絶叫するのはノームファンだけじゃないだろう。
ノームスレ、クマスレ、リススレ、女の子型精霊スレ、動物スレ、等々。

モンス愛でる系のスレは多岐にわたるぞ？

６１５：セドリック
そ、そんなにあるんだ。

６１６：篠原
まあ、半分以上が白銀さんの影響だがな。
一見、白銀さんに関係なさそうなウサギやヘビスレも、実は白銀さんの従魔を見てモンスの可愛さに目覚めたのがきっかけって言うプレイヤーは多い。

６１７：サルビア
しかし、大本になった白銀さんはどのスレにも顔を出さないというｗｗｗ

６１８：すばるん
まあ、白銀さんは掲示板をほとんど見ない上に、読み専ぽいっていう噂だもんね
私もリススレとか見るようになったのは、白銀さんのモンスちゃんの動画を見てからだけど、掲示板でご本人を見かけたことはない

６１９：セドリック
リスか。燃えたらヤバそう。
全身火だるま映像になりそうだし。

６２０：すばるん
やめて！　想像しちゃう！

６２１：ソーヤ
クマスレの重鎮が知り合いにいますが、やはり火霊の試練の話で阿鼻叫喚の様相でした。

６２２：サルビア
クマが燃える画像……。確かに精神ダメージがでかそうだな。
特別好きでもない俺でさえこうなんだから、ファンが血を吐くのも分かる。

６２３：ソーヤ
その知人は白銀さんとも仲が良いので、火霊の試練の合同探索を目論んでいたようです。
ただ、目の前でクマさんが燃えるところを見たら平静ではいられないからという理由で諦めたらしいですよ。

６２４：篠原
白銀さんのモンスが燃える映像とか……。
絶対一騒動あるだろうｗｗｗ

６２５：セドリック
実際、各スレはその話で超加速ｗｗｗ
まあ、テイマー系職業は要注意ってことだ。

６２６：ソーヤ
テイマーさんだけじゃないですよ。
爆弾使いも苦戦します。

６２７：サルビア
爆弾使い？　そんな職業あった？

６２８：セドリック
いや、聞いたことないけど。
というか、その単語、一人しか想像できん。

６２９：ソーヤ
まあ、誰とは言いませんが……。
爆弾を投げる　→　火炎で誘爆　→　至近距離で爆発に巻き込まれる　→
死に戻り。
という流れですね。
広範囲型の爆弾だったので敵も全滅させましたが……。フレンドリーファイアがあるゲームだったら全滅してたでしょう。
しかも、迎えに行って再度チャレンジしたら、全く同じことをもう一度やらかすという……。

６３０：篠原
そんな高威力の爆弾を持っていて自由人。
名前が出なくても誰だか分かってしまったｗｗｗ

６３１：ソーヤ
爆弾を使うつもりの方は気を付けた方がいいですよ。

６３２：すばるん
そもそも、火属性の敵が多い火霊の試練で、爆弾を使う機会ってそう多くないんじゃ……？

６３３：ソーヤ
いえ、火属性ダメージは無効化されても、爆発ダメージは与えられます。
あと、水や土属性の特殊な爆弾もありますから。
まあ、僕の知人は普通に火属性の爆弾を使いましたけどね……。

６３４：すばるん
あの人､茶人風の名前で一見すると大人しそうなのに､やることむちゃくちゃだよね

６３５：サルビア
ああ！　誰のことかようやっとわかった！
確かに、風流を好みそうな名前。

６３６：セドリック
風流を好む＝静かではないというｗｗｗ
爆発に風流を見出す人間もいるということなんだろう

６３７：篠原
まあ、茶人は茶人でも、どちらかと言えば茶釜とともに自爆した茶人武将の方がお似合いだけどな

６３８：すばるん
茶釜と一緒に自爆？　え？　なにそれ

６３９：篠原
松永久秀
信長に逆らって、大事にしている茶釜を渡せば許してやると言われたがそれを拒否。最後はその茶釜に火薬を詰めて、天守閣とともに自爆したという逸話が残る。
戦国三大悪人とか言われることもあるな。
まあ、自爆云々は後世の創作だが、高名な茶人であったことは本当らしい。

６４０：すばるん
そう言えば、先日茶釜が発見されたよね
白銀さんが妖怪化させて、一躍注目されたの
タヌキさんも可愛い

６４１：セドリック
タヌキスレができる日も近い？

いや、待てよ。爆弾好き＋茶釜？

６４２：ソーヤ
彼女、白銀さんとフレンドになって、畑に入る許可をもらってました。

６４３：セドリック
逃げてタヌキさん！

６４４：サルビア
その女は君の体目当てだぞ！

６４５：篠原
体——まあ茶釜部分だから、体で間違いない？

：：：：：：：：：：：：：：：

【新アイテム】様々なアイテムについて語るスレＰａｒｔ２２【続々登場】

・武具以外のアイテムに関する情報求む
・こういったアイテムを見たという情報だけでも構いません
・アイテムの特殊な使い方なども大歓迎

：：：：：：：：：：：：：：：

３５０：神谷日月
じゃあ、例のアシハナの木彫りフィギュアはもう予約もできないってことか

３５１：キノクニヤ
完全限定受注生産。もう予約は埋まってしまっているそうです……。
白銀さんの従魔シリーズ、どれでもいいから手に入れたかった！

３５２：グリングリン
俺も樹精ちゃんや水精ちゃんのフィギュアが欲しかったが、無理でした！

３５３：Ｋ２
第２弾の抽選に漏れました！

３５４：キノクニヤ
あのラインナップは凄かった。
白銀さんの従魔ファンなら、絶対に欲しがる。ＰＫありだったらあれを巡って酷いことになっていただろう。

３５５：Ｋ２
リスに乗った妖精ちゃん、敬礼オルトくん、新たな従魔はモグラモードとドラゴンモードの２種類が用意されていた。
あー！　リスに乗った妖精ちゃんが欲しかった！

３５６：こまんダー
なあ、単純な疑問なんだが、他の木工職人に頼んだりはしないのか？
真似して、似た様なの作れる奴はいるだろ？

３５７：グリングリン
分かってない！　分かってないよ！
まず、アシハナは木工のトッププレイヤー。同等の腕を持っているプレイヤーは少ない。
それに、アシハナは白銀さんと仲がいいから資料もたくさんあるんだ！
あれ以上に素晴らしいフィギア、作れるプレイヤーなどいないのだ！

３５８：神谷日月
肖像権の問題もある。
アバターとは言え、その姿を勝手に撮影したり、利用することはできない。
掲示板に勝手にアップされた画像や映像は、本人が差し止めを訴えたら削除される。
当然、木彫りであっても他のプレイヤーの姿などを勝手にモチーフに使うことはマナー違反だ。
個人で楽しむならともかく、販売は許されないだろう。

３５９：こまんダー
じゃあ、アシハナはアウトなんじゃないか？

３６０：キノクニヤ
アシハナは白銀さんに許可を取っている。

３６１：こまんダー
じゃあ、白銀さんの従魔にそっくりに作らなければ？
普通のノームをモチーフにするとか？

３６２：Ｋ２
それじゃ意味がないでしょーが！
白銀さんの従魔にソックリってところが重要なんだから！

３６３：神谷日月
もちろん、白銀さんの従魔に似てなくても、可愛ければそれで満足だっていうプレイヤーも多いぞ？　最近は木彫りを売っている木工プレイヤーの露店が増えた。
ただ、アシハナのフィギュアを求めるやつらは、単に可愛い木彫りが欲しいんじゃないんだ。

彼らは白銀さんの従魔のファンなんだよ。

３６４：キノクニヤ
そのとーり！　ウンディーネの木彫りが欲しいのではなく、ルフレたんの木彫りが欲しいのだ！
他のじゃ意味がない！

３６５：こまんダー
な、なるほど……。ファン心理か。それなら分からないでもない。
俺もリキュー様の木彫りがあったらぜひ手に入れたいからな。

３６６：Ｋ２
リキュー様？　ああ、ボマーのことか。
白銀さんと同じで、異名でしか呼ばないから名前をすっかり忘れてしまうｗｗｗ

３６７：グリングリン
え？
白銀さんって、本名じゃないの？

３６８：神谷日月
白銀さんは異名みたいなものだな。

３６９：グリングリン
知らなかった。

３７０：Ｋ２
まあ、今やほとんどの人が白銀さんて呼ぶし、それで通じちゃうもんな。

３７１：こまんダー
白銀さんの本名とかどうでもいい。
従魔が本体で、白銀さんはおまけみたいな物だろ？
〇び太くんの本体がメガネみたいなもん。

３７２：キノクニヤ
こいつ、言ってはならんことを……。

３７３：神谷日月
有名プレイヤーでも、リキューやジークフリードにはコアなファンがいるんだがな……。
白銀さんの場合は、完全に従魔人気が勝ってしまっている。
地味だし、仕方ないが。

３７４：Ｋ２
あれで凄い人なんだけどな。
戦闘力はともかく、発見するものがだいたい爆弾という……。

３７５：グリングリン
妖怪スレの加速を見たか？
ハナミアラシ、スネコスリの時はまだましだったが、分福茶釜の存在が明らかになってからのスレの進行速度が異常だったｗｗ

３７６：キノクニヤ
鍛冶屋に茶釜の作成依頼が殺到したらしいぞ。
でも、まだ上手く作れたやつはいないらしい。

３７７：神谷日月
そう言えば、白銀さんがまたやらかしてたな。
何回目かはもうわからんが、白銀爆弾が再び投下されてたぞ。

３７８：Ｋ２
え？　なになに？

３７９：神谷日月
もはや安定の無人販売所だ。
ミステリーゾーンていう商品が追加されてて、その内容がまさかのロシアン炭酸ジュース。
激マズのジュースを飲んで噴き出すプレイヤー続出というｗｗｗ
あと、サクラ印シリーズに新商品追加だ。
前回のレトロ風家具も凄まじい競争が起きたが、今回はマーブル模様のカラフルな食器、家具類が追加されていた。

３８０：キノクニヤ
ジュース？　俺、前回の料理の時も買い損ねてるんだよね。
ハーブティーは何度か買ったことあるけど。
今から行って間に合うかな？

３８１：神谷日月
無理だ。もう売り切れた。
争奪戦の映像がアップされていたが、それは凄まじいジャンケン大会だったぞ？

３８２：キノクニヤ
だよなー。毎回、情報が出回る頃にはもう終わってるんだよ。
だが、始まりの町の白銀畑にずっと張り付いているわけにもいかないし……。

３８３：Ｋ２
白銀ウォッチャーの中には似たようなことしてる奴がいるらしいよ？
白銀畑の観察経過とか、オリーブトレント君のちょこまかお仕事日記が人気を博しているとか。

３８４：キノクニヤ
ゲームの中で何やってるんだ……。
てか、それってストーカーじゃない？

３８５：Ｋ２
ま、本人には悟られてないみたいだし、見守ってるだけだから白銀さん本人からクレームが出るまではギリセーフなんじゃないか？
リアルでやったら完全にアウトだが。

３８６：神谷日月
ジュースもかなり騒がれているが、やはり木工アイテムの方が大騒ぎだ。
樹精ちゃんの手作りだからな。
しかもカラフルで可愛いと来たら、争奪戦間違いなしだ。
あと、補充担当のトレントが可愛いと、一部のファンに大人気らしいぞ。

３８７：グリングリン
それも買い逃した！
サクラ印のカトラリーを集めているんだが、ファンが多いせいで売りに出されるとすぐに売り切れちゃうんだよね。
しかも、そのグレードが上がったとなると、今後よりプレミアに……。

３８８：こまんダー
白銀さんの木工もいいが、やはりアシハナのフィギュアだよ。
リキュー様のフィギュア、誰か作ってくんないかな？
当然、本人に許可を取って。許可を取りに行く時に付いていってやるよ？

３８９：Ｋ２
無理だろ。あの人見知りから許可をもらうとか、難易度ＳＳＳのミッションだぞ？
自分でやったらどうだ？　火霊門で見かけたって言う噂があるぞ？

３９０：こまんダー
無理！　未だにまともに話せたことすらないし。

３９１：神谷日月
許可を取りに行く時に付いていってやるとか言ってたか？

３９２：こまんダー
あわよくばそれでリキュー様とお近づきに！

３９３：キノクニヤ
付いていってやるというか、一緒に行ってくださいだろ？

３９４：グリングリン
だいたい、ボマーは人見知りだから、大人数で会いに行ったら逃げられるだろｗｗｗ

３９５：こまんダー
だよねー。どうすればいいんだ！
俺もテイマーになって可愛い従魔でも揃えればいいのか？

３９６：Ｋ２
ボマーが可愛い従魔を愛でる姿が想像できん。

３９７：こまんダー
俺もです。あー、どうすればあの方の気を引くことができるんだー！

：：：：：：：：：：：：：：：：：：

第二章　西のダンジョン発見！

「よし、とりあえず第三エリアを歩き回ってみるか」

「ムッムー！」

実験を終えた後、俺たちは第三エリアである西の町へとやってきていた。

粘土が採取できるという、廃棄坑道の場所を確認するためだ。あと、後々に風霊門を開く時に転移で時間短縮するためにも、最も近い西の町に到達しておいて損はないのだ。

本当はその前に、アリッサさんのところに行って進化を果たしたルフレとファウの情報を売ろうかと思ったんだが……。

今はログアウト中で連絡が取れなかった。なので、先に西の町にやってきたのだ。

「モグ？」

フィールドボス？　あいつらなら俺がワンパンで沈めてやったよ。

「――？」

嘘っす。サクラの麻痺と、ドリモの竜化＋必殺コンボでようやっと倒したのだ。

西の森のフィールドボスも、その先の爪の樹海のフィールドボスも、状態異常が効くタイプのボスだった。そのお陰で、うちのパーティなら非常に戦い易かったのだ。

しかも今やうちの子たちは進化して戦闘力も上がっている。対策していれば負ける要素はなかった。

いや、それも嘘です。不安要素は、貧弱な俺だ。

つまり、俺が皆の後ろに隠れて死に戻りしないように気を付けていれば、あとはそう苦戦することはなかった。攻略情報も出そろっているしね。

「とは言え、意外と時間がかかったな……」

「ムー」

もうすっかり夜である。さすがにこの時間から初見のダンジョンに潜るのは難しいだろう。

今日は西の町を歩き回ってみることにした。

「フムー！」

「ヒムー！」

「ムムー！」

ルフレとヒムカ、オルトが先頭だ。

ルフレとヒムカは水と火の精霊なのだが、特に仲が悪いとかはないらしい。むしろ性格が似ている同士、仲が良いように見えるな。オルトも交えて三人で手を繋いで、スキップしていた。

「ラランラ～♪」

「モグ」

その後ろに、頭の上にファウを載せたドリモが続く。リックといいファウといい、ドリモのヘルメットの上が座りやすいのかね？

頭上でリュートをジャカジャカとかき鳴らされていても、ドリモは相変わらずクールだ。気にならなないんだろうか？

「――♪」

俺と腕を組んで歩いているのはサクラである。楽し気に歩いているな。手を繋ぐくらいならともかく、腕を組むとなるとちょっと恥ずかしいんだが……。

火霊の試練では悲しい思いをさせたし、今日は好きにさせてやろうと思う。

「西の町は緑がイメージカラーかー。綺麗だな」

「――♪」

元々、屋根や壁が緑系統に塗られている町が、薄緑の街灯に照らされ、全体が緑色に包まれている。まるで深い森の中にいるかのような、心安らぐ色であった。

まだ夜になったばかりなので、道には人々の往来がある。というか、今が最も町が賑《にぎ》わう時間かもしれない。

プレイヤーやNPCが、騒ぎながら道を行き来している。俺たちも屋台で食べ物を買ったり、目当ての粘土を購入したりしながら、町を歩いてみた。

地図も埋まるし楽しいし、一石二鳥だね。

「おい、あれ――」

「まじか――」

「お、俺も――」

ただ、めっちゃ見られている。まあ、分からなくもない。

その視線はほぼ全てがファウに向いていた。俺だって、自分以外にフェアリーを連れているプレイヤーがいたら羨ましくなるだろうし、ガン見してしまうだろう。

ファウの羽が動く度に、「おお～」というどよめきが上がる。

ふふん。ちょっとサービスしてやるか。いや、俺がファウを自慢したいというか、優越感に浸りたいだけだけどさ。

「ファウ、こっち来い」

「ヤー？」

「よしよし、俺の肩に乗っていいぞ～」

「ヤー！」

ファウが飛んだだけで、凄い歓声が上がったぞ。やはり妖精の破壊力は凄まじいということか。ただ、ちょっとサービスし過ぎたかもしれない。

周囲のプレイヤーの目が怖い。そして人の輪が狭まってきた気がする。

より近くでファウを見たいんだろう。ファウは小さいから、近づかないとよく見えないのだ。

「あー、もっと向こうに行くか」

「ヤー？」

「ほ、ほら、ダンジョンの位置とかも確認しておきたいしな！」

「――？」

「い、いいから行くぞ！」

ということで、俺は皆を連れて足早に包囲網を脱出したのだった。

さすがに追ってはこないかな？　ちょっとトラウマが刺激されたが、あの時みたいなマナー違反者はいないらしい。

ふー、調子に乗り過ぎたか。反省しよう。

「適当に逃げて来たから、町の中心からは大分外れちゃったな」

住宅街まできてしまったらしい。ただ、商店街に戻るのはもう少し時間が経ってからの方がいいだろう。この辺を散策してみるか。

「どこ行きたい？」

「ムー？」

横にいるオルトに話しかけるために、視線を落とした時だ。

オルト越しに見た民家の壁に、妙な違和感を覚えた。

「……ああ、隙間がちょっと歪《いびつ》というか、下の方が少し隙間が大きいのか」

民家の壁と民家の壁の境目にある隙間なんだが、下に行くにつれて微妙に間が広がっているのだ。

それが違和感の原因だろう。

隙間を軽く覗き込んでみると、オルトも真似して隙間の向こうを見始める。

「何か、光ってるな……。向こう側から外灯光が漏れてるだけか？」

「ム？」

「いや、違うか……？」

隙間の向こうから微妙に光が漏れているのが見えた。しかもよく見てみると、その光源が外灯よりもかなり低い位置にあることが分かる。

隙間の向こうに何らかの空間があり、光源が設置されているようだ。入り口部分は狭いものの、先に行くと横幅が広くなっているらしい。

「光ってる物の正体が分からないな……」

「ムム～」

隙間に体を入れようとしてみるんだが、さすがにこの隙間には入れない。さらに身をよじってみたが、無理だった。

「いや、下は少し広がってるし、四つん這いになればいけるか？」

夜でよかった。周囲を見回しても他のプレイヤーはいないし、間抜けな姿を目撃されることもないだろう。

「ちょっくらチャレンジしてみるか」

ダメだったら、ファウだけで偵察してきてもらおう。

「よっ……ほっ……そいやっ！」

よし、肩が通った！　このまま行くぞ。

「ぐ、せめー」

「ヤー？」

俺の前を飛んで先導してくれているファウが、心配そうな顔をして振り返る。

「だ、だいじょうぶだ」

そうやってハイハイで進むこと、およそ一〇メートル。

ようやく広い空間に出た。

「ふーっ」

立ち上がって、グッと伸びをする。いやー、ゲームの中でもついついやっちゃうよね。

「えーっと、ここは何だ？」

光の正体は、壁に埋め込まれた小さいランプのようなものだった。

「ヤー！」

「ありゃ、マンホール？」

ファウが指差しているのは、地面に設置された丸い蓋のようなものだ。マンホールっぽいが、その表面に模様などは一切ない。ただ、取っ手のようなものが付いていた。

「開くか……？　くっ、ダメだな」

マンホールの取っ手に手をかけて引いてみるが、ビクともしない。鍵がかかっているのか？　それとも俺の腕力不足だろうか？

「ム？」

「モグ？」

「おお、お前たちも来たか」

うちの子たちは全員俺より小さいからね。俺が通り抜けられるところなら、皆も通り抜けられる。

「今、一番腕力が高いのはオルトか？　ちょっとこのマンホールを開けてみてくれ」

「ムム！」

オルトが腕まくりをしながら、マンホールの前でしゃがみ込む。頼もしいな！

「ムム……！」

「おお！　動いたぞ！」

「ムームッ！」

「浮いてる！　浮いてるぞオルト！」

オルトの頑張りによって、マンホールの蓋がジリジリと上がっていく。

いい調子だ。

「これは、いけるぞ！」

「ヤー！」

オルトの上を飛び回りながら、ファウも応援している。その声援に引っ張られるかのように、マンホールの蓋が持ち上がっていった。

「ムムー！」

最後は、オルトが「どっせーい！」という感じでマンホールを思い切り跳ね上げた。

「よーし、よくやったぞオルト」

「ム！」

ドヤ顔のオルトの頭を撫でつつ、口を開けたマンホールの中を覗き込む。

その下には、降りるための梯子《はしご》と、漆黒の闇が広がっていた。

先は全く見えない。ちょっと怖い気もするが……。

「行ってみるか？」

「ム！」

オルトはやる気だね。

俺だって、ここまできて引き返す気はないぞ？

このマンホールの情報はアリッサさんの地図にも載ってなかったし、未発見か、発見者が独占しているかのどちらかだろう。

そんな場所、気にならない訳がない。

「よし……行こう」

「ム！」

ちょっと錆《さ》びた、鉄製の梯子をゆっくりと降りていく。

狭いマンホールの中に、鉄と靴がぶつかり合うコツコツという音が響き、妙な圧迫感があった。自分が閉所にいるということを、否が応でも分からされるのだ。

梯子は意外と短かった。三メートルちょいくらいだろう。

上から下が見えなかったのは、深すぎて光が届かなかったわけではなく、ゲーム的な演出だったらしい。

見上げると、普通に空が見えている。

梯子を降りきると、そこはレンガ造りの小さな部屋だった。

天井は二メートルちょいくらいの高さかな。

「みんな大丈夫か～？」

「ヤー！」

「ムムー！」

飛べるファウはそもそも梯子なんか使わない。オルトも普通に梯子を降りてきたな。ヒムカ、ルフレ、サクラも人型なので大丈夫だ。

問題はドリモだった。

一応二足歩行だが、手は鋭い爪が生えているし、足も短い。梯子を上手く降りれるかな？

「下で支えようか～？」

「モグ」

マンホールの入り口を見上げながらドリモに声をかけたが、どうやら助けは必要ないらしい。首を横に振っている。

「だ、大丈夫か？」

「モグ」

多少もたつきながら、梯子に足をかけるドリモ。とても大丈夫には見えん。

下から見ると、オーバーオールの尻尾穴から飛び出した尻尾がヒョコヒョコと左右に揺れていた。

短い脚をチョコマカと動かしながら、梯子をちょっとずつ降りようとしている。

「モグ」

「あっ！」

俺は思わず梯子の下で身構えてしまった。だって、足を踏み外して落下したように見えたのだ。

しかし、それは見間違いであった。

シューッ！

ドリモは自ら足を梯子から外し、両手で梯子を握ったまま下に滑り降りていたのである。梯子の両端を握った手の力で、軽く勢いを殺しているようだ。

本来なら問題なく華麗な着地をきめていただろう。

ドシン！

「ぐへ！」

「モ、モグ？」

俺が下にいなければね。

勢いよく降りて来たドリモのプリティーヒップを、前に突き出した両手で受け止めようとしたんだが……。当然、俺の貧弱な腕で受け止めきれる訳もない。

腕にかかったズシンという重みに耐えきれず、俺はそのまま前に倒れ込んでしまった。

ドリモの背中に顔面を押し付ける形だ。

「いててて」

いや、ゲームの中なので別に痛みなんかないんだけどね。こういう時って反射的に「痛い」って言っちゃうのだ。

俺の顔面と梯子に挟まれて、ドリモが困り顔である。

「大丈夫かドリモ？」

「モグ～」

無事らしい。俺の腕を尻で押しつぶしただけだしな。

先に立ったドリモが俺の手をグイッと引っ張って、立ち上がらせてくれる。

「ありがとな」

「モグ」

褒めても素っ気ない。だが、それがカッコイイね！　やだ、惚れちゃいそう！

「ムー？」

「ヤー？」

そんなことをしている俺たちをよそに、オルトとファウが部屋から続く通路を覗き込んでいた。二人とも夜目持ちである。先が見えているんだろう。

「どうだ？　敵はいそうか？」

「ム！」

「ヤー！」

首をフルフルと横に振るオルト達。どうやら敵は見えないらしい。

それでも油断はできない。初めての場所だし、慎重に慎重を期さねば。

「じゃあ、先に進もう。オルトとドリモが先頭。その後ろにヒムカとルフレ。サクラは俺の後ろだ。ファウは俺の肩の上にでも乗っててくれ。敵が出た時は、教えてくれな」

「ヤー！」

ファウが右腕で力こぶを作り、左手で右の袖をまくるやる気満々ポーズで頷いてくれる。頼もしいね。

「ここは……下水道か」

しばらく進むと、通路の横に水の流れている場所に出た。

下水と言ったが、いわゆる汚物を流す場所ではなく、雨水などを集めて排出するための場所だと思われた。

臭いもしないし、水が意外に透き通っているのだ。もしかしたら中水道なのかもしれない。

「下水道マップか……」

ＲＰＧなんかだとよくあるダンジョンだ。

だが、俺はこの手の下水道ダンジョンがあまり好きではない。だいたい迷路化しているうえ、梯子を登ったり降りたりするギミックが用意されていて、非常に面倒なことが多いのだ。

「とはいえ、ここまで来て引き返す選択肢はないんだ。とりあえず進もう」

「ム！」

「モグ！」

気合を入れ直して先に進むと、案の定行き止まりである。

隙間の狭い鉄格子が通路と水路にはめ込まれ、進むことができなくなっていた。隙間が狭すぎて、ファウでさえ通り抜けられない。

「こういう時のお約束は、格子の棒が何本か外れるっていう展開だが……」

動かんね。俺の腕力不足かと思ってオルトとドリモにも試してもらったが、どうにもならなかった。魔術などで破壊もできない。

「しかも、攻撃魔術がぶっ放せるってことは、完全にダンジョン扱いってことだよな」

町中では攻撃魔術を使えない仕様なのだ。

警戒レベルを上げねば。

「にしても、どうすればいいんだ？　途中で隠し通路でも見付けろってことか？　もしくは先に進むためのキーアイテムが不足してるとかかね？」

精霊様の祭壇みたいに、鍵がなくちゃ先に進めないという可能性はあるな。

格子の前で俺が悩んでいると、ルフレが急に水の中に飛び込んだ。そして、そのまま水にザブンと潜ってしまう。

「ちょ、ルフレ。どうした？」

「フムー！」

「あれ？」

何と、ルフレが鉄格子の向こう側にいた。

水中に穴が開いているパターンだったか。

「汚水じゃないって時点で気付くべきだったな。ただ、ヒムカは水に入れるか？」

「ヒム……」

俺の質問に対して、ヒムカはすっごい嫌そうな顔で頷いている。一応水には入れるようだ。火の精霊とはいえ、体が火でできているわけじゃないからだろう。

しかし、水路に降り立って腰まで水につけているヒムカは心底嫌そうな顔だ。

この先も何度も水に入る可能性はあるし、無理に水中行動をさせていたら好感度が下がってしまうのではなかろうか？

ここは従魔の宝珠を使って、ヒムカとリックを入れ替えておこう。

作成にはオルトから貰った従魔の心・オルトを使っているが、オルト以外にも使用可能なのだ。あくまでも、従魔の心を材料にして作る、配下の従魔召喚用のアイテムだからね。

「ヒムカは畑で留守番しててくれ」

「ヒム」

「そして、リック召喚だ！」

クママとどちらにするか少し悩んだが、採取に期待してリックにしておいた。

「キキュー……ギュー！」

「やべ！　リック！　ほら捕まれ！」

「キュー！」

水路に入っていたヒムカと入れ替えたせいで、リックは召喚直後に水路の中に落下してしまっていた。パニックに陥って溺れかけたリックを慌てて救出する。

「大丈夫か？」

「キキュー……」

俺の手の平の上で毛をブルブルして水気を飛ばしているリック。

ダメージもないし、少し慌てたくらいで済んだようだ。

「まあ……溺れかけたところ悪いが、すぐにまた水中に潜ってもらうことになるんだが」

「キュ！？」

「じゃ、行くぞー」

「ギュー！」

すまぬリック。

リックの悲鳴を響かせながらも、俺たちは何とか格子の抜け道を潜り抜けていた。

多少のゴタゴタはあったものの、道中は意外に順調だ。

ルフレのスキル、水中行軍のおかげである。水中での行動への補正が想像よりも強力だったのだ。

リックもスイスイと泳いでいる。元々泳ぎは得意だったし、さっきはいきなり水だったから驚いて溺れてしまったのだろう。

ヒカリゴケが所々に生えているため、視界良好とはいえないが真っ暗でもない。それに先導役のオルトたちが夜目を持っているので意外と進む速度は遅くなかった。

道中でふと気になったので水を汲《く》んでみたが、最低品質の単なる水だな。これが凄い高品質だったら生産職が狂喜したんだけど、そんな美味しい話はないらしい。

それでも、採取できる物が何かないかと確認しながら進んでいると、俺の肩に乗っていたリックが鋭い鳴き声を発した。

直後、水路から何かがザバーと水を割りながら上がってくるのが見える。

「うげっ……。何だありゃ。ゴミ？」

「ヴァァ～」

俺たちの進路を塞ぐように立ちはだかったのは、一見すると泥とゴミをこねて固めたような、できればお近づきになりたくない外見をしたモンスターであった。

「ヘドロン……。なるほど、ヘドロのモンスターってことか」

テイムは可能な様だが、こいつはテイムしたくないぜ。普通に倒しちゃおう。

「相手は一体だが、足場が狭い。皆、気を付けろよ！」

「ムム！」

「モグ！」

下水道の通路は横幅が二メートルほどしかない。今までのダンジョンとはまた違った厄介さがあった。

「ヴァァアアア！」

「ムッムー！」

救いなのは、ヘドロンの強さが大したことなかったことだろう。

泥の球を飛ばす攻撃をしてきたが、オルトのクワで完全に防げている。体当たり攻撃も同様だ。そこにドリモのツルハシと、リックのどんぐり、サクラの鞭が襲いかかった。そして、それで終わりである。戦闘開始一分もかからなかった。

ステージが面倒な分、モンスターの難度はそこまでではないのかもしれない。

「って思ってた自分のバカ！」

時には水路に潜り、時には狭い隙間を匍匐《ほふく》前進で通り抜け、ダンジョンをゆっくりと進んでいく。

難度が低いとか言ってごめんなさい。ダンジョン自体がメチャクチャ複雑だった。

「まあ、モンスターは弱いし、バランスはとれてるんだろうな」

俺がそう呟《つぶや》いた直後である。

俺たちの前に新たなモンスターが出現していた。

その名も、アメメンボ。

水路の上をスイスイと進む、アメンボを大型犬サイズにしたような姿の昆虫系のモンスターだ。そして、前後からは二体ずつ、計四体のヘドロンが迫る。

「ぜ、全方向から包囲されてしまった！」

口は禍《わざわい》の門っていうけど、こういうことじゃないよな？　どちらかというと、フラグ構築罪だ。

「アメメッメー！」

「ヘードロー！」

「ぎゃぁ！」

「――！」

狭い通路では隊列の入れ替えもままならず、俺は背後から現れたヘドロンの攻撃と、アメメンボの放つ液体攻撃をガッツリ食らってしまっていた。

サクラが身を挺《てい》して庇《かば》ってくれたんだが、三体の攻撃を同時には防げないのだ。

「うげ、結構食らう！」

ヘドロンの攻撃が重い！　オルトだから大したダメージは受けなかったのだろう。俺は同じ攻撃でHPを二割も減らされていた。

しかも、装備の耐久値がメチャクチャ減る！　ヘドロンの泥攻撃で汚されたからだろう。あと、アメメンボが口から発射した液体も溶解液系の攻撃なのかもしれない。

「誰だ！　モンスターの難易度が低めとかいったやつは！」

はい俺でした！　何とか殲滅《せんめつ》することに成功したが、結構ダメージを食らった。

しかも、ローブの耐久値が一戦だけで10も減ったぞ。普通の戦闘では精々2程度しか減らないので、単純計算で5倍の速さである。

今はまだ100程度は耐久値が残っているが、今後同じ速度で減っていったらダンジョンの途中で防具を失う事態になりかねなかった。

「この後は、より慎重にいかないと……」

「ムム！」

「リックも頑張ってくれ！」

「キュ！」

リックにわざわざ声をかけたのは、今の戦闘で一番活躍したのがリックだったからだ。

小柄なおかげで狭い足場も苦にせず、壁や天井、仲間の背を蹴って、まるで空中殺法のような動きでヘドロンに的確にダメージを与えていた。

敵のタゲも取って引き付けてくれたし、間違いなく今の戦闘のＭＶＰだろう。

その後、数度に及ぶヘドロン、アメメンボ連合軍との激闘を潜り抜け、俺たちはさらに奥へと進んでいった。

マンホールに突入してからおよそ一時間。

俺たちは本日最大の難所にぶち当たっていた。

「これはなかなか……」

水路が上り坂となっていたのだ。足場も途切れてしまい、水に逆らってこの坂を上る以外に進む方法が無さそうだった。

「しかも坂の途中に鉄格子があるんだけど。あれって下を通り抜けられるのか？　ルフレ、確認してきてくれ」

「フム！」

俺の言葉を受けたルフレがビシッと敬礼した後、水の流れなど物ともせずに坂をグングン上っていく。結構な水量があるんだが、この程度であれば妨げにはならないらしい。

「フムー！」

「下を抜けることはできるのね」

とはいえ、水中行動・上級を所持するルフレだからあっさり通り抜けられたのだろう。

俺たちが水の流れる急坂を上りながら、一度水の中に潜らねばならないというのは、相当難度が高かった。

「まあ、ここで見ていても仕方ない、いっちょやったるか！」

「キュー！」

「モグ！」

みんなやる気だな。

「ここは、水泳スキルを所持する俺が先陣を切ろう！」

だが、これが想像以上の難所だった。水量もそこそこあるので容易には上ることもできないし、足を滑らせたら一気に下まで押し戻されてしまう。

水中行軍の効果で俺たちの水中行動力は上昇しているはずなんだが、この坂を簡単に上れるようにはならないらしい。

「……地力は無理だな」

「フム！」

「――！」

「あー、なるほど……」

サクラが生み出した蔦《つた》を、ルフレが格子の先に結び付けている。あれを伝って上れということなのだろう。

　ただ、坂の上に結んでもらったロープを伝っても、一〇回以上は失敗してしまっていた。

「ぶはっ！　きついっ！」

「キュー！」

「リック、頑張れ！　ファイトー！」

「キッキュー！」

「ファウ！　しっかり捕まってろ！」

「ヤ！」

　リックとファウはどうしても水中潜りの最中に押し戻されてしまうので、俺のローブにしがみ付かせている。

「フムフム！」

　さらに、後ろからはルフレが俺たちを押してくれていた。いやー、最初からこうすればよかったよね。あれだけ失敗しまくったのが嘘であったかのように、あっさりと通り抜けてしまっていた。

「な、何とか抜けたか……」

「キュ……」

「ヤー……」

　俺もリックもファウもグロッキー状態だ。

　その後、サクラとドリモも同じように坂を突破し、何とか全員で先へと進むことができていた。

「結構奥まできたよな」

激戦の証として、俺のローブの耐久値は50を切っている。あと10減ったら攻略を断念して帰還せねばならないだろう。帰り路でも何度か戦闘があるはずだからだ。

奇襲を警戒しながら慎重に進む。さっきは水路の中に落ちてた水鉱石を拾っている最中に奇襲を受けたからな。採取も気を抜けんのだ。

因みに、この下水道では水路の中で水鉱石と銅鉱石を、通路ではキノコ類を拾う事ができている。どれもすでに所持している物ばかりなので、採取物はあまり良いとはいえないだろう。売ればお金にはなるので、拾ってはいるけどね。

「オルト、サクラ、盾にするようで済まんが、俺を守ってくれ」

「ム！」

「――――！」

だが俺たちの警戒をよそにその後戦闘はなく、行き止まりと思われる大部屋にたどり着いたのだった。

見たところ、その部屋からさらに奥へと通じるような通路は延びておらず、ここが終着点であるようだ。

部屋の形状は入り口から緩やかに下り坂になっており、全体ではすり鉢状になっている。

「何もないな?」

「フム」

祭壇があるわけでも、ボスがいる訳でもなく、ただ無人の部屋があるだけだ。

仕方ないので、隠し通路でも探そうかと、足を踏み出したその瞬間であった。

ガシャン！

「フム！」

「と、閉じ込められた！」

入り口に鉄格子が降りて、俺たちは部屋に閉じ込められていた。

「みんな、警戒！」

「ムム！」

「可能性は低いが、入り口は開かんか？」

「モグモー！」

入り口を塞いだ鉄格子を開けられないかと思って揺すってみるが、ビクともしない。ドリモでもビクともしないところを見るに、力技では無理なのだろう。

「何で普通の下水道に罠があるんだよ！　ここまでは一切なかっただろ！　ゲームだからってご都合主義すぎるぞ！」

これまで散々そのご都合主義に助けられてきたわけだが、自分に不利になると途端に恨めしく思えるのだ。

「くそ！」

脱出を諦めた俺たちが鉄格子の前で陣形を作って待ち構えていると、ガコンと音を立てて天井が開くのが見えた。そして、そこから大量の水が部屋に降り注ぎ始める。

「げ！　水攻めか！」

だが、溺れさせるつもりではないだろう。入り口は塞がれているとはいえ鉄格子なのだ。すり鉢状になっている部屋の中央部分に水は溜まるだろうが、それ以上は格子から流れ出ていってしまうはずだ。

そして俺の予想通り、水は鉄格子の高さスレスレ程度で止まっていた。大部屋全域が水浸しになり、体育館くらいの面積の池が出現している。

だが、それで終わりではない。天井に開いた穴からは、今度は水ではないものが降ってきたのだ。

「アメメンボの大軍かよ！」

一〇匹以上はいる。しかもその中に、一際大きく、赤い個体がいた。

名前はアメメメンボ。アメメンボのボスでアメメメンボ。名前が手抜きじゃね？　メが一つ増えただけだ。

だが、気は抜けなかった。どう考えても相手のフィールドだ。

「これって、マズいかもしんない……」

現状、俺たちがいる鉄格子前で、水の深さは足首程度だ。だが、部屋の中央付近に行けば俺でやっと首が出る程度だろう。うちの子たちでは水没してしまうはずだ。

となると足場にできる場所は、この円形すり鉢状になっている部屋の、壁際付近だけとなる。しかも水で動きが阻害されるし……。

「いや、落ち着け俺。焦りは禁物だ……」

一気に殲滅するんじゃなくて、陣形を保ちながらじっくり一匹ずつ減らしていくんだ。

陣形を崩したら俺が被弾する可能性が高まる。下手に移動したり、前に出て集中攻撃を食らったら俺なんか瞬殺だろう。そうなったら全滅だ。

「オルト、サクラ。頼む！」

「ム！」

「――――！」

オルトとサクラに俺の前を固めてもらう。アメメンボからの遠距離攻撃が怖いからな。

「ファウは歌と火魔で援護！　リックは俺の肩で木実弾だ！　オールウェポンフリー！　自分の判断で最も効果的だと思う弾をガンガン撃っていいぞ！」

「ヤー！」

「キュッキュー！」

ファウが敵の目を引き付けてくれれば、より安全に戦えるだろう。リックはちょっとマズいかもしれん。足場がない場所ではその良さが生かせないのだ。仕方ないので、俺や皆の体を足場にしつつ、木実弾で遠距離攻撃を放ってもらうとしよう。

「ドリモは近い奴から攻撃！　ルフレは回復に専念だ！」

「モグモ！」

「フムー！」

ということで始まったボス戦だったが、いくつか予想外のことが起こっていた。

「げ、範囲攻撃だと！」

ボスのアメメメンボは、その巨体を生かして体当たりでもしてくるのかと思いきや、何と砲台タイプの戦闘方法だった。

遠目から、広範囲に降り注ぐ溶解液を発射してくる。赤いから絶対に速さを生かした機動力重視タイプだと思ってた！　三倍速で動くんじゃないのかよ！

これはじっくりとか言ってられないかもしれない。ダメージはそこまでではないが、ローブの耐久値が心配なのだ。

次に起きた予想外は、意外と水の抵抗が少ないということだった。水中行軍の恩恵であるようだ。ドリモやオルトも、浅い場所でなら地面とそれほど変わりない動きで戦えている。

特にドリモの動きが機敏なおかげで、ダメージがいつも通り叩きだせているのが有り難かった。

三つ目の予想外は、ファウの火魔召喚のダメージの大きさだ。うちは火属性の攻撃を使えるメンバーが少ないので全然気付かなかったが、アメメンボたちは火属性が弱点であるらしい。

「……そうだ！」

そこで思い出した。リキューーからもらった爆弾が余っていたことに。

小型火炎爆弾・リキュースペシャル。改も残っているがちょっと怖いので、通常のリキュースペシャルにしておくことにした。

取り出した金属製の爆弾を構え、思い切り放り投げる。

「どりゃあぁぁぁ！」

ボスであるアメメンボを狙いつつ、アメメンボたちもできるだけ多く巻き込める場所を狙ったつもりだ。

直後、思っていたよりも小さい爆発が起こり、かなりの数のアメメンボたちを倒すことに成功していた。

水場で使用したことで、威力と範囲が減少したらしい。

これは逆に使えるかも。今後、リキュースペシャル改を使う時は、水霊の試練などで使用すれば自爆のリスクを減らせるだろう。うん？　ここでは使わないのかって？　当たり前だ。威力や範囲が減少するとは言え、改をこんな狭い場所で使ったら絶対に自爆するのだ。

最後の予想外は、爆弾によって高波が発生したことだった。

「ギュー！」

「ヤヤー！」

俺の身長を超えるほどの大波によって、体が押し流されそうになる。それでも俺は何とか耐えられる程度だったのだが、ヤバいのがちびっ子コンビだ。

一瞬で波に押し流され、俺の前から消えていった。フレンドリーファイアはなくても、こういった間接的な影響はあるのか！

「リック！　ファウ！」

慌てて追いかけようとしたんだが、それを止めたのはサクラだった。

「――！」

「っと、すまん。そうだよな」

敵の数が減ったとはいえ、まだボスが残っているのだ。前に出たら危険が大きいだろう。

「――」

サクラが指す方を見ると、ボスのすぐそばでリックとファウが起き上がるのが分かった。あれなら大丈夫そうだ。

「よし、ちょっとした失敗もあったが、敵は減った！　残りを殲滅だ！」

「モグモ！」

「ムムー！」

残りはアメメンボ二体に、ＨＰが半減したアメメメンボである。

アメメンボはドリモとサクラに瞬殺された。回避力は高いが、装甲は紙なのだ。水面が未だに揺れて動けないこいつらは格好の的でしかなかった。

後はボスだけ。

だが、配下が倒されたことでその外見に変化が起きていた。

「ブブブウウウゥゥ！」

「羽？　もしかして飛ぶのか？」

背中から透明な昆虫の羽が生えたのだ。まあアメンボは昆虫だし、そういうこともあるだろう。だが、こんな天井が低い場所で飛行するのだろうか？

そう思っていたら違っていた。何と、羽の推進力を使って高速で水面を滑り始めたのだ。

「ここからが第2ラウンドって事ね！　ちくしょうが！」

高速移動しながら範囲攻撃と突進を繰り返すようになったアメメンボだったが、その厄介さは想像以上だった。

速いせいでこちらの攻撃が当たりづらいだけではなく、高速でスライドすることが可能なので盾役のオルトたちを避けて後衛を攻撃してくるのだ。

「やば！　アクア・ヒール！」

「フムー！」

俺とルフレはもはやヒールマシーンだ。攻撃などしている暇がない。オルトとサクラが頑張ってくれているんだが、ボスは上手く躱《かわ》してダメージを飛ばしてくる。

俺とサクラが攻撃できないとなると、ダメージディーラーが足りない。ドリモとリックだけなのだ。ドリモの攻撃は回避されまくっているしな。

「このままじゃじり貧だな……よし！　ここは一気に攻勢に出るぞ！　サクラは攻撃だ！　動きを阻害して、ドリモの攻撃の命中率を上げろ！」

「――！」

「そして、リックを送還して、クママを召喚だ！」

「キュー！」

「クックマー！」

リックの姿が消え、クママが召喚される。

「よし！　狙い通り！」

クママが出現したのはリックが今まで張り付いていた場所。つまり巨大なボスの背中の上であった。召喚にはこういった使い方もあるってことだな！

「クママー！　全力で攻撃しろ！」

「クマー！」

クママは激しく動くボスの上から振り下ろされまいと、片膝をついて左腕でその背にしがみ付く。そして、鋭い爪がシャキーンと生えた右のヌイグルミハンドを突き上げるように掲げると、その場で動きを止めた。

力溜めスキルを使っているのだ。右腕に力溜めのエフェクトである赤いオーラが揺らめく。クママ、かっちょいいな。まるでマンガやアニメの主人公みたいだ。

「ク～マ～……！」

「俺の右手が真紅に光る……」

「ク～マ～クマクマ！」

「敵を倒せと激しく唸《うな》る！」

思わずアテレコしちゃったよ。

「クックマクマママママー！」

「クママモフモフ上級爪撃ぃぃ！」

そして赤いエフェクトを放ちながら輝く爪を、クママがボスの背に叩き込んだ。

あのタイミング、完全に俺のアテレコに合わせてくれてるよな。ノリのいいところはクママの長所だと思う。

まあ、それで撃破とはいかなかったけどね！

だが、羽が破壊されたらしく、ボスはその動きを鈍らせていた。

「よし！　これなら当たる！　総攻撃だ！　ドリモは竜血覚醒を使え！　ただし、強撃は使うなよ！」

「────！」

「クマ！」

「モグモ！」

やはりドリモのドラゴンモードはカッコイイ！　そして強い！

追い風によって加速したドリモの鋭い角が、アメメンボのＨＰを大きく削る。最後はクママの本日二発目の力溜め攻撃がボスの頭部に炸裂し、ついにその巨体が沈んだのであった。

「何とか勝ったか……。みんなよくやった！」

「クマー」

「モグ」

みんなレベルが上がったな。

リックはレベル３０で迷彩というスキルを覚えた。敵から発見される確率を下げるスキルであらしい。探索時にリックが先頭の場合も多いから、意外に嬉しいスキルだった。

ボスドロップは素材系ばかりだ。外に出たらシュエラかルインのところに持ち込んでみよう。

「じゃあ、回復をしたら先に進もう。本当は進みたくないけど」

ボスを倒したのに、鉄格子は解除されなかった。

かわりに部屋の反対側の壁がスライドし、新たな通路が出現している。

先に進めってこと何だろう。

戻れないのであれば仕方がない。

「オルト、先頭は頼むぞ」

「ムー！」

苦労して倒したアメメメンボが中ボスだったら最悪だな。

「この先に真のボスがいたら……」

死に戻りも覚悟せねばならないだろう。

「――！」

「クマ！」

「すまん。戦う前から諦めてたらダメだよな」

「モグ」

「ヤー！」

「うん。頑張るよ。最後まで、足掻《あが》いてやろう」

「ム！」

「フム！」

たとえ負けるとしても、最後の最後まで戦い抜いてやる！

だが、俺たちの覚悟は無駄なものであったらしい。

通路にモンスターは出現せず、その先には小部屋があるだけだったのだ。

足を踏み入れても、ボス戦が開始されるようなこともない。ただ、その部屋の中央に何かが横たわっていた。

何かと言ったのは暗くて見えないからではない。部屋の四隅には、強い光を放つ四角形の行灯《あんどん》のような物が吊るされており、光源は十分だった。

何かと曖昧に表現した理由は、一見しただけではそれの正体が理解できなかったからだ。

「白い……布？」

床に白い布が適当に置いてあるようにしか見えない。だが、これが単なる布でないことは、マーカーの色が教えてくれていた。どうやらＮＰＣであるようだ。

鑑定すると『オバケ』という何の捻《ひね》りもない名前が表示された。

なるほど、お化けか。この白い布のような物がそのまま体って事らしい。幽霊ではなく、お化け。たらこ唇のＱちゃんや、何故か配管工が姫を救う国民的アクションゲームに登場する白いやつと同類だ。

よく見れば、布の中央に顔らしきものがあった。まあ、布にマジックで落書きしたと言われたらそうとしか思えない感じだが。

糸目と思われる二本の横線と、底辺を下にした三角形の口っぽい物が一応確認できる。フォルム的には、ボウリングの球に白い布をかぶせて、指のない三角の手を左右に付ければ完成である。足はない。ただ、布の中は覗くことができず、真っ暗な闇が広がっていた。

NPCということは敵ではないようだが……。

「バケー……」

近づくと、床に仰向けに寝そべっていたオバケが目を開いた。

糸目なのかと思っていたら、単に目を瞑っていただけらしい。糸目が黒い丸になった。どちらにせよ落書き風なことに変わりはないが。

にしても、妙に弱々しい声じゃないか？

「バ、バケー……」

再びか細い声をあげるオバケ。

グギュルルルル〜！

「な、何の音だ？」

まるで巨大なカエルの鳴き声のような。もしくは南国の鳥の威嚇の声だろうか。こちらを威圧しているかのような重低音が、どこからともなく聞こえてきた。

もしかしてオバケが弱っているように見えるのは、この音の発し主に襲われたからか？　くそ、ボス連戦か？　ド〇クエⅢのラストかよ！

「みんな！　警戒しろ！　何かいる！」

「ムム？」

「フム？」

「ヤー？」

あっれー？　俺がやる気満々で真面目な顔で指示を出したのに、うちの子たちは何故か首を傾げてその場に立ったままだ。

「ええ？　み、みんな？　戦闘準備は？」

「クマ？」

「モグ？」

「――？」

サクラたちまで！　敵の姿が見えないからか？　仕方ない。俺だけでも警戒するぞ！

俺は身構えたまま、音の発生源を探った。

グギュルルル～！

謎の重低音は、前方から聞こえてくる。オバケの向こう側か？　壁の向こうに、何かいるのか？

グギュルル～！

いや、違うな。もっと近くだ。そう、オバケの辺りから聞こえてきた。というか、オバケから聞こえている？

「バ、バケー……」

「……もしかして」

俺はオバケに近づき、片膝をついてその様子を観察した。よく見たら頬がこけているようにも見える。

うん。敵とかいませんでした。みんなが戦闘準備をしない訳も分かった。

グギュルルル～！

謎の音の正体は、オバケの腹の音だったのだ。弱って見えたのは、単に空腹だったかららしい。寝ていたのではなく、腹を減らして行き倒れていたようだ。

「バ、バケケ～……」

グギュルルル～！

部屋の中央で行き倒れている白い布風のオバケは、縋《すが》りつくような目で俺を見上げている。

NPCだし、敵ではないだろう。あと、妖怪でもないらしい。妖怪探知スキルを使用しても、反応がない。

「バケ……」

助けてやりたい気持ちはあるが、どうすりゃいいんだ？

そもそもオバケって食事をするのだろうか？　霊体なのに？　いや、こいつはシーツオバケだが。

「精気でも吸わせりゃいいのか？」

「バケ……」

違うらしい。微かに首を振ったのが分かった。顔が胴体みたいなものだから、全身を左右に揺する感じである。

「じゃあ、普通に食事をするのか？」

「バケ……」

今度は明らかに頷ずいた。

まじか、食事をするのか。いや、幽霊ではなくオバケ。ここは別物として考えなくてはいけないだろう。

「オバケの好物って何だ……？」

Qちゃんは白米好きだったっけ？　いやチョコレートだったか？　どちらにせよ所持していないから、あげることはできない。

「ルフレは分からないよな？」

「フムー？」

俺の質問に首を傾げるルフレ。だよねー。

考えても分からないので、手持ちの食べ物を全部並べることにした。

肉料理や魚料理、飲み物や甘味。それだけではなく、素材をそのまま食べることを好む可能性も考えて、生肉に鮮魚、野菜にハーブ等、食用にできそうなものを片っ端だ。

自分で思っていた以上に、インベントリに色々入っていたな。オバケの周りを囲むように、何十種類もの食べ物が置かれている。

オバケを祀《まつ》り上げているような絵面だな。変な儀式でも始まりそうだ。

「どうだ？　食べたいものがあるか？」

「バ、バケケ……」

首を横に振るオバケ。

何？　これでもダメなの？　まてよ、他に何かなかったっけ？

こうなったら、そのままでは食べられない物も全部出してしまおう。食用草や雑草扱いのハーブたち。さらに薬草や水なども全部だ。

すると、オバケがそのちっちゃい手をそっと伸ばす。何か気を引くものがあったらしい。そして手に取ったのは、真っ白な毒キノコであった。

「あ、やべ！」

赤テング茸・白変種だ。他のアイテムに交じって、間違えて置いてしまったらしい。

だが、俺が取り上げる間もなく、オバケはその真っ白な傘に青い斑点の付いた毒々しいキノコを口に入れてしまったのだった。

「ちょ、それ毒キノコ！」

大丈夫なのか！

「バケ？」

だが、オバケは毒など意に介することなく、赤テング茸・白変種をモグモグと咀嚼《そしゃく》している。

「お、おい。毒でも平気なのか？」

「バケ！」

問題なかったらしい。キノコを食べたオバケは途端に元気を取り戻し、体を起こした。そしてオバケは素早い動きで立ち上がる——のではなく宙にフワーッと浮かび上がる。

上下左右にフワフワ動きながら手をバタバタさせているな。どうも喜んでいるようだ。

「バケバケ！」

オバケはダンスする様にクルクルと回転しながら、フワフワと俺の周りを飛んでいる。楽しそうだ。その雰囲気に当てられたのか、ファウやオルト達まで踊り始めたな。

「ラランラ～♪」

「ムムー！」

「フムー！」

「クマー！」

「バケケ～！」

さて、これからどうなるか。

友好的に接触できたし、戦闘にはならないと思うが……。

次にどうすればいいのか分からず、踊るうちの子たちとオバケを見ていたら、ある程度で満足したらしい。

オバケが俺の前でその動きを止めた。まあ、上下にフワフワと揺れているけど。

顔の落書きが、満面の笑みに変わる。

「バケーバケー」

オバケは何やら手を布の下に突っ込んで、ゴソゴソし始めた。鼻歌を歌いながら、ノリノリの雰囲気だ。

そして、何かを取り出し、それを俺に差し出してくる。

「バケ！」

「うーん……何だこれ？」

ヒビの入った小汚いビー玉だ。その名前もひび割れたビー玉。

名称：ひび割れたビー玉
レア度：1　品質：★10
効果：売却・譲渡不可

譲渡、売却不可となっているので、イベント関係のアイテムであるようだ。

「えーっと、これをくれるのか？」

「バケ！」

俺の問いにオバケは大きく頷く。これが助けた報酬ってことらしい。

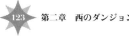

「これの使い道は――」

「バケー！」

これをどうすればいいのか聞こうと思ったんだが、オバケはこちらに軽く手を振ると、ポンという音を残して姿を消してしまう。止める間もなかった。

え？　これでイベント終了ってこと？

「えーっと、これどういうことだ？」

手元に残った謎のアイテムを見つめるが、使い道は分からない。

「ちょっと調べてみようかな」

軽く掲示板などを検索してみるが、普通のビー玉の情報しか出てこない。

レッサーゴーストのドロップであるビー玉なら、俺もそこそこ所持している。ただ、イベントアイテムであるひび割れたビー玉の情報は見つけられなかった。

他にオバケなどについても検索するが、こちらも特に有用な情報はない。しかし、一つだけ興味を惹かれる情報があった。

「東の町でも隠し通路が発見されてたのか。知らなかった。発見者は浜風……。この人、スネコスリも発見してるのか！　凄いな！」

今俺たちがいる西の町ではなく、東の町でも地下通路が発見されたらしい。ただそこにいたのはオバケではなく、コガッパという妖怪がいたらしい。ここと同じ様に行き倒れていたと書き込まれている。

しかしコガッパに食べさせられるようなアイテムは所持しておらず、イベントが進められなかったと書いてあった。

「隠し通路に入る方法も書いてあるな」

一度確認しに行ってみるのもいいかもしれない。それに、西と東に隠し通路があったということは、北と南にも何かあるんじゃないか？

「これは、探してみる価値があるかもしれないぞ」

もともと第三エリアの各町を歩く予定だったわけだし、一石二鳥と思っておこう。

明日はどこかの精霊の試練の攻略をするつもりだったが、第三エリアの探索を優先することにした。お金や経験値を稼ぐにはダンジョンに潜る方がいいんだが、やはり新しい発見の魅力にはかなわないのだ。

それに、どうせ俺たちの戦力じゃダンジョンを完全攻略するのはまだ無理だしな。

「よーし！　みんな、一旦上に戻るぞー」

「ムム！」

因みに、降りる時は滑り降りたドリモだったけど、登る時はメチャクチャ大変でした。皆で引っ張りつつ下から持ち上げて、ようやく梯子を登れていた。

まあ、いつも格好つけてるドリモの格好悪いところが見れて、ホッコリしたけどね！

第三章　またまた発見！　今度は北だー！

オバケと遭遇した翌日。ログインした俺は、畑へと向かっていた。

今日は第三エリアの各町を歩き回るつもりだ。

アリッサさんに情報を売りに行くのはその後かな？

できればそれまでに他の隠し通路の情報も手に入れたいところだが、そう簡単にはいかないだろうな。

まずは、オルトたちが収穫してくれていた作物をチェックだ。ロイヤルゼリーなどの貴重品も含め、今日も色々と採れている。中でも俺が驚いたのが、緑桃だ。

この作物自体は珍しくないが、俺が驚いたのはその品質である。

「★8の果物は、初めて採れたんじゃないか」

というか、ハーブ以外じゃ初めてだろう。始まりの町の畑では、★8品質の作物は育たないと聞いていたんだが……。

「ユート。しけた面してどうしたんだ？」

「タゴサックか」

声をかけてきたのはツナギを着た男言葉の美女、タゴサックだった。実は、彼女とはほぼ毎日、挨拶をかわしている。畑仕事をしていれば絶対にすれ違うからな。

「いや、これを見てくれよ」

「へぇ！　変異作物か！」

さすがタゴサック。一目見て、この緑桃がどうして生まれたのか分かったらしい。色々と教えてもらった。

これは、品質変異という現象が起きて生まれたらしい。

薬草が微炎草に変わったり、白変種に変異したりと、畑の農作物の変異には幾つかパターンがある。その中で、品質が上昇するだけの品質変異というものであるそうだ。

俺も変異は何度か経験したことはあるが、これは初めて発生したな。

タゴサックでも、数度しか経験したことがないというから、相当レアだろう。

「理解できた。助かったよ」

「いや、ファーマー仲間同士なんだ、困ったら助け合いは当たり前だぜ？」

相変わらず男前なタゴサックは、手をヒラヒラと振りながら戻っていった。

やばい、俺の一〇〇倍くらい男らしいんだけど。

「★8の秘密は解けたし、仕事に戻るか。予定も詰まってるしな」

今日は各畑での仕事や調合などを全て済ませて、さっさと出かける予定だったんだが……。

納屋の前に向かうと、驚愕の光景が広がっていた。もう、出かけるどころではない。

「おー、久々の卵じゃないか！」

「キキュ！」

「ヤー！」

納屋の前に、茶色と赤のマーブル模様の卵が置かれていた。

出迎えてくれたリックとファウが、俺の両肩に乗ってドヤ顔をする。鑑定すると、この二体の間に生まれた卵だ。

「おおー。やったな！」

「キュ！」

「ヤー！」

にしても、デカくないか？　一抱えはある。

小型サイズであるリックとファウの間に誕生した卵なのに、オルトとサクラの卵と同じ大きさだった。というか、本人たちよりも遥かに巨大だ。

まあ、魔力が混ざり合って生み出されるという設定だし、親のサイズは関係ないってことなんだろう。

「孵卵器を用意しなきゃな……。ヒムカ、とりあえずアイアンインゴットを用意してくれるか？」

「ヒム！」

属性結晶は火結晶がある。あとは孵卵器を買ってくれれば、属性付加孵卵器を作れるだろう。

俺は皆に畑を任せると、足早に獣魔ギルドへと向かった。自然とスキップになってしまうのは仕方がない。何せ、久々の卵だからな！

生産技能孵卵器と戦闘技能孵卵器で迷ったが、ここは戦闘技能孵卵器を購入することにした。生産技能を持った子はたくさんいるしね。

畑に戻るとすでにヒムカがアイアンインゴットを作っておいてくれたので、それを使って孵卵器を作る。

名称：火属性付加戦闘技能孵卵器
レア度：4　品質：★6
効果：孵卵器。誕生するモンスターの初期ステータスがランダムで＋5。初期スキルにランダムで戦闘技能が追加。初期スキルに火属性スキル、火耐性が追加。

ソーヤ君に頼まないで自作をしたんだが、結構いいできじゃないか！　俺の錬金のレベルも結構上がってきたってことかね。ただ、これで今後は自前で孵卵器を用意できるぞ。

リックとファウの卵を孵卵器にセットして、納屋に安置した。これで数日後にはモンスが孵《かえ》るというわけだ。

「どんな子が生まれるんだろうな」

「キュ？」

「ヤ？」

本人たちにも分かっていないようだ。そもそも、外見も能力も全然違う二人だ。妖精っぽいモフモフ？　モフモフの妖精？

白いイタチと激闘を繰り広げたガンバリ屋のネズミたちみたいに、服を着て直立歩行をするリスが生まれたりしたら可愛いんだけど。ドリモと、レトロアニメコンビ結成だ。

まあ、生まれてからのお楽しみだな。

「さて、改めて仕事を終わらせて、出かけるとしようか」

「キュー！」

「ヤー！」

まず俺がやりたいことが、購入した温室の設置である。昨日は色々あって忘れていたのだ。オルトにどこに設置するのがいいか尋ねると、果樹園に設置してほしいということだった。

「このままここに設置して平気なのか？」

「ム！」

オルトが頷く。大丈夫であるらしい。そのまま温室を設置すると、畑一つを大きなガラス製の温室が覆った。

「おおー、かっこいいじゃないか！」

「ムムー！」

外から見ると、中には果樹が植わっており、本当に植物園みたいだ。それに、ただガラスを組み上げただけではない。骨組みなどにはロココ調の細工が施され、一部はメッキで金色に輝いている。そのお陰で現代風の工業用温室とは一味違う、一昔前の貴族の館に設置されていそうな、趣味感強めのレトロ温室風味が醸し出されていた。ガラスが少しだけ曇っているのもポイントだろう。

るだろう。
樹木や特殊植物の育成速度上昇、品質上昇の効果があるそうなので、果樹の収穫率が上昇してくれ
「ム！」
「いいねぇ」

一時間後。全ての作業を終えた俺たちは、西の町の広場にやってきていた。急いで東の町へと行きたいところなんだが、その前に寄らないといけない場所がある。

「久しぶりだな」

「あ、白銀さんじゃん！　おひさー」

シュエラの店だ。ルインのところと迷ったが、前回もローブはこっちで買ったので、先に覗きにきたのである。

相変わらずのあざとい系合法ロリのシュエラが出迎えてくれた。

今日はシュエラだけらしい。抑え役のセキがいないことに一抹の不安を覚えつつ、ローブの耐久値を見せてみる。

「ローブがこんなになっちまってな」

「あやー、これは酷使したね～。耐久値の回復？　それとも新調しちゃう？」

「どうしよっかな」

金を払うと耐久値を回復してもらえるんだが、性能が僅かに低下してしまう。これは複雑な計算式

があるそうだが、一気にたくさん回復するほど、より低下率が上がるそうだ。

しかし、耐久値の回復費用は一度にたくさん回復した方が安上がりである。つまりお気に入りの防具をずっと使いたければ、多少割高でも耐久値の回復をこまめに行わなければいけないということだった。

今回俺が持ち込んだ魚鱗《ぎょりん》のローブの場合だと、確実に防御などが下がる。ボス戦で追い込まれ、残り耐久値が20になっているのだ。

「新調しちゃうかな～」

「その方がいいよ。ね、うちで買ってくれるんでしょ？」

「まあ、とりあえず見せてもらおうか」

「ふふ！　それはわたしへの挑戦だね？　いいよ、わたしの自信作をとくと見るがいい！」

シュエラがジャーンと言いながら、いくつかのローブを提示してくれる。それらは自信作というだけあって、かなり高性能だった。お値段もその分高いんだが。

名称：耐火のローブ
レア度：4　品質：★7　耐久：240
効果：防御力＋41、火耐性（小）、耐暑（小）
装備条件：精神10以上
重量：3

名称：精霊布のローブ
レア度：４　品質：★７　耐久：２００
効果：防御力＋４６、魔法耐性（微）
重量：３

名称：銀糸と精霊布のローブ
レア度：４　品質：★５　耐久：１７０
効果：防御力＋４０、精神＋１、知力＋１、魔法耐性（小）
重量：４

名称：猪人兵のローブ
レア度：５　品質：★５　耐久：３３０
効果：防御力＋６７、知力－２
装備条件：体力１３以上
重量：５

名称：堅殻蟲のローブ

レア度：5　品質：★4　耐久：290
効果：防御力＋69、火炎弱体化（小）
装備条件：腕力15以上
重量：6

ほとんどが精霊門の素材を利用して作った防具たちであるらしい。どれも魚鱗のローブよりは強い。

「どうどう？　なかなかいいっしょ？」

「ああ、後ろの二つ以外は装備できる」

「あ、やっぱこれは無理？　うちだと一番強いローブなんだけどね。第六エリアの素材と第五エリアの素材を使ってるんだ」

「やっぱ、あの辺の装備になると、装備条件がきついな」

「まあね～。これでもデメリットを付けることで、条件を多少緩和してるんだけどね。白銀さんには無理かー」

的確な評価をありがとう。

このラインナップだと精霊布のローブか、銀糸と精霊布のローブがいいだろう。物理防御、魔法防御、どちらをとるかだが……。ここは物理を優先して精霊布のローブにしておいた。

俺のステータスなら、魔法防御は平均レベルはあるからだ。平均でしかないけどね。

それよりも、一発食らっただけでお陀仏《だぶつ》の可能性がある物理防御をカバーする方が重要だろう。

「へへ～毎度あり！　あ、また何か売れる素材はないの？　相殺できるかもよ？」

「あー、素材か……」

とりあえず、火霊門で得た素材を出してみる。実験に使えるかもしれないから、全ての素材は少しずつ残してあるが。

「いいじゃんいいじゃん。量もあるし！」

「あとは……これかな？」

アメメンボ、ヘドロンの素材も出してしまおう。アリッサさんのところにも持ち込みたいから半分だけどな。それと、アメメンボの素材もとりあえず取っておくことにした。

「こ、これは……さすが白銀さん。しれっと未知の素材を取り出すのね！　うふふふ。キタキタキタキタキタァァ！」

「お、おう？」

「いいわね！　いいわよ！　これならかなりおまけしておいて、こんな感じでどう？」

「え、こんな安くしてくれるのか？」

「モチのロンよ！　新素材なんだから、ちょっと高めでもゲットしないと！」

何と一〇万超えのローブが、三万になってしまった。いいのか？　でも、向こうが提案して来たんだからいいんだよな。

「じゃあ、それで頼む」

「うへへへ。これで何作ろうかな！　セキがいない今、わたしの独り占めだし！」

どうやらセキがいないことが、俺にとっていい方に作用したらしい。新素材欲しさに相場を無視して買い取りをしてくれたのだろう。俺はシュエラに別れを告げ、次の目的地を目指す。

それにしても、ヘドロン、アメメンボは未発見モンスだったか。じゃあ、東の町の地下道にも、知らないモンスターがいるかもしれん。

ヘドロンはテイム可能だったが、こっちはどうだろう？　面白そうなモンスがいたらいいんだけど。

「じゃあ、東の町に行くぞ！」

「ムー！」

転移を使って東の町に移動して、コガッパが発見された地下通路へと向かう。

歩きながら掲示板を確認すると、発見者である浜風というプレイヤーによって地下通路の情報が色々とまとめられていた。

浜風は相当運がいいらしい。何と、ボスに負けそうになる直前、偶然安全地帯を発見して、そこからチクチク攻撃を続けて何とか勝利したそうだ。ボス戦の行動パターンなども詳細に書かれていたので、多分俺たちでも勝てるだろう。

掲示板では、安全地帯が仕様かバグか議論されていた。

運営が用意した安全地帯なら構わないが、バグだった場合はすぐに修正されてしまうだろう。興味があるなら修正前に行動したほうがいいと結論付けられていた。

それを見て、急いでコガッパのところにきたんだが……。

どうも俺の計画通りには行きそうもなかった。何せ、地下道の入り口が発見された風車小屋の前には、長蛇の列ができていたのだ。どうやら、並んでいる全員が挑戦者であるようだった。

「……これは無理だな」

「ム……」

そりゃあ、掲示板にあれだけ詳しく書かれてたら、皆くるよな。これは、入るのはちょっと難しそうだ。しかもファウが目立っているのか、周囲の視線が集まり出した。

これでは西の町の二の舞になりかねん！

「と、とりあえず移動するぞ」

「ヤー」

しかし、どうしよう。このまま列に並んでいても時間の無駄だし……。

「先に北と南の町を散策してみるか」

「ムム！」

「問題はどっちに行くかなんだが……。オルトは北と南、どっちがいい？」

「ム？」

小首を傾げるオルト。他の子たちも同様だ。

「さすがに分からんよな……。じゃあ、オルト、俺とジャンケンしよう！　オルトが勝ったら、北。俺が勝ったら南だ」

「ム！」

別に、どっちが勝利しても構わないんだが、オルトは両手を交差させるように組んで中を覗き込む、ジャンケン必勝法を行っている。やるからには勝ちたいのだろう。というか、どこで覚えたんだ？

「よし。準備はいいな？　ジャーンケーン……」

「ムー……」

これから必殺技でも放つのかっていうくらい、メッチャ真剣な表情だ。

「ポン！」

「ムムー！」

俺がチョキ、オルトがグーだ。勝利の拳を突き上げ、雄叫《おたけ》びを上げている。

「ムームー！」

「じゃあ北の町に行くか」

「ム！」

その後、北の町へと移動した俺たちは、順調に散策を続けていた。いや、何も見つからないことを順調と言っていいのか分からんが。特にトラブルは起きていないってことだ。ファウに興味のあるプレイヤーに囲まれるということもない。それに、山羊乳など、この町でしか買えない素材も色々と買い込めているのだ。

「ラランラ～♪」

「ムームー」

「フームー」

「クーマー」

町中をのんびりと皆で散歩する。今日の面子はオルト、リック、クママ、ファウ、ルフレ、ドリモだ。

地下道の入り口を探すわけで、探索系に強い面子を集めてある。ダンジョンに入る時は、そのダンジョンの特性に合わせて入れ替えればいいからな。

「いいかー、壁の隙間だけじゃない。怪しそうな場所は報告するんだぞ？」

「モグ」

「キキュ！」

「ヤー！」

ドリモのヘルメットはそんなに座り心地がいいのだろうか？　ファウとリックが一緒にその上に乗っている。リックがまるでファウの為のソファ状態だ。

「西の町は、壁の間にあったマンホール。東の町は、風車小屋に隠されていた地下への階段」

地下に降りるための何かという点は共通していそうだが、それ以外にヒントはなさそうなんだよな。となると、皆に言った通り怪しい場所は片っ端から調べていくしかない。

「地図もまあまあ埋まってきたか」

実は、北の町を歩き回る前に、始まりの町でも請け負っていた地図作成の依頼を受注してきたのだ。この地図を埋めつつ、時おり妖怪察知、妖怪探査を使って妖怪捜索も進めれば、何も見つからなくても損にはならんからね。

「ラーラランラー♪」

「キーキュー」

「フ～ム～」

いや、皆が楽しそうだから、それだけでも十分だったか。でも、多少なりとも得る物がある方が嬉しいのだ。

しかし、そのまま半日。

「あー、もう地図が埋まっちゃった」

結局何も見つからなかった。妖怪の反応もないし……。まあ、毎回何かが見つかるわけじゃないよね。

ただ、収穫はゼロではない。

地図の依頼達成だけではなく、寝っ転がったら気持ちよさそうな原っぱを途中で発見したのだ。町の端にあるのだが、学校の校庭くらいの広さはあるだろう。

公園と呼べるほど整備されているわけじゃないが、短い芝生のような草の生えた空き地に、まばらに木が生えていた。雑草ではあるが、チューリップやコスモスの花も咲いているし、ピクニックをするにはちょうど良いロケーションだ。

そこでお昼を兼ねてピクニックをしつつ、遊ぶうちの子たちのスクショを撮るのもいいだろう。

「よーし、ここで休憩だ！　準備をするぞー！」

まずはゴザを取り出して、オルト達に手渡す。花見の時に手に入れたゴザだ。こういう時に便利だし、買っておいてよかった。

「ゴザを敷いてくれー」

「ムー！」

「フムー！」

後はオヤツだね。

「クママのロイヤルゼリーと、リックの胡桃と、オルトのジュースと、ルフレのアクアパッツァと、ファウとドリモの野菜だ！」

「モグ」

「ヤー！」

「クマ！」

「キュー！」

「あ、まだ食べるなよ？　皆で乾杯するんだからな」

そして、俺たちのピクニックが始まった。いや、従魔たちはすぐに食事を終えてしまったので、即遊びに行っちゃったけどさ。原っぱを元気に駆けまわっている。

「ラランラ～♪」

「モグ」

ゴザに残っているのは大人なドリモと、その頭の上でリュートを爪弾くファウだけだ。やはり日光上等ヘルメットは座り心地がいいらしい。

うちの子たちが追いかけっこする姿を見ながら美味い飯を食べ、ファウのリュートの音を聴き、そよ風に吹かれ、時おりドリモをモフる。

いやー、中々いいね。このところのんびりしてなかったし、最高ですわ。

「うーん。こういう時間も必要だな～」

「モグ」

「ララ～♪」

だが、のんびりタイムはそう長く続かなかった。

「あれー？　白銀さんだー！」

「アメリア？　どうしたんだこんな場所で」

「それはこっちの台詞です」

そこにいたのはテイマー仲間のアメリアだった。ノームを四体侍《はべ》らせ、肩にはウサギを載せている。

「あー、俺はピクニックしてるんだよ。ちょうどいい空き地だし」

「なるほどー。それは楽しそう！」

「で、アメリアは何をしにきたんだ？」

「私は撮影会！　そこの花畑をバックに、うちのノームたちのスクショを撮りまくるの！」

「なるほど」

テイマーなんて、考えることは同じなのかもしれない。

しかし、アメリアのノームは凄いな。何と、ノームファーマー、ノッカー、ノームファイター、ノームリーダーと、全進化先が揃っているのだ。

俺の視線に気づいたのだろう、アメリアが自慢げに皆を紹介してくれた。それぞれが「ムッ！」と言って頭を下げてくれる。

「ノームファーマーは、外見ほぼノームだな。何か違うか？」

「クワが少し豪華になって、襟にピンバッジが付いたね！」

「言われなきゃわからん」

「えー？　そんなことないと思うけど。白銀さんならすぐに判別できるようになるんじゃないかな？」

俺だってノームは好きだが、アメリアほどのマニアじゃないのだ。一緒にされても困る。

「ノッカーの外見は大分変わったか」

ノームの時から少し背が伸びて、大人っぽさが増しただろう。髪の色も黒くなり、背負っているのがクワではなく、ドリモの物と似たツルハシだった。

ファイターは鎧を着込んだノームだ。何て言うんだろう？　ブリキの鎧的な、不格好な奴だ。これで戦えるのか心配になるぜ。

うちの子たちも、アメリアのノームたちに駆け寄ってきて、早速遊びに引っ張っていった。

バタバタと追いかけっこをする様子は、完全に幼稚園だ。

「すまんアメリア。スクショ撮りにきたのに。今止めさせるから」

「と、とんでもない！　むしろご褒美！　スクショはいつでも撮れるけど、こんな光景は今しか撮れないんだからね！　撮っていいわよね？」

「あ、ああ」

「ふひひ……最高！」

まあ、アメリアが喜んでるんだったらいいか。

だらしのない顔だ。美形アバターのはずなのに。

不意にアメリアの頭の上に移動したウサギと目が合った。

「……」

「……」

「……大変だな」

「……ピョン」

通じ合った気がしたのは、気のせいじゃないだろう。

それから三〇分後。

「あー、満足満足！」

「もういいのか？」

「うん！」

まあ、あれだけスクショを撮りまくってればな。

アメリアに会うたびに、スクショを撮りまくっている姿しか見ていない気がする。

「ストレージの容量、大丈夫なのか？」

「もち！　そのために大容量のハードを増設したんだから！」

スクショデータをゲーム内に保存しておくには容量の上限があるので、ガチスクショ勢はゲーム外のストレージを使う人が多いと聞いたことがあるが……。アメリアもガチ勢だったらしい。

「じゃあ、私もまーざろっと！」

元気過ぎるなアメリア。わずかな休憩も挟まず、モンス達の追いかけっこに交ざり始めた。普通なら、子供や動物たちと戯れる美少女の微笑ましい映像になるはずなんだが……。

「まてまて～！」

「ムー！」

「うへへへ～。まってよ～！」

「ムムー！」

アメリアの顔がヤバい。ニヤニヤマックスのだらしない顔だ。

ぶっちゃけ、子供を襲う変態にしか見えなかった。

そんな、他のプレイヤーに見られたら通報されかねない、アメリアとモンス達の戯れを見守ること五分。

アメリアの至福の時は唐突に終わりを迎えた。

「あれ？」

いきなりアメリアの姿が消えたのだ。ノームの後ろを走っていたと思ったら、どこかに行ってしまっていた。強制ログアウト？　でも前兆なんか何もなかったぞ？　それに、アメリアのノームが残っている。ログアウトではない。

「アメリア？」

どこ行った？　俺と同じように慌てた様子のノームたちとともに、アメリアが消えた場所に駆け寄る。

「アメリアー？」

「ムムー？」

「白銀さーーん！」

草をかき分けながら呼びかけてみると、トンネル内にでもいるかのような、反響して聞こえる返事がきた。

声の聞こえた方へと近寄ってみると、その理由が判明する。

「あ、なるほど。そういうことか」

「感心してないで助けてよ！」

アメリアは地面に空いた深い穴に落下してしまっていたのだ。草がその姿を隠していたらしく、気付かなかったのだろう。

落とし穴みたいなものだな。

深さ三メートル程度の、縦長の円形の穴である。

「ム！」

「ムー！」

「ムムー！」

「ムッムムー！」

「え？　きゃぁぁ！」

主のピンチに動揺したのか、単に助けるつもりだったのか、アメリアのノッカーが穴に飛び込んだ。それがきっかけとなり、他のノームたちも次々に穴にダイブしていく。

下でアメリアが受け止めようとして失敗したのか、ノームたちに伸《の》し掛かられて尻餅をついていた。狭い穴の中で折り重なって、ワッチャワチャだ。これ、リアルだったら大惨事だったろうな。

「おい、大丈夫か？」

「な、何とか……。もう！　みんな急に飛び込んじゃメッだよ！」

「ムー……」

「ムム……」

「はぁー……反省してる顔も可愛い」

「ム？」

まあ、大丈夫そうだな。いつも通りのアメリアだ。

「もう少し我慢してくれ、今ロープを――」

「あ、ちょっと待って！」

俺の言葉を急にアメリアが遮る。その視線は、穴の上にいる俺ではなく、何故か横を向いていた。

「どうした？」

「ここ、何か変！　ちょっと隙間がある！」

「隙間？」

「うん！」

どうやらノームたちに押しつぶされて地面に這いつくばったことで、壁と床の間に空いたほんのわずかな隙間に気付いたらしい。

俺も降りて確認したいが、下はアメリアたちだけで満員だ。

「何かありそうか？」

「うーん？　ちょっと待って。皆、ここが何なのか、調べて！」

「「「ムー！」」」

「あ、ちょ！　私が立ち上がってからにしてー！」

アメリアを揉みくちゃにしながら、狭い穴の中を調べ始めるノームズ。すると、ノッカーが何かに気が付いたようだった。

「ムム！」

「えーっと、ここ？」

「ム」

「うーん……。あ、何か変な石がある。これってー――」

アメリアが手を伸ばして、壁を触る。よく見ると、そこには名刺サイズの黒い石が埋め込まれていた。アメリアがそこに触れた瞬間、重低音とともに軽い振動が地面を揺らす。

ゴゴゴゴ――。

「おおー、やった！　隠し通路だ！」

「ムー！」

「凄いじゃないかアメリア」

「へっへー！」

「ムッムー！」

ドヤ顔のアメリアとノームたち。でも、この成果は胸を張っても許されるだろう。

「なあ、先に進めるのか？」

「うん。結構長そう」

「ほほう」

これって、もしかしてビンゴなんじゃないか？　探していた地下道の可能性が高いよな？

「白銀さん、どうする？」

「うーん。俺的にはぜひ先が気になるところなんだが、アメリアはどうだ？」

「私も！　じゃあ、チーム申請送るね！」

話が早くて助かるぜ。ということで、アメリアたちと一緒に探索することが決定したのだった。

アメリアたちが通路に入っていったのを確認して、俺たちも穴を降りて後を追う。

「中は少しだけ広くなってるのか」

入り口は人一人が通れる程度の広さしかなかったが、中に入るとすぐに通路が広がっている。まあ、西の街で見つけた地下水道と同じくらいはあるだろう。

「よーし、皆行くよ！　レッツラ探索！」

「「「「「ムムー」」」」」

アメリアのノームたちと一緒に、オルトも拳を突き上げて叫んでいる。いつの間にか馴染んでいるな。というか、ノームが五体って、バランスが偏り過ぎてないか？

「なあアメリア」

「なに？」

「このまま行くのか？」

「え？　そうだけど」

「ああ、そう」

いや、そんな「何か問題ある？」って顔で見られたら、もう何も言えないんだけど。

まあ、アメリアは普段からノームまみれのパーティでダンジョンアタックしてるみたいだし、きっとどうにかなるだろう。

「じゃあ、行くか」

「おー！」

「「「「「ムムー！」」」」」

そうして、意気揚々と地下道に突入した、俺とアメリアの合同パーティ。

だが、数メートル進んだだけで、すぐにその歩みを止めてしまっていた。

「真っ暗なんだけど！」

「うーん、光源ゼロのダンジョンは初だなー」

そう、この地下道にはランプ類はおろか、ヒカリゴケなどもなかったのだ。目を細めようが、数秒間目を瞑って開けてみようが、目の前に広がる漆黒の闇に変化はない。

「アメリアは松明《たいまつ》とか持ってるか？」

「いやー、持ってないんだよねー」

「そうか。じゃあ、ファウ、頼む」

「ヤー！」

仕方ないので、ファウの火魔召喚で生み出した火の玉を松明代わりにする。ただ、これには多少の問題があった。

召喚限界時間があるので、数分おきに使用せねばならないのだ。ただでさえ、進化したことで上級になった歌唱スキルの消費が大きいのに、こまめに火魔召喚を使うとなるとファウのＭＰ管理が相当難しくなるだろう。

マナポーションを使いつつ、支援を少し減らす必要があるかもな。

「おおー、さすが妖精ちゃん！　可愛い！」

「……可愛いは関係ないだろ。というか、ファウも守備範囲なのか……」

「もっちろん！　ていうか、いつの間に羽生えたの？」

「え？　今さら？」

「いやー、妖精ちゃんが可愛すぎて、全然違和感なかったよ」

「先日進化してな」

「へ～！　いいなぁ。私も妖精ちゃんが欲しいな～！」

俺の言葉にアメリアが羨ましそうに声を上げる。だが、アメリアならそう遠くない内にピクシーを手に入れられるんじゃないか？

「アメリアはサラマンダーをテイムしてたよな？　ピクシーは精霊と精霊の間に生まれると思うから、すぐに手に入ると思うぞ」

「それなんだけど、絶対かどうかは分からないじゃない？　白銀さんのファウちゃんは、ノームと樹精の子でしょ？」

「そうだな」

「だったら、サラマンダーとノームの間にピクシーが生まれるかどうかはまだ確定してるわけじゃないじゃん？」

それはそうか。精霊と精霊と単純に考えていたけど、もしかしたら片方が樹精の必要があるとか、ノームと樹精の間にしか生まれないとか、条件があるかもしれない。

「だからどうにかして樹精をゲットしたいんだけどね」

「やっぱレアなのか？」

「もう、激レアだよ！　私が知ってる限りだと三人しかテイムできてないね」

そんなことを話しながら洞窟タイプの地下道を進んでいるんだが、その進行速度は非常に遅かった。

「きゃ！」

「おっとぉ！」

「いたたた」

「おわ！　オ、オルトすまん」

ファウが火魔召喚で照らしてくれているとはいえ、足元が不安定な洞窟だ。俺もアメリアも何度もスッ転んでいた。

しかも、ノームばかりのパーティなので盾役が充実しており非常に安定しているのだが、殲滅力が非常に低い。ダメージは食らわないものの、戦闘時間がかなり長かった。

いや、普通に考えればドリモ、クママに加え、アメリアの従魔であるノッカー、ノームファイターがいるので、攻撃力不足なことはないはずなんだが……。

「オルトとスイッチだクママ！」

「ム……！」

「クマ……！」

洞窟が狭いせいで、互いが邪魔になって前後の入れ替えが難しかった。盾役のオルトたちが敵の攻撃を受け止めて、その後クママやドリモが攻撃という流れが一番安定しているはずなんだけど、それが上手くいかないことが多々あった。

もっとぶっちゃけて言ってしまえば、チームを組んでいることが仇《あだ》となっている。ここは一パーティ用のダンジョンなのかもな。

まあ、ダメージを食らわずに済んでいるから、悪くはないんだけどさ。

あと、戦闘が長引く要因はもう一つあった。

「また出た！　キモイよぉ！」

「アメリア、魔術撃て！」

「ううー」

このダンジョンに出現する敵は二種類。

霧でできた骸骨のような姿をしているポルターガイストと、動物型のケダマンというモンスターだった。

ケダマンはその名の通り、丸い毛玉のような体に、不細工な犬っぽい顔が付いた姿をしている。この顔がまた不細工なうえに不気味なのだ。口の端から涎を垂らす、白目を剥いたパグっぽい顔面である。

そして、アメリアはどちらも非常に苦手らしかった。出現するたびに悲鳴を上げている。

前衛の攻撃頻度が下がってしまう以上、俺たち後衛が魔術で攻撃しないといけない。だが、アメリアがどうしてもモンスターを直視できず、魔術の発動が遅れてしまう。そのせいでモンスターを倒す速度がさらに低下していた。

ケダマンはテイム可能なのだが、アレはいらないな。一応モフモフ枠だが、可愛がれる自信はない。狂った精霊の件もあるから、テイムして見たら可愛くなる可能性もあるけど、どちらにせよテイム枠の問題がある。

俺はまだテイム枠が二つ残っているが、リックとファウの卵から孵ったモンスと、風霊門でテイムするシルフ（仮）で埋まる予定なのだ。

「まあ、余裕ができたらテイムしてみよう」

「えー？　白銀さん、あれをテイムするつもりなの？　趣味悪いよ！」

驚くアメリアに、テイムしたら姿が変わる可能性を語る。

「枠が残ってたら、試してみたらどうだ？」

「えー？」

「可愛くならなかったらギルドで売ればいいんだし」

アメリアは少しの間考え込んでいたが、やはり自分でテイムしてみる気にはならないようだった。

まあ、いいけどさ。

「うーん……やっぱイヤ！」

アメリアがそう叫んだ直後だった。

ピーピーピー！

どこからともなくアラームのような音が鳴り響く。何だ？　ダンジョンのギミックか？

「この音は……？」

「え？　ああ！　やば！」

アメリアには心当たりがあったらしい、自らのステータスウィンドウを開き、慌てた様子で叫んでいる。

「ど、どうしたんだ？」

「この音！　強制ログアウトを知らせるアラームなの！　聞いたことない？」

「この音がそうなのか……。俺は結構こまめにログアウトしてるから、初めて聞いたよ」

「あと三〇分で強制ログアウトになっちゃう！」

「そ、それはまずいじゃないか」

町中で強制ログアウトさせられた場合は問題ない。普通に姿が消えて、再度インする場合はその場所や、ログアウトした町の転移陣にログインできる。

だが、フィールドやダンジョンでログアウトすると、アバターがその場に残ってしまう。その状態でモンスターに襲われれば確実に死に戻りするのだ。

しかも、ハラスメントブロックなどのシステムがある関係で、ログアウト中のアバターに他のプレイヤーは触れられない。つまり、町などに避難させてやることもできなかった。

また、モンスターがアバターを一方的に攻撃している状態も戦闘とみなされるので、他のプレイヤーが横槍を入れて助けることもできない。戦闘中、他のプレイヤーが獲物を横取りできないようにするため、プレイヤーと戦闘中のモンスターに他人が攻撃できない仕様なのだ。

辻《つじ》ヒールなどをするには、助けられる側の承認が必要となり、ログアウト中の棒立ちアバターではその行為もできない。

当然、この場でアメリアがログアウトすれば、アバターだけが残されることになるだろう。俺にはそのアバターを見ていることしかできないのだ。

「仕方ない。一度入り口に引き返そう」

「悪いからいいよ。白銀さんは先に進んで」

「いや、どちらにせよ準備不足だと分かった。松明とかを買ってきたい」

「そっかー」

ということで、俺たちは一度ダンジョンの入り口に引き返すことにしたのだった。

全速力でダンジョンを逆走する。

侵攻がゆっくりだったせいで、入り口までは意外とすぐだった。とはいえ、モンスターがリポップしているので、二〇分以上かかったが。

「間に合った！」

アメリアの強制ログアウトギリギリの時間である。

あと一分もないようだ。

「あ、後の探索は任せたわ！」

「俺だけで進めちゃっていいのか？」

「あとでマップくれるんなら！」

「了解」

「あと、情報売るなら売ってもいいけど、ちょっとは分け前ちょうだいね！　じゃあね！　ばいばいオルトちゃん！」

次の瞬間、アメリアの姿が虚空にかき消えた。ログイン限界時間がきて、強制ログアウトさせられたのだ。

「最後にオルトの名前を叫ぶのがアメリアっぽいな」

「ム？」

「とりあえず俺たちで先に進んでみるか」

「ム！」

ここの情報を売ったとしても、お金は折半でいいだろう。アメリアがいなければ発見できなかったわけだしな。むしろ、しっかり攻略してマップ情報をゲットしないと、俺の貢献が低すぎる気がする。

「よし、攻略だ！」

「ムムー！」

「まあ、その前に雑貨屋に行くけど」

「ム？」

俺たちは広場のすぐそばにある雑貨屋に移動して、ダンジョン攻略に必要そうなものを見繕うことにした。

まずは明かりだ。俺には暗視のネックレスがあるけど、うちの子が全員夜目スキルを持っているわけじゃない。やはり光源となるものが必要だ。

「ヤー……」

「ファウたちに松明は持てないか」

「キュー……」

しかし、最初は松明を買うつもりだったのだが、他にも照明用のアイテムが複数存在していた。

「ランプに、白光球？　あと、これはコケ籠っていうのか？」

ランプは松明の上位互換だ。継続時間が長く、覆いがあるので風や水などにも強い。松明と同じでパーティメンバーの片手がふさがってしまうのが難点だろう。

ただ、松明の場合は専用の頭装備があれば、頭に装着もできるそうなのでその点だけはランプの方が劣るかな。腰にぶら下げられないのかと思ったら、衝撃に弱くて腰に下げて戦闘をするとすぐに壊れてしまうらしい。

白光球はその名の通り、白い光の球をパーティの上に浮かべるアイテムだ。攻撃を食らうと消えてしまうそうだが、持続時間が長いし、手がふさがらないのがいい。

コケ籠も面白いな。細い竹ひごのようなもので編んだソフトボールサイズの籠の中に、ヒカリゴケが入っているのだ。アクセサリー枠に装備すると、腰や胸元に装着できるらしい。

「コケ籠はサクラでも作れそうだな。まあ、とりあえず今日のところは松明と白光球にしておくか。一番明るそうだし」

白光球の値段は三〇〇〇Gだった。使い捨てにしては高いが、それだけ使えるということだろう。手持は足りているし、いくつか買っておくか。

最近、ようやく冒険者ギルドにお金やレアアイテムを預けることを覚えたが、ある程度の所持金は持つようにしているのだ。

「ほかに必要そうな物は……何だこれ、鳥の人形？」

明かり関係のアイテムの横に、何故か小鳥の置物が置いてあった。黄色い鳥の姿をしている。インコにしては嘴《くちばし》が少し小さいな。

「ああ、カナリアか？　サッカーのブラジル代表をカナリア軍団とか言うもんな」

値札を見てみると、やはりカナリア人形という名前がついている。でも、どうしてカナリア？

ホームオブジェクトなのかとも思ったが、それにしては種類がカナリアしかない。だが、効果の部分を確認してようやく理解できた。

「なるほど、坑道のカナリアか！」

鉱山とか炭鉱の中に、鉱夫たちがカナリアを連れていったという話に由来するアイテムらしかった。リアルのカナリアと同じで、ダンジョン内で毒ガスなどが充満しているエリアに近づくと鳴いて教えてくれるそうだ。

「念のためにこれも一つ買っておくか」

アイテムを購入したら、今度はパーティの入れ替えだ。大急ぎで畑に戻って、陣容を整える。

狭い洞窟だったので、まともに戦える前衛は二人までだろう。壁役はオルト、ドリモ。後衛に魔術攻撃のできるサクラ。狭さの気にならないファウ、リック。回復役のルフレだな。

レベル上げのためにヒムカも連れて行きたいんだけど、今回はお留守番ということで。サラマンダーと言っても火を出している訳ではないから、灯役にもならないしね。

とりあえず銅鉱石や錫鉱石を大量に渡しておいたので、これで色々作って待っていてもらうつもりだ。

「じゃあ、留守を頼むな」

「ヒム！」

「クマ！」

「ポコ！」

「トリ！」

うちも賑やかになってきた。お見送りをしてくれる子が四人もいるのだ。しかも全員が敬礼してくれている。また一枚スクショゲットだぜ。

「よし、俺たちも頑張るぞ」

「ムム！」

パーティメンバーを入れ替えて広場に戻る際、俺は周辺に注意を払いながらコソコソと戻っていた。

俺だけの問題だったら別に堂々としてればいいんだが、今回のダンジョンにはアメリアも関係している。

情報を売っても良いとは言われたが、その前にバレることは避けたい。できるだけ秘密裏に攻略を進めねばならなかった。

身を屈《かが》め、時には壁から首だけを出して周囲を探り、ちょっとしたスパイ気分で原っぱまで帰ってきた。後で考えたら、コソコソしてる方が目立ってたかもしれん。

いやだって、秘密の行動って考えてたら、妙にテンションが上がってしまったのだ。

「……反省は後にして、さっさとダンジョンに入ろう」

「ム！」

うちの子たちに次いで、穴に飛び降りる。実は俺が一番どん臭いからな。下でオルトやサクラがハラハラして見ているのが分かる。そんな、いつでも受け止められるように身構えんでも、この程度の高さなら問題ないって。

「よいしょ――おおおお！」

「ムム！」

「――！」

「た、助かった」

「ム！」

「――！」

着地の時に足を滑らせた俺を、うちの子たちが一斉に支えてくれた。

髪を上に引っ張り上げているファウはともかく、足にしがみついているリックよ。さすがにお前が俺を支えるのは無理があるだろう。その心意気は嬉しいが。

「ムー……」

「そ、そんな目で見るなよ。調子に乗って悪かったって」

「ムムー」

オルトにため息つかれた！

「さ、さあ！　ど、洞窟探検に出発だ！」

「――」

「モグ」

みんなも、そんな呆れた顔せんでも……。

入り口で多少のすったもんだはあったものの、探索はそれなりに順調だった。

やはり少人数の方がスムーズだ。

そもそもチームを組むと敵が少し強くなるのに、アメリアのパーティはノームばかりで殲滅力が低かったしね……。

俺は絶対にバランスよくパーティを組もう。

「ゲゲゲゲェェ！」

「ケダマン三体か！　オルト、ドリモが受け止めろ！」

「ムム！」

「モグ！」

「ヴァアアア！」

「後ろからポルターガイスト？　やば！　サクラは後ろを頼む！」

「――！」

「ランラ～♪」

「キキュー！」

やはり進めば進むほど、敵の数も増えてきた。

ファウやリックは戦況を見ながら遊撃に回り、他の皆が何とか敵を倒していく。

ポルターガイストが特にウザいな。レッサーゴーストのように魔術じゃないと倒せないうえに、半透明の視認しづらい遠距離攻撃もしてくるのだ。念動的な攻撃なのだろうか？

ＨＰが低く、魔術が当たれば絶対に倒せるのが救いだろう。

そうやってモンスターを退けながら、地の底へ向かって下っていく。ただ、一時間ほど進んだ時点で少々厄介な場所に行きあたっていた。

東西南北の地下ダンジョンには、必ず難所がある造りなんだろうか？

「坂か……。しかもメッチャ急坂だ」

崖と坂の中間って感じだ。

「キュー」

「フムー」

ルフレとその頭の上に乗っかったリックが、手をおでこにかざすポーズで坂の先を見通そうとしている。だが、この二人には坂の上がどうなっているか分からないらしい。難しい顔で首を捻っている。

白光球の光の届く範囲よりもさらに先に延びているせいで、俺にも坂の上は見えなかった。

「オルト、ドリモ。頂上は見えるか？」

「ム！」

「モグ！」

どうやら、夜目のあるオルトたちにはきっちり終着点が見えているらしい。ということは、何百メートルもあるような激坂ではないのだろう。

「これはクライミングとまではいかなくても、相当苦労しそうだな。落下しないように気をつけないと」

途中で足を踏み外したら確実にスタート地点からやり直しだ。それどころか、落下した高さによっては即死もあり得る。

「オルト、土魔術で足場を作れるか？」

「ム！　ムームムーム！」

俺が尋ねると、オルトがオーバーリアクションで土魔術を発動させた。活躍の場が巡ってきてテンションが上がっているのだろう。

レンガを二つ並べたくらいの足場が、互い違いに次々と生み出されていく。

「おー、さすがだ。これで大分登りやすくなったな！」

「ム！」

オルトお手製の足場を頼りに、俺たちは坂道登りを開始した。様子見で、最初にオルト。次にルフレが上り始めたが、スルスルと淀みがない。これなら俺もいけそうだ。

崖の僅かな窪みに手をかけ、ゆっくりと足を動かし、少しずつ慎重に登っていく。

「よし、思ったよりも登れるぞ！」

最初はそう思ってたんだが……。

順調なのは途中までであった。

「おいしょ——げぇえ！」

突如、手をかけていた出っ張りが崩れ落ちたのだ。慌てて他の場所に手をかけようとするのだが、間に合わない。

体が坂を滑り落ち、嫌な浮遊感が体を包んだ。

「ぎゃー！」

「——！」

「モグ！」

「ヤー！」

先行していたファウが慌てて戻ってきて俺のローブを引っ張っているが、小さなファウの力程度では落下速度は変わらない。

下でサクラとドリモが受け止めてはくれたんだが、かなりダメージを受けてしまった。

痛覚のないゲームでよかった。リアルだったら骨折くらいはしていただろう。

しかし、坂にガンガンと体を打ちつける感触はあるので、坂を滑り落ちた実感だけはハッキリと残っていた。めっちゃ怖い。

「怖！　すげースリルがあったぞ……」

「——？」

「ああ、ありがとうなサクラ。大丈夫だ」

「——……」

サクラに心配かけたらしい。まあ、目の前で落下したし、仕方ないが。

「さらに慎重に登らないとな」

「――」

「ん？　何だ？」

サクラが俺のロープを引っ張っている。振り返ると、その手に握っていた植物の蔓を差し出してきた。

「もしかして命綱か？」

「――！」

というか、何故気付かなかった俺。下水の滝を登った時と同じなのだ。ファウとリックがいるんだし、上に結んで来てもらえば安全に登れただろう……。

「うん。使わせてもらうよ」

「――♪」

「モグ！」

「うん？　先に行くのか？」

「モグ」

どうやら、ロープを使った登攀《とうはん》が安全かどうか、先にドリモが試してくれるらしい。俺、絶対にドリモから保護対象だって思われてるよね？

「じ、じゃあ、任せよっかな？」

「モグ！」

その後は順調だ。落下する危険もないから当たり前だけど。それに、ドリモが上からルートを指示してくれるので、一番楽なルートで上ることができていた。

それでも、途中で岩場が脆《もろ》くなったうえ、苔《こけ》が生えてヌルヌルのエリアが出現したりしたので、何度か滑り落ちちゃったんだけどね。

だが、坂に打ち付けられてダメージを負うことはあっても、最後の落下ダメージが無いので死に戻りはせずに済んでいた。本当にサクラのおかげである。

もし命綱がなかったら確実にアウトだっただろう。

「よーし！　登り切ったぞぉぉ！」

「フムー！」

「ムムー！」

うちの子たちも祝福してくれている。

「モグ」

オルトとルフレが万歳三唱し、ドリモが「よくやったな」的な感じで腰を叩き、ファウとリックはマイムマイムを踊っていた。

何か、ここまで喜ばれると逆に恥ずかしいんだけど。すっごい偉業を成し遂げた気がしてくる。単に急な坂を登り切っただけなのに。

「どっと疲れたな……」

主に気疲れだけどさ。痛くはなくても、やっぱり高所から落下するのは恐怖を伴うのだ。

「少し休憩するか……。サクラが上ってくるのも待ってなきゃいけないしな」

「キキュ！」

リックが賛成とでも言うように、俺の肩で手を挙げている。いや、待て。お前は全然疲れていないだろ！　リックにとったらこんな坂、難所に入らないだろうし。どうせオヤツが食べたいだけだろう。

「まあいいや。とりあえず座るか」

いつモンスターが現れるか分からないが、腰を下ろして飲み物を飲むくらいの余裕はあるだろう。

とりあえず皆の分のジュースを渡して、自分も炭酸ジュースを取り出す。

「ぷはぁー！　炭酸ジュースを開発しておいて本当によかった！」

こんな時こそ、炭酸だよね。

「ドリモとファウは水でいいのか？」

「ヤー」

「モグ」

ジュースを飲めないモンスたちも、水は飲むことができるらしい。それで体力が回復したりすることはないだろうが、仲間外れはかわいそうだからね。

「うーむ。ファウ用のコップを用意するべきだな」

「ヤ？」

ファウは自分の体とそう変わらないサイズのコップに顔を突っ込んで、ゴクゴクと水を飲んでいる。

人間だったら、デカい水瓶から直接水を飲むみたいなものだ。かなり大変だろう。実際、ファウも苦労している。ファウ用に小さいコップを用意してやるべきだろう。

「銅のタンブラーで小さいサイズは難しいか？　木工なら何とかなるよな？」

「――♪」

上ってきて、休憩に交ざっていたサクラがにっこりと微笑む。木工なら小型サイズも作れるらしい。とりあえずは木製コップでいいか。

ただ、色々と準備が進めば、ヒムカがガラスのコップを作れるようになるはずだ。その時には全員のサイズにぴったり合った、専用グラスを作ってやりたいな。

難所である急坂を登り切った後は、そこまで危険な場所は存在していなかった。まあ、敵の数が増えはしたけどね。

ただ、最後の最後、予期しなかったギミックが仕掛けられていた。

何と、下り坂になっている道の途中で、いきなり床が消失し、プレイヤーが落下する仕掛けになっていたのだ。

罠扱いではないらしく、俺の罠察知には全く反応がなかった。

落下した先は円形の広場になっている。その中央には、白い煙のような物が立ち昇っていた。

ガスか何かか？

「ヴァヴァアアアア！」

「げっ！　でかいポルターガイスト！」

白い煙で形作られた巨大な髑髏《どくろ》が、ユラユラと揺れながら叫び声を上げている。

ただでさえ不気味なポルターガイストが、巨大化するとよりキモイな。

鑑定すると、その巨大な煙の髑髏は、ポルターガイスツとなっている。どうやらこれがこのダンジョンのボス戦であるらしい。心の準備ができてないんですけど！　それに名前！

「アメメンボといい、ネーミングセンスがひどすぎる！　分かりにくすぎるだろ！」

「ヴァヴァヴァヴァアアア！」

「くそ！　みんな、戦闘準備！」

「ムムー！」

「モグモ！」

俺の言葉に瞬時に反応したオルトとドリモが、俺の前に飛び出してくれる。自分たちがパーティの要だと理解しているのだ。

「最初はポルターガイストと同じ要領で戦う！　サクラ、攻撃優先だ！」

「――！」

「フム！」

ダンジョンに出てくるポルターガイストは、遠距離攻撃がメインのモンスターだった。魔術でしか倒せないものの、攻撃の威力は低かったので、ボスもそうだと思っていたんだが――。

「ヴァヴァァッヴァー！」

「何か吐き出した！」

ボスが口から何かを発射して攻撃してきた。バランスボールサイズの白い物体だ。

最初は冷気か何かかと思ったんだが、オルトが防ごうとしてもすり抜けてしまった。だが、オルトのＨＰは確実に減っている。

「ヴァヴァアアー！」

「なっ、ポルターガイストを吐いて攻撃したのか？」

それは何と普通のポルターガイストだった。そのまま戦闘に参加し、こちらに攻撃を仕掛けてくる。ボス一体だけなのかと思ったら、ジワジワ敵が増えるパターンか。

「まずはポルターガイストの撃破を優先！　雑魚が増えたら厄介だ！」

「――――！」

「モグ！」

ポルターガイストにダメージを与えられるのは、攻撃魔術が使える俺、サクラ、ドリモと、火魔召喚のあるファウだけだ。

ただ、ファウの火魔召喚は連続で使うと消費が大きいし、バフも途切れる。実質、三人で攻撃するしかないだろう。

「ファウは防御力上昇を優先で！」

「ララ～♪」

「オルトはボスからの念動攻撃を最優先で防いでくれ！」

「ムー！」

ポルターガイストの増殖を抑えつつ、ボスを削っていく！　俺たちならやれるはずだ！

一五分後。


「オルト！　もう少し耐えてくれ！」

「ムム！」

「ドリモは目の前の奴に対処！　サクラも！　ボスは取りあえず放っておけ！」

「モグ！」

「――！」

「ファウは火魔召喚を積極的に！　リックはボスのヘイトをどうにか取れないか？　ルフレ、オルトの回復！」

「ヤー！」

「キュ！」

「フムム！」

「くっそ！　全然減らねぇ！」

俺たちはポルターガイストの群れに囲まれていた。最初は順調に雑魚を減らすことができていたのだ。

だが、ＨＰが減って攻撃パターンの変わったボスの突進攻撃に隊列を分断されてからは、後手に回ってしまっていた。雑魚の駆除が間に合わなくなっていってしまったのだ。

さらに、ボスの吐き出すポルターガイストの数が増えるという最悪のパターン変化も追加だ。一気に二体のポルターガイストを吐き出し始めたのである。

「「「ヴァヴァヴァヴァアアア」」」

七体ものポルターガイストに囲まれ、四方八方から攻撃を食らう。すると、後ろに回り込んでいたポルターガイストによって、ルフレが吹き飛ばされるのが見えた。クリティカル攻撃の吹き飛ばし効果だろう。

ここでクリティカルを貰うなんて、ついてないな！

「ヴァヴァヴァアアー！」

「フムー……！」

「あ、ルフレ！」

やばい、回復役のルフレが死に戻った！

倒れたところに連続で突進され、回避しきれなかったのだ。多分、倒れた敵を集中攻撃するような行動パターンなのだろう。

ただでさえギリギリのバランスで持ちこたえていたのに、そこからはもうサンドバッグ状態だった。回復が追い付かず、全員のＨＰがガリガリと削られていく。

「ヴァッヴァー！」

ポルターガイスツが突っ込んできた！

慌てて回避しようとしたんだが、真後ろにいたポルターガイストの攻撃で、硬直が発生してしまっていた。

動くことができない俺に、白い靄《もや》で構成された巨大なボスが迫ってくる。

「くっそぉぉ！」

衝撃はない。幽霊系モンスターに突進された時と同じように、体をスーッと冷たい感覚が包み込んだ。

HPバーが一気に減るのが見えた。

そのまま視界一杯を白い霧が覆い尽くし、そのまま暗転する。

次の瞬間、俺の姿は北の町の広場にあった。

「……久しぶりの死に戻りだぜ……」

「ムム……」

「みんなもいるか。俺がやられたせいで全滅だ。済まないな」

「——！」

俺が謝ると、うちの子たちが一斉に首を振った。そして、俺のせいじゃないとアピールしてくれている。ドリモだけは、こちらに背を向けてニヒルな感じで佇んでいるだけだけどな。ドリモは背中で語る漢《おとこ》なのだ。

「フム……」

「ルフレも落ち込むなって。お前のせいじゃないから」

「フム？」

「俺の作戦ミスだ。次はもっとうまくやる。だから次も力を貸してくれよ？」

「フム～！」

よかった、立ち直ってくれたらしい。ルフレが凹んでいる姿は、小さい子が落ち込んでいるみたいで切なくなるからね。

「さて……ペナルティはどうかね」

デスペナルティの内容を確認する。所持金が５０００Ｇ、所持品からは地下洞窟で手に入れた素材系が二つ失われていた。まあ、この程度ならそこまで痛くはないだろう。

問題はステータス半減だ。半日は元に戻らないのである。その間は大人しくしておくしかないだろう。

「仕方ない、今日は生産活動に勤《いそ》しみますか」

そう思って畑へ向かっている最中だった。アリッサさんからフレンドコールが入る。向こうからなんて珍しいな。

「はい、どうしました？」

『やほーユートくん！　実はちょっと見せたいものがあってさー。今時間どう？』

「ちょうど暇になったところです」

『じゃあさ、今からこっち来ない？　始まりの町にいるんだけど』

「いいですよ。それで、見せたいものって？」

『うーん、それは来てからのお楽しみってことで』

どうやら俺を驚かせたいらしい。まあいいか。どうせアリッサさんには情報を売るつもりだったのだ。

「分かりました、今から行きます」

『マップデータ送っておくから、それ見てね。じゃあ、また後でね！』

あのアリッサさんが、わざわざ見せたいものね。ちょっと楽しみだ。

「きっと凄いものなんだろうな」

アリッサさんに指定された場所は、始まりの町にある大通り沿いの一角だった。大広場から延びる、始まりの町のメインストリートだ。

「この辺のはずだけど……。ＮＰＣショップなのか？　みんなも探してくれ」

「クマ！」

「ヒム！」

お供は、お留守番役だったクママ、ヒムカに、情報を売るつもりのファウ、ルフレ。生産ではあまり出番のないリック、ドリモだ。

マップを見る限り、どこかの建物の中なのは確かなんだけどな。ＮＰＣショップか何かだろうか。

「えーっと――」

「あー！　来た来た！　ユート君！　こっちこっち！」

よかった。外に出て待っていてくれたらしい。

アリッサさんがこっちに向かって手を振っている。

「どうも昨日ぶりです」

「うん！　来てくれてありがとっ！」

満面の笑みで出迎えてくれるアリッサさん。余程いいことでもあったのかね。

「何か見せたいものがあるっていう話でしたが？」

「そうなんだよ。こっちきて！」

アリッサさんが目の前の建物に入っていく。やはり何かの店舗であるらしい。

中にはカウンターが見える。

だが、俺の目を釘付けにしたのは外に掲げられている看板であった。

お洒落な西洋風の木の看板が掛かっており、そこには白黒の猫のロゴと、『早耳猫』という文字が描かれていたのだ。

「アリッサさん！　これってもしかして……」

「へへー、気づいた？　ようこそ！　早耳猫のクランハウス兼店舗へ！」

「おおー！」

見せたいものというのは珍しい物品などではなく、この店舗そのものだったのか！　いやー、アリッサさんの目論見通り、驚いてしまったぜ。

「高かったんじゃないですか？　こんないい場所に」

「それが、始まりの町のクランハウスはそうでもないんだ」

アリッサさんが「ユート君には特別に教えてあげるね」と言って、クランハウスを購入するための条件を教えてくれた。

　確かにアリッサさんが言う通り、非常に簡単だ。クランに所属するプレイヤーが一〇人以上いれば、五〇万Gで購入可能であるらしい。

「五〇万……高いですね」

「そうでもないよ？　一人頭五万だし。ホーム扱いの建物がその値段で手に入るのはむしろ破格だと思うけど」

「言われてみれば、そうなのか？」

「そうだよ。まあ、小さくて狭いけどね」

　アリッサさんが改めて中を案内してくれた。

　確かに、お世辞にも広いとは言えないな。三畳ほどの広さの店舗に、奥のリビングスペースは一〇畳程度だろうか。一人暮らしならともかく、一〇人以上で使うには手狭だろう。

「しかも、始まりの町のクランハウスは中をいじることはできても、拡張はできないんだよね。事前に聞いていたクランハウスに付属する機能も幾つか使えないし」

「つまり、不完全てことですか？」

「多分、お試し物件ってことなんだろうね。クランハウスは条件さえ満たせば各町で買えるらしいし」

　始まりの町の物件は初回のお試し用で、本格的にクランハウスが欲しければ他の町へ行けってことなんだろう。

「あの奥の扉は？　部屋はここだけなんですよね？　裏口ですか？」

「それが分からないの」

「は？」

「だって開かないんですもの。多分、解放されてない機能に関係しているんでしょうね」

やはり、始まりの町のクランハウスは不完全なんだな。

「まあ、今後はこの店舗でも情報の買取を行うから、ぜひ利用してよ」

「ここでもってことは、露店での情報買取も今まで通りやるんですか？」

「まあね。窓口は多い方がいいし。でも、必ず誰かいる店舗があるっていうのは、利用者にとってはいいことでしょ？」

「それはもう。実はアリッサさんに会えなかったせいで、情報が結構溜まってるんですよ」

「……た、溜まってる？　たった一日で？　ちょっと待って、いま心の準備をするから」

「心の準備？」

「ええ。すーはーすーはー……」

どういうことだ？　何で深呼吸を始める？

「ふぅ……良いわよ！　どんな情報でもドンときて！　この店舗での、情報買取第一号だからね！」

なるほど、記念すべき最初の売買だから緊張気味だったのか。

「それは光栄ですね。じゃあ、まずは従魔の情報から」

「うん。だと思った」

そう呟くアリッサさんの目はファウに向いていた。そりゃあ、これだけ目立つんだし気付かない訳がないよな。

「ヤ！」

「フム！」

アリッサさんの視線を感じたのか、ルフレと、その頭の上に仁王立ちのファウがドヤ顔で胸を張る。

「ファウがフェアリー、ルフレがウンディーネ・フロイラインですね」

「ほうほう」

俺は進化したファウと、ルフレの情報を表示して、進化時の状況などを語る。

「なるほどねー。これはいよいよ、妖精熱が高まりそうだわ」

「街中でもすっごい見られましたよ」

「仕方ないでしょ。これだけ可愛いんだし。はっきり言って私もほしいくらいよ。テイムスキルの取得者がまた増えるでしょうね」

肩乗り美少女フェアリーだもんな。そりゃ皆欲しがるに決まっている。それくらいは俺でも分かるのだ。

「水精ちゃんも、これはいいわね。回復役のできるモンスは少ないし。今日、すんごい勢いでウンディーネの保有者が増えてるんだけど、ユニークをテイムできたプレイヤーはほとんどいないみたいよ？」

何と、テイマーじゃなくてもテイムスキルと使役スキルを取得して、ウンディーネのゲットを狙うプレイヤーが結構いるらしい。

まあ、ウンディーネは可愛いから仕方ない。これで、テイマーにジョブチェンジするプレイヤーが増えてくれたら嬉しいんだけどな。

あとは小さい所で、緑茶の情報をまだ売ってなかった。それ以外にも、桜の花弁は塩漬けにできなかったことなど、細やかな情報をいくつか話していく。

「で、最後が――」

「ちょ！　ま、まだあるの？」

「はい。一番おっきなのが」

「く、さすがユート君……。いいわ！　聞こうじゃない！　私も早耳猫のサブマス！　ちょっとやそっとじゃ驚かない！」

妙に気合の入っているアリッサさんに、発見した地下洞窟の情報を語る。

最初は西の地下水道の情報だ。こちらは地図もほぼ完成しているし、ボス戦のログもある。しかもオバケに何を食べさせればいいかも分かっているのだ。

「こ、これってもしかして、東の町で発見された地下通路と同種のものなの……？」

アリッサさんが冷静な顔で、表示されたデータを見つめている。メッチャ無表情で、全然驚いているようには見えない。

少しリアクションを期待してたから、ちょっと悔しいぜ。

「多分そうだと思いますよ。こっちが北の町で発見した地下洞窟の情報です」

「えっ？　えっ？　も、もう一つあるの？」

さすがにダンジョンの情報二つ目は驚いてくれたらしい。猫耳をピンと立てて驚きの声を上げる。

「嘘でしょ？　何かの冗談よね？」

「はい冗談です」

「え？」

「なんちゃって～。いやいや、何で冗談を言う必要があるんですか。本当ですよ」

「……はは。そう。本当なの……」

アリッサさんが乾いた笑い声を上げた後、大きく息を吐く。やべ、ちょっと滑ったらしい。やっぱ俺にジョークを言う才能はないようだ。

「何かすいません」

「多分噛みあってない気がするけど、まあいいわ。それで、北の町の洞窟っていうのはどんな感じ？」

「これです。ただ、こっちはボスに負けて死に戻ったので、奥に何があるのかは分かってないです」

「いやいやいやいや！　これでも十分凄いから！　大発見だから！」

「発見したのは俺じゃなくてアメリアなんですけどね。何で、地下洞窟の情報料はアメリアと折半する予定です」

北の地下洞窟についても知る限りの情報を渡す。

「はぁ～。さすがユート君よね～。凄いわ」

「いやー、褒めてもらって嬉しいですけど、最近は結構色々な発見があるみたいじゃないですか。ほら、東の地下道発見した人とか」

「浜風ね。まあ、あの子はうちに情報売ってくれないし……。情報公開は有り難いんだけどね～。でも、浜風といい、最近は使役系のプレイヤーが情報の発信源になる事が多いのよね」

「ふーん。そうなんですか」

「そうなんですかって……。誰の影響だと思ってるの」

「うん？」

「いえ、いいの。分かってる。ユート君がそういう人だって分かってるから」

「はあ……。よく分からないけど、何かすいません」

これで売れそうな情報は全部話したかな？

次は、購入である。いくつか買いたい情報があるのだ。

まずは、東の地下通路の詳細な情報である。コガッパも気になるけど、その繋がりでキュウリの情報なんかもあればほしかった。河童と言えばキュウリだからな。

すると、アリッサさんが何やら取り出して見せてくれる。それは赤い、縦笛サイズの棒だった。いや、縦笛ほど真っすぐではなく少し反っているし、表面は少し凸凹している。

「これは……赤キュウリ？　もうキュウリが発見されてたんですか！」

ダメ元で情報を聞いたのに、まさかこの場で出てくるとは思わなかった。

「あ、やっぱまだ知らなかった？　始まりの町で見つかったばかりなんだ。まだほとんど知られてないの。今のところ入手できたプレイヤーは一〇人いないんじゃないかしら？」

「え？　それは凄いですね」

「新しくＮＰＣ露店が増えて、そこで売られてたの。入るには一定以上の農業スキルが必要だけど、ユート君なら入れると思うよ」

「種は？」

「作物状態で売られてるだけだね」

種が発見された訳ではなかったか。

「どうも、最近のアップデートで追加されたみたい。多分、浜風やユート君が発見した地下ダンジョンも、同時期に追加されたんじゃないかしら？」

なるほど。実は俺たちが初めて発見したってことに、微妙な違和感があったんだよね。

いくら発見しづらいって言っても、誰も発見してないってあるか？　東西南北の町ではかなりのプレイヤーが活動しているわけだし、誰かが見つけていてもよかったと思うのだ。

ただ、アリッサさんの話を聞く限り、マップが追加された直後に、運良く俺が発見したって事だったらしい。それなら納得だ。

「ほら、こないだもホーム購入者が一定数を超えたってワールドアナウンスあったじゃない？　あの時に、一部システム解放って言ってたし」

「ああ、そういえばそんなアナウンスもありましたね」

自分に関係ないことだったから、スルーしてたけど。実際、数日おきに似たアナウンスがある。リアルで考えたら、一日一回くらいのペースだろう。そう考えると、初期の町や、攻略済みのフィールドに新しい何かが追加される可能性もあるのかもな。

「まあ、本当のところはどうか分からないけど。それよりも、東の地下通路の最新情報、知りたい？」

「え？　これだけじゃないんですか？」

「ふふん。あったり前でしょ。実はこの赤キュウリ、発見したタゴサックがコガッパに食べさせることに成功しているわ」

その時にタゴサックがコガッパからもらえたのは、潰れたベーゴマであったらしい。オバケはひび割れたビー玉だったし、懐かしのオモチャシリーズなのかね？

「そのベーゴマ、何に使うか分かっていないんですか？」

「そうなのよ。今のところ謎」

残念。使い道が分かってるんなら、地下ダンジョンへのアタックも頑張れるんだけど。意味不明なアイテムの為に死にかけるのはな～。

「この地下洞窟、私たちが攻略しちゃってもいいの？」

「いいですよ。どうせ俺には無理そうだし。とりあえず、ステータスが元に戻ったらどうするか考えます。アメリアが戻ってくれば、一緒に行ってもいいですしね」

「そう。ありがとう！　ふっふっふ、誰を行かせようかしら」

その後、農業や生産に関する新発見の情報などを幾つか買い、精算してもらう。

「か、開店用に用意してた資金が……。いえ、でもすぐに取り返せるはず……。でも、うちのクランで先に攻略を、ああでも――」

「どうかしました？」

「何でもないわ！」

差し引きで情報料は五五万Gの儲けだ。まあまあだな。いや、かなり高額なんだけど、精霊門バブルのせいでちょっと金銭感覚がマヒしているんだよね。

精霊門の場合はノームの情報なども込みだったからあの値段だったそうだ。

因みに、西の町の地下水道の情報が三五万。北の町の地下洞窟の情報は二〇万。その他の情報は売り買いで相殺って事らしい。コガッパ用のキュウリも付けてもらっている。

アメリアには一〇万支払えばいいだろう。

「じゃあ、行きますね」

「……またよろしくねー」

妙に疲れた様子のアリッサさんに見送られながら早耳猫のクランハウスを後にした。そのまま始まりの町を歩く。

「スネコスリはどうなってるかな～」

妖怪スネコスリと仲良くなるための原っぱがどうなっているか見に行ってみたのだ。

「うーん。まだ並んでるか」

先日よりは大分短いが、まだ一〇人くらいは並んでいる。だが、時間が余っていることは確かだ。

だったら、今の内に並んじゃうのも手かな？

「よし、並んじゃおう！」

とりあえず冒険者ギルドに向かい、草刈クエストを受注する。これを受けていないと、スネコスリは現れないそうだ。

そのまま急いで原っぱに戻った。

「みんな、いくぞ！」

「クックマ！」

「フムー！」

クママとルフレがタターッと走っていって、列に並ぶ。うんうん。並ぼうとしていた人の前に滑り込んだりせずに、ちゃんと順番を譲るのはえらいぞ。

何か前に並んでいる人にすっごい見られている。いや、うちの子たちは目立つから仕方ないけど。見てるだけで話しかけてきたりはしないからいいや。

「待ってる間、何しよーかなー」

他のプレイヤーさんを逆に観察してみる。普通に無言で立っている者。パーティメンバーと会話している者。その場で生産活動をしている者。その時間の潰し方は色々だ。

「錬金のレベリングでもするか」

インベントリの中を確認したら、低品質の毒草や麻痺草がそれなりに溜まっている。これを錬金で合成して品質を上げるとしよう。

「うちの子たちは――大丈夫だな」

すでに棒倒しで遊んでいる。放っておいても平気そうだ。


そして一時間後。

「次は俺たちの番なんだけど……。どうしよう」

「クマ……クマー！」

「フム～……」

「モグ……！」

棒倒しがめっちゃ白熱している。全員が福本漫画の登場人物みたいに真剣な表情で、砂の山を削っているな。

しかもギャラリーの数が凄い。三〇人くらいがうちの子たちの周りに輪を作って、その熱戦を見守っていた。うちの子たちの集中力を乱さないためなのか、誰もしゃべらない。

「ヤ～……ヤ！」

「……」

「ヒム……！」

「……」

うちの子たちの真剣な声だけが響く、異様な集団が出来上がっていた。あれに、もう切り上げてくれとは言い難いんだが……。

都合よく終わらんもんかね。よし、リックそこだ！　ちょいとばかし砂を多めにとって、棒を倒してしまえ！

「キュ～……」

ちっ。成功したか。クママ！　お前には期待してるぞ！

「クマ……！」

あー、成功か。惜しかったな。

なんて感じで三分程が経過した。

やばい。もう俺たちの番になるぞ。ここは中断させるべきか？

そんな時、ドリモがふとこっちを見た。いま完全に目が合ったな。

「モグ！」

「あー」

「ほ～」

そして、ドリモが少し多めに砂を削ると、ぱたりと棒が倒れ、そこで遊びが終了したのだった。それを見届けたプレイヤーたちも、三々五々散っていく。

「ドリモ、お前……」

「モグ」

気にするなとでも言うように、ドリモが追い越しざまに俺の腰を軽く叩く。やはり、空気を読んでくれたのか！　ドリモさん、まじ頼りになります！

それから程なくして、俺はこのゲームを始めて以来の難敵と戦っていた。

勿論、今までも強い敵はいた。

速い敵。大きい敵。魔術を使う敵。ついさきほどもボスによって殺されたばかりだ。

しかし、あえて言おう。この相手こそが、最も手ごわいと！

「ぶひゃはひゃひゃ！」

「スネー」

「ぐほひゃひゃひゃひゃ！」

「スネー」

スネコスリとの三分間一本勝負である。

俺は草むらに裸足の足を突っ込んだまま、凄まじいくすぐり攻撃に耐えていた。足裏やくるぶしの辺りを見えない何かがくすぐっている。

多分、念動と尻尾を両方使っているのだろう。

想像してもらいたい。指先で足裏をツツーと触られた直後に、猫じゃらしでコショコショとくすぐられ、また念動でサワサワと撫でられるのだ。

そのくすぐったさは筆舌に尽くし難かった。くすぐっている相手を振り払ってしまいたい。しかしスネコスリを追い払ったり、その姿を見ようと草むらをかき分けると、すぐに逃げてしまうらしい。

逃げられてしまうと、草刈クエストを再び受領しないと出現してくれないのだ。

耐えねば！

「ぐははははは！」

「スネー」

あと一分半！　ぐおおおお！　まけるか！

「ヤー！」

「キキュー！」

ファウとリックが体を痙攣させる俺の顔の横で、両手を握りしめて応援してくれている。こんな醜態をさらす俺を馬鹿にすることなく、引いたりもせずに健気に応援してくれるなんて、何ていい子たちだ！

因みに、他の子たちは草刈の真っ最中である。クエストもきっちりクリアしないとね。まあ、他のプレイヤーたちはスネコスリを図鑑に登録できたら、クエストを途中リタイアしてしまうらしい。

何せ時間はかかるのに、メチャクチャ報酬が低いからだろう。

俺も最初はそうしようかとも思ったが、何か負けた気がするのだ。あと、ギルド貢献度も稼ぎたいし、ステータスが回復するまで暇でもある。ここはきっちりクリアしておこうと考えていた。

「スネー」

「げへへへへ！」

「ヤヤー！」

「キキュー！」

リアルだとくすぐったい場合は、他の場所を抓《つね》ると良い。実は俺は結構くすぐったがりだ。整体や床屋に行った時に、他人の手が触れているというだけで不意にくすぐったく感じる時がある。

だが、自分から店にやってきておいて、くすぐったいからと身を激しくよじるわけにもいかない。

いや、以前床屋でバリカンをかけてもらっている最中にそれをやって、大惨事になったことがあるのだ。

そんな俺が編み出したのが、痛みでくすぐったさを堪えるという方法である。

太腿あたりを抓って、そちらの痛みに集中するわけだ。俺の経験上、それで六割くらいは軽減することができた。くすぐったさは多少残ってしまうんだが、それでもかなりマシになる。

「スネー」

「ぎょほほほほ！」

だがここは痛覚のないゲームの中。どれだけ抓っても痛くはない。痛覚がないというよりは、一定以上の強さの感覚が弱められると言った方がいいだろう。

抓った部分には、軽く摘まれたような感覚はある。だが、これではくすぐったさの軽減には全く役には立たないのだ。

「スネネー」

「ぶべらおおおお！」

結果、歯を食いしばってただ耐えるしかなかった。ふと思い出したが、くすぐりって拷問に使われたりするんじゃなかったっけ？　このスネコスリの試練、成功率が四割というのも頷ける話だった。

だが、俺は耐えきった。地獄の三分間から生還したのだ。

「スネー」

「はぁ……はぁ……。やったぞ！」

俺の目の前に、可愛らしいモフモフがいた。

聞いていた通り、顔は猫っぽい。だが、体はクリーム色のフェレットだ。

「スーネー♪」

そして、スネコスリの姿が次第に薄くなっていき、そのまま消えてしまうのだった。ただ、これは仕方ない。妖怪は陰陽師でなくては使役できない。妖怪召喚のスキルがあれば召喚可能だろうが、今のところそのスキルは解放されていなかった。

普通のプレイヤーの場合はスネコスリと縁が結べたことになり、図鑑の妖怪欄にスネコスリが登録される。あとは、転職可能職業に陰陽師が追加され、念動というスキルが解放されるらしい。

「よし、図鑑にきっちりスネコスリが登録されているな」

あとは解放されたスキルの念動だけど……。どうしようか。ボーナスポイントを消費すれば取得できるが、いまいち興味が引かれない。

取得した浜風が使用感を掲示板に書き込んでいたが、威力は魔術より低いが、見えづらいので命中率は高いらしい。石などを投げて攻撃もできるそうだが、だったら土魔術を覚えるよな～。

わざわざ取得する必要はなさそうだ。どこかで必要になったらその時に考えよう。

「さて、俺も草刈に参加するか。二人も行くぞー」

「ヤー」

「キキュー」

チビーズはあまり役に立たんけど、応援してくれるだけで頑張れるからな。

その後、俺たちは始まりの町を巡りながら草刈りをこなしていった。昔と違って今はモンスが手伝ってくれるから、労働クエストが早く終わって助かる。俺とオルトだけだったら、丸一日かかってただろう。

「冒険者ギルドに戻って報告だ」

「ヒム！」

「クマ！」

ヒムカとクママが俺の両手を取る。これも両手に花というのだろうか？　一部の人には羨ましがられるだろうけど。

冒険者ギルドへ向かう途上にちょうど畑があるけど、寄る必要はないかな。前を通る時にオルト達に声をかければいいだろう。そう思ったんだが――。

「おいおい、どういうことだよ」

「スネー」

「何でスネコスリがうちの畑にいる？」

今までスネコスリがホームに現れたなんて話、きいたことがない。だが、実際に目の前にスネコスリがいる。

チャガマの場合は本体の茶釜があるし、ハナミアラシもホームオブジェクトである社を設置した。

だが、スネコスリには何もない。

「理由が分からん……。畑だからか？」

だとしたら畑が優遇され過ぎじゃないか？　ホームには出現するけど、畑じゃ無理でしたっていうのが普通だろう。

「バグ？　うーん」

「スネー」

「お前、どうして畑にいるんだ？」

「スネ？」

分からんよな。

アリッサさんのところに行ってみようかな。もしかしたら何か情報があるかもしれん。

俺が早耳猫のクランハウスに戻ると、アリッサさんが首を傾げつつ出迎えてくれた。

「あら？　もう戻って来たの？　もしかしてさっそく聞きつけた？」

「え？　何がです？」

「あら？　うちがこれを仕入れたって、聞いたんじゃないの？」

アリッサさんが見せてくれたのは、加重石というアイテムだった。これは鉱石として使うだけではなく、薬の材料にもなるアイテムだ。第六エリアなどに行かなくては手に入らないはずだが、ようやく始まりの町にも出回り始めたらしい。実は、俺もずっと欲しかったのだ。

「欲しいです！」

まさかここで手に入るとは思わなかった。ホクホク顔でお金を払うと、アリッサさんが俺が来た目的を尋ねてくる。

「その様子だと、他に用事があるみたいね」

おっと、そうだった。

「実はちょっと聞きたいことがありまして」

「へえ？　何が聞きたいの？」

「スネコスリって知ってますよね？」

「そりゃあ、当然よ」

「あの妖怪って仲間にした後どうなります？」

「どうなりますって……。図鑑に登録されて、スキルが解放されて、陰陽師なら召喚できるようになるけど……」

「それだけですか？」

俺が再度聞くと、アリッサさんの目が光った気がした。

「つまり、それ以外の何かを発見したってことなのね？」

「これ、見てください」

俺は、うちの畑で茶釜たちと遊ぶスネコスリの映像をアリッサさんに見せた。するとアリッサさんが目を丸くして驚いている。

「……え？　ユート君、陰陽師に転職したの？」

「いやいや、テイマーのままですよ。見れば分かるでしょ」

「だよねー」

近くで相手を鑑定すると、職業が分かる。俺の職業はコマンダーテイマーのままである。

「つまり、どういうこと？」

「ついさっき、スネコスリの試練をクリアして仲良くなったんですよ。で、その場では姿が消えて、図鑑に登録っていう、普通の終わり方だったんですね」

そう。何度思い返してみても、あの場で特別なことは起きなかったはずだ。

「でも、畑に帰るとスネコスリが出迎えてくれたというわけです」

「本当に何もしてないの？」

「それがそうなんですよねー」

むしろ俺が聞きたい。俺は草むらでの激闘と、その後の様子を思い出せる限り詳細に語る。

「そっちは関係なさそうね……。となると、畑に何かあるのかしら？」

「でも、畑自体は本当に普通の畑ですよ？　納屋があるだけで。他のファーマーも使ってるでしょ？」

「そうなのよね。可能性としてはホームオブジェクトや、植えている作物に特別な物がある可能性だけど、これは幾つか候補があるわね」

俺の畑にしかないもの？　水臨樹に霊桜の小社、桜もまだ俺しか持ってないかもしれない。

「でも、明確にスネコスリに関係ありそうな物はないわよね～。あえて言うなら霊桜の小社かしら？」

「まあ、妖怪関係のものですから」

とは言え、決め手に欠ける。ホームに妖怪関係のホームオブジェクトやアイテムがあるというのが条件の可能性もあるだろうが。

「あとはスキルという可能性もあるわよ？　妖怪関係のスキルをいくつか持ってるじゃない？」

妖怪知識、妖怪察知、妖怪探索、妖怪懐柔あたりだな。

アリッサさんは何やらステータスウィンドウを開いて目を走らせている。集計データを確認しているようだ。

「妖怪懐柔スキルはユート君しか所持してないわね。怪しいのは妖怪懐柔かしら？　確か、妖怪と仲良くなりやすいっていうスキルだったわよね？」

「そうです。好感度が上昇しやすくなるそうですよ」

「つまり、好感度によってはスネコスリなんかをホームにお招きできる可能性があるわね。ユート君の場合は妖怪懐柔のおかげで初期好感度が高いのかもしれないわ」

なるほど。それは確かに可能性がありそうだ。スキルに好感度と明記してある以上、それが存在しているのは確かなわけだしな。

「妖怪懐柔は多分、ハナミアラシのイベントがキーなのよねぇ。だとするとそっちを狙うよりは、妖怪の好感度上昇を試すべきかしら……。でも早急に検証したいわね。この情報と引き換えに陰陽師たちに協力させれば……。そもそもスネコスリの試練を何度も周回すれば好感度が上がる？　これはくすぐられのための生贄《いけにえ》を……。それとも、クエストをやりきることが必要なのかしら？」

アリッサさんは検証の仕方を考えているようだ。生贄たちよ、強くいきるんだぞ？

ただ、結局は妖怪懐柔が怪しいって事しか分からなかった。

「役に立たなくてごめんなさいね」

「いえ、色々とためになりましたから」

「ただ、この情報は売れるわよ。だって、テイマーでも陰陽師でもないプレイヤーが、可愛いペットを手に入れられるチャンスだもの。だからきっと売れるわ……。はぁ、資金が……」

売れると言いつつ、アリッサさんは何故か溜息をついている。

支払われた情報料は五万Gだった。

「五万Gか……」

スネコスリをホームに招く方法が判明していないにもかかわらず、五万Gというのが高額なのは分かる。でも、やっぱり精霊門や地下ダンジョンの情報を売った時の記憶が残っているのだ。どうしてもその程度と感じてしまう。

その呟きをアリッサさんに聞かれたらしい。涙目で睨まれた。

俺、今すっごい嫌な奴じゃないか？　そもそも、初期は三〇〇〇Gでも「大金だ～」って喜んでたのに……。

いかん。いかんぞ。初心に戻らないと。もっと謙虚にいこう。何調子に乗っているんだよ、俺！

「あの、すいませんでした！」

「え？　何で謝ってるの？」

「いえ俺が悪かったです！」

「あ、ちょ――」

俺はアリッサさんに謝ると、店を飛び出した。ここで頭を下げ続けていたって迷惑なだけだ。お詫びの気持ちは、何かいい情報を持ってくることで示そう！

俺はその足で畑に戻ってきた。情報をゲットと考えた時に、まだスネコスリに試していないことがあると思い出したからだ。

「スネー」

「スネコスリ、お前は何か食事が必要か？」

「スネ？」

妖怪にも好感度があるというのなら、上げる方法があるはずだ。ハナミアラシやチャガマはお供え物を毎日しているが、スネコスリの場合はどうなんだろう？

「それともお供えか？」

「スネ？」

うむ、可愛い。いや、違う。やはりこの手のことは本人に聞いても分からないか。

俺はオバケの好物を探した時と同じように、所持しているありったけの食べ物をその場に並べることにした。

大量の料理などが並ぶ中からスネコスリが選んだのは浄化水だった。コップに入った水に顔面を突っ込んでチューチュー飲んでいる。猫っぽいが、水の飲み方は全然違うらしい。

「スーネー♪」

井戸水ではなく浄化水を選んだってことは、ランクが高い水が好きってことなんだろう。さて、チャガマやハナミアラシはお返しがあるんだが、スネコスリはどうだろう？

「スネ？」

見ていると、スネコスリと目が合う。円《つぶ》らな瞳で見上げてくるスネコスリ。そのまま数秒間見つめ合っていたが、すぐにスネコスリは飽きてどこかに行ってしまった。

「お返しはなしか」

水くらいならいくらでもあるし、いいんだけどさ。それとも好感度を上げていけば、何か変化があるのだろうか？

「地道に検証していこう。ステータスの回復にはもう少しかかるし、残りは生産をして過ごすぞー」

その後俺は、料理やポーション類を色々と作ることにした。一番の収穫は、新たな品種改良の作物を作れたことだろう。

花見の時にファーマーからその作り方を仕入れてはいたんだが、ようやく作れたのだ。

毒薬、麻痺薬、睡眠薬、加重薬の四種類が必要なんだが、さっきようやく加重石から加重薬を作ることができたのである。

品種改良スキルで四種類の薬を混ぜ合わせると、謎の種が生み出される。まだこれを育て切った人はいないそうだ。今からどんな作物に育つのか、楽しみだね。

「どうしよう、仕事も全部終わったし、暇になっちゃったな」

ステータスもまだ回復していない。

「うーん……。そうだ！　まだ隠しダンジョンの発見されていない、南の町に行ってみようかな！」

探すだけなら、今のステータスでも問題ないだろう。

第四章　西東と来れば、次は南

「よーし、さがすぜー」

「ムム！」

南の町へとやってきた俺たちは、早速隠しダンジョンを探し始めた。

北と東西にあったのだ、南にだってあるだろう。そう思っていたんだが——。

「あそこ、人がいるな」

「ム」

南の町の端にある墓地に、五人程のプレイヤーがいた。墓地の中央で談笑しているようだった。

こんな所で談笑？　もう少しましな場所があると思うけど……。

気になって彼らに近寄ってみると、墓地中央にある一際大きな墓石の後ろに、階段があるではないか。

「え？　階段？」

思わず声に出すと、会話していたプレイヤーたちが振り返った。

やべ。俺、完全に覗き野郎じゃない？　マナー違反だったか？

「うわ！　白銀さんじゃん！」

「え？　まじ？　本当だ！」

敵意は感じないかな？　むしろ笑顔で近寄ってくる。

「モンスター、可愛いなぁ！」

「な、撫でてもいいっすか？」

「あ、ああ。いいけど」

「やった！」

「私ノームちゃん！」

「じゃあ俺は樹精ちゃん——と見せかけてリスさんだぁ！」

うちの子たちが可愛くてよかった。皆さんのご機嫌取りのためにも、愛想を振りまいてくれ。

「白銀さん。お久しぶりです。と言っても。私の事は覚えてないと思うんですけど」

「えーっと？　浜風さん？」

最後に話しかけてきたのは、銀髪ツインテールの女性だ。

その職業は陰陽師となっている。彼女が最近凄い発見を連発している噂の浜風であるようだった。

元テイマーで、現在は陰陽師という、話題の最先端を行くプレイヤーだ。

あれ、でもなんで鑑定で名前が見えるんだ？　フレンドじゃなきゃ名前は鑑定できないはずなんだが……。

「はい」

「ごめん、どこかで会ったか？」

さすがに俺だって、テイマーや陰陽師だったら覚えているはずだ。だが、俺は浜風に全く見覚えがなかった。

「あ、私最近髪の色を変えたんです。前は黒髪だったから。それにお花見の時にご挨拶しただけなので、覚えてなくても仕方ないかもしれません」

なるほど。だったら仕方ないかもしれない。というか、あそこにいたのか。

「噂はかねがね」

「え？　本当ですか？　えへへ」

照れたように頭をかく浜風に、この場所のことを聞いてみると、やはりダンジョンの入り口であるらしい。浜風が知人たちとともに発見したそうだ。

「同じプレイスタイルを模索している人たちに声をかけて、人海戦術で探したんです。うう、もうちょっと早くここに来てれば私が第一発見者になれたのに……」

発見したプレイヤーがすでに早耳猫に情報を売りに行ったらしいので、他のプレイヤーも次第に集まってくるだろう。多分、俺とは入れ違いになったんだろうな。

「白銀さんも、もしかして情報を買ってきたんですか？　うふふ、これは飲まず食わずで探し続けた甲斐があったかも……」

「あー、俺はそこまで頻繁に掲示板を見ないから。南の町にもダンジョンがあるんじゃないかと思って探してたんだ。そしたらここに人がいるのを偶然見かけて、立ち寄ったんだよ」

「あ、そうですか……」

俺が偶然だと告げると、ちょっと悔しそうだ。

情報があまり広がってないのが残念なのだろうか？

「結構厄介なモンスターが出るらしいんで、気を付けてください」

「ありがとう。あれ、浜風はもう帰るのか？」

「実は早耳猫のサブマスから呼び出されてまして。仕事の手伝いをしてほしいそうなんです。うふふ」

口振りは面倒だという感じのトーンなんだが、顔は何故かにやけている。

「あの早耳猫も、私のことは無視できなくなってきたってことですよね！」

どうやら有名クランから名指しで協力を頼まれたことが嬉しいらしい。

だが、その気持ちは分からなくもないぞ。自分もちょっとだけトッププレイヤーの仲間入りをした気になれるのだろう。

「まあ、浜風は最近話題だし、早耳猫に限らず、注目してる人は多いんじゃないか？」

「えへへへ～。そうですかね～？」

「ああ、凄い発見もしてるし、これからも頑張ってくれ」

「勿論です！　いつか白銀さんを超えてみせますから！」

陰陽師というレア職業なうえに、情報を独占せずに自ら掲示板にアップする浜風はすでに俺なんか超えているだろう。

それでも浜風みたいな有名プレイヤーによいしょされるのは悪い気はしないので、礼を言っておく。

「いやー、そう言ってもらえると俺もやる気が出るよ。お互いに頑張ろうな」

「はい！」

それにしても、アリッサさんはさっそくスネコスリの好感度の検証を始めたらしかった。ぜひ色々と判明すると嬉しいな。

「よし、じゃあ俺たちはダンジョンに挑戦するか！」

「ムム！」

ステータスはもう九割以上まで回復してきたから、慎重に行けば問題ないだろう。それよりも、時間が重要だ。

色々なプレイヤーが集まってきたら、ダンジョンに入るのにまた並ばなくてはいけなくなるだろう。

「パーティメンバーは……この面子でいけるな」

オルト、リック、サクラ、クママ、ヒムカ、ドリモである。ファウは目立つし、ここのところずっと連れていたので今回はお留守番だ。ルフレも死に戻ったばかりなので、少し休ませてあげた方がいいかと判断した。

「先頭は頼んだぞ、オルト」

「ムー！」

そのままダンジョンへ突入すると、そこは浜風に言われた通り、非常に不気味な場所であった。

地下水道、地下通路、地下洞窟ときて、地下墳墓である。

「結構広いぞ」

「ムム」

他の地下ダンジョンと比べて、フロアが広い。

昔は綺麗に石畳が敷き詰められていたのだろう。だが、長い年月のせいで石畳が所々剥げ、墓石や地面は苔や蔦に覆い隠されてしまっている。

「苔むした地下墓所って感じか？　独特の雰囲気があるな」

「――」

明かりは問題ない。壁には小さな凹みが並んでおり、そこに火の灯った蝋燭が並んでいるからだ。ただ、風に吹かれるようにユラユラと揺れつつ明滅しており、明かりさえもホラー感を醸し出す要因となっていた。

「これは、どうせアンデッドが出るんだろうな」

「ヒムー」

「ゾンビよ、出ないでくれ！」

地下墳墓でゾンビとか、絶対に気持ち悪いだろ。だが、俺の願いが通じたのか、このダンジョンにゾンビは出現しなかった。

「カタカタカタ！」

「ゴー」

「スケルトンか！　あとは、コールゴーレム？」

骸骨と岩の塊だ。骸骨も不気味ではあるが、ゾンビよりはましである。よかった。

いや、よくはない。何せ、どちらも攻撃力が強いのだ。特にコールゴーレム。

二メートルを超えるゴリラ体型のゴーレムなんだが、その体が黒い石で作られていた。そして、その腕は赤く熱されている。石炭で作られたゴーレムであるらしい。

単純な打撃力も高い上に、熱ダメージまであるのだ。俺なんぞが奴の攻撃を食らったら、一発でアウトだろう。

コールゴーレムの打撃力には劣るとはいえ、スケルトンも剣を装備しており、侮れない。しかも、水魔術、樹魔術が効きづらいせいで決定打に欠けた。弱点属性は火であるようだ。火魔召喚を使えるファウを連れてくるべきだったかもしれん。

あと、ルフレの回復がないのもつらい。コールゴーレムの攻撃は、オルトでさえかなりのダメージを食らっている。

まあ、それでも何とか戦えているけどね。

意外にも、コールゴーレムを素早く倒せているからだ。どうも、ドリモのツルハシがゴーレムに対して特攻効果があるらしい。しかも、奴は水魔術が弱点なので、攻撃を集中させれば数発で仕留めることができるのだ。

「いけっ！　ドリモ！」

「モグモー！」

「おお！　一発か！」

「モグ」

クリティカルが発生すれば、ほぼ確殺である。頼りになるね！

「カッタカター！」

「クーママー！」

スケルトンはクママにお任せだ。打撃に弱いスケルトンには、クママのヌイグルミパンチが良く効くのだ。

ただ、三〇分ほど探索を進めた後、俺は一度戻ることにした。

アメリアに連絡を取るためだ。何気なくフレンドリストを見たら、ログインしているのを発見したのである。

「地上に戻るから、隊列を入れ替えるぞー」

「モグ」

「クマ！」

警戒していたリポップもなく、帰りは非常にスムーズだった。すぐにアメリアに連絡を取ろう。そう思っていたんだが……。

ダンジョンから脱出すると、入り口の前に二〇人ほどの人だかりができていた。

浜風が掲示板に情報を書き込んだようなことを言っていたが、もうこんなに増えてきたのか。

だが、試練に入るための順番待ちなのかと思ったら、そんな感じでもない。

「おまえ気持ち悪いんだよ！」

「そ、そんな、酷い……」

どうもプレイヤー同士が言い争いをしているらしい。いや、片方のプレイヤーが一方的に罵声を浴びせられている感じだな。それを野次馬しているようだ。

周囲のプレイヤーたちは止めに入ったりはしない。面倒ごとに関わり合いになりたくない者がほとんどなのだろう。それ以外にも、どうやら怒鳴っている男性の方を応援している雰囲気のプレイヤーもいる。

「男のクセにそんなかっこうしやがってよ！」

「うぅ……」

なじられて、涙目で震えているプレイヤーの方には見覚えがあった。まるで少女のように見える男の娘ネクロマンサーのクリスだ。

「しかも連れてるモンスターどもも気持ちわりぃし！　目障りだからどっかいけよ！」

「で、でも……」

この声には、周囲のプレイヤーからいくつか賛同の声が上がっている。まあ、クリスのモンスターはアンデッドだからな。気持ちは分からなくもないが……。

「俺の邪魔しやがって！　このカマ野郎！」

「ご、ごめんなさい……」

「ああ？　聞こえねぇよ！　とりあえずそのキモイやつら仕舞えよ」

クリスは困った奴だとは思うけど、あの男も言い過ぎじゃないか？　いや、それだけ不快な思いをしたのか？　でも、クリスはもう泣いてるし、許してやってもいいと思うが……。

「あの、何があったんですか？」

とりあえず何があったのか知りたくて、一番近くにいた野次馬に声をかけてみた。

「え？　あ、白銀さん？」

「まあ、そう呼ばれてます」

「えっとですね、あのネクロマンサーの子……男ですけど。あいつが、野良パーティを募集してたんですよ」

ダンジョンの前だし、そのこと自体は珍しい話じゃないよな？

「で、最初は普通に声上げてただけなんですけど、誰も相手にしなくて」

「なるほど」

「で、このままだとやばいと思ったのか、ダンジョンに挑戦しに来たプレイヤーに積極的に話しかけ始めたんですね」

「それも、別にマナー違反じゃないよな？」

「そうなんですけどね……。ほら、色々あれでしょ？　色々と生理的に受け付けないやつもいる訳ですよ」

「ああ……」

アンデッドが苦手だったり、女装しているプレイヤーに偏見を持っていたり、断られてしまう理由には事欠かないのだろう。

その結果、声をかけた相手に怒鳴られているというわけか？　だが、そうではないらしい。

「あの怒鳴ってるやつは、隣で野良パーティを募集してたみたいなんですけど、あのネクロマンサーのせいで人が逃げちゃって、パーティが組めなかったらしくて」

「それって、言いがかりじゃなくて?」

「どうなんですかね〜。まあ、影響はゼロではなかったと思いますけど。それで、あの男がアンデッド嫌いだったらしくて、あのネクロマンサーに怒り始めたんですよ」

うーん、どっちが悪いのだろうか? 嫌がる人もいるはずのアンデッドを連れて、他のプレイヤーに話しかけたクリスのマナーも良いとは言い難い。

だが、怒鳴っている男に対して、微妙に嫌悪感というか、ムカつきを覚えているのも確かだ。可愛らしい外見のクリスを虐めているように見えるだけじゃないぞ?

俺とはちょっと趣味が合わないけど、クリスがアンデッドを好きで、可愛がっているのは間違いないと思う。そんなアンデッドたちをキモイとか言われているのを聞いて考えてしまったのだ。

もし俺が見ず知らずの相手に、オルトやサクラがキモイとかダサイと言われたら? ムカつくだろうし、悲しくなるだろう。そして怒りを覚えるに違いない。

外見的なことに関してだって、そこまで嫌悪する意味が分からん。男がスカート穿いたって別にいいじゃないか。いや、俺は穿こうとは思わないし、そう言う人と積極的に仲良くなろうとは思わないよ? でも、そこら辺は自由じゃないか? むしろ似合っているわけだし、アレはアレで有りじゃなかろうか?

何が言いたいのかというと、ああやって怒鳴られている姿を見て同情してしまったのだ。

あと、称号の事で周りのプレイヤーに馬鹿にされていた時期のことを思い出して、共感もしてしまっていた。

上から目線でクリスを罵る男と、せせら笑いをあげる一部の野次馬たちが、当時俺を嘲笑していたプレイヤーたちに重なってしまう。自分たちの方が正しくて偉いと、どうしてそこまで思い込めるのだろうか？

「うーん」

どうしよう。偽善というか、おせっかいなのは分かるけど、助けてやりたい。

いいじゃないか、ゲームの中でくらい恰好つけたって。助ける相手が美少女だったら言うことなかったんだけどね。

ただ、どうやって助けよう。下手に声をかけたら、火に油を注ぐだけだと思うし……。

「まあ、そこらへんにしておきたまへ」

「ああ？」

「そうだぜ？　このカワイ子ちゃんにも色々と反省する部分はあったかもしれないが、あんたも言い過ぎだ。少し目に余るな」

ありゃ、先を越されてしまったらしい。俺がいる場所とは反対側から野次馬の壁を割って、紫色の髪の毛のイケメン騎士と、やや猫背の後衛っぽい恰好の男が現れる。

見覚えのある二人組だった。

「ジークフリードとスケガワじゃないか」

一人は、『紫髪の冒険者』こと、ジークフリードだ。騎士ロールプレイの熱血正義漢なんだが、意外と嫌いじゃない。リアルだったら絶対に友達にはなれないだろうが、ゲームの中では頼もしい存在なのだ。今までも散々世話になったしね。

もう一人は、自称エロ鍛冶師のスケガワである。女性の仕事は割引で受けるという、清々しいほどの女性好きだ。ただ、男性嫌いというわけでもなく、人当たりもいいので意外と仲良くできるタイプだった。ギャルゲーの、悪友タイプとでも言おうか？

ジークフリードは分かる。正義の騎士プレイをしている彼は、こういう事態を見過ごせないタイプだ。今日も白馬を引き連れて、騎士をしてるねぇ。

だがスケガワは？　いや、悪い奴ではないけど、あんなことというタイプだったっけ？　カワイ子ちゃんとか言ってたから、もしかしたらクリスを女の子と勘違いしてるのかもしれない。クリスに向けた顔も、メッチャ決め顔だしね。

「クリスくんは泣いているではないか」

「そうそう。もういいだろ？」

だが、二人に多少止められた程度では、頭に血が上った男が止まることはなかった。

「いきなりなんだよお前ら。だいたい、泣いたくらいで許されるかよ。女装した上に、キモイモンスター連れやがって！　反省が足りないんだよ！」

その言葉に俺はカチンと来てしまった。

許すとか反省とか、何様だ？　クリスが悪事を働いたわけでもないだろう。何でこいつに許しを請わなきゃいけないいんだ？

ハッキリと理解した。こいつがクリスを嫌いなように、俺はこいつが嫌いだ。そのせいだろうか。

俺はつい反射的に、口を開いてしまっていた。

「そこは個人の趣味だろ？」

「……」

やべ、ちょうど静かだったせいで、結構声が響いてしまった。

周囲の視線が俺に集まる。男もこっちを睨んでいるし！

ただ、俺の一言が呼び水となったのか、他の野次馬たちも口々に意見を言い始めた。

ほとんどが男を否定する意見である。俺と同じように、男に対して嫌悪感を抱いていたプレイヤーも多かったのだろう。

「ゲームの中でまで他人を見下すような発言するなよ、冷めるだろ。だいたいキモイのはお前のその俺様発言だっつーの」

「ファンタジーの世界なんだし、開始前からアンデッドがいるの分かってただろ？　苦手なら事前にきっちりフィルターをかけるのが本当のマナーってもんだ」

「正当なジョブとしてネクロマンサーがあって、システム上連れ歩いていいとされているんだからグダグダ言うなよ」

男も、自分が非難されていると分かったのだろう。さすがにこの人数に睨みつけられ、顔色を失っている。

「は、はあ？　何で俺が……わ、悪いのはキモイこいつだろ！　な？　お前らもそう思うだろ！」

「……」

「くそっ！」

何とか反論しようとするも、もう男に味方するプレイヤーはいなかった。

男と一緒にクリスを馬鹿にしていたプレイヤーたちは、今では男を非難する側だ。積極的に発言するでもない彼らのようなプレイヤーたちは、その場の雰囲気次第でコロコロと意見を変えるのだろう。

結局男は這《ほ》う這《ほ》うの体で逃げ出し、騒ぎは終息したのであった。

クリスとジークフリードたちが何やら話している。そして、その視線がこちらに向いた。クリスとジークフリードの満面の笑みに、嫌な予感しかしないんだが……。

だが、最後の一押しとは言え、一応関わってしまった。逃げる訳にもいかないだろう。

俺は近寄って来るジークフリードたちに、引きつった笑いを向ける事しかできなかった。

「やあ、ユート君！」

「久しぶりだなジークフリード」

「助かったよ。君のおかげで、周りのプレイヤーたちも味方に付いてくれたようだしね」

「いや、つい言葉が出ちゃっただけだ」

「そうかい？　じゃあ、そういうことにしておこうか」

してておくも何も、本当に深い考えがあったわけじゃないんだけどな。何か良い方に解釈してくれたらしい。

どう訂正したものかと考えていたら、さらにクリスと、暗い顔のスケガワが話しかけてくる。

「白銀さん、ありがとうございました！」

「いや、別に……」

クリスの仕草が完全に少女だ。思わず目を逸らしてしまった。

キモイとかじゃないよ？　何というか、自衛のため？　これ以上彼を可愛いと思ってしまっては、やばい気がするのだ。

すると、スケガワとばっちり目が合った。

「白銀さん……。俺、俺……」

フラフラとした足取りで近寄って来る。まるでゾンビみたいだな。

「俺、鑑定してなくてさ……。だって、女の子だって思うじゃん？」

「いや、何も言うな。分かるぞ」

「うう、まさか男だったなんて……」

やはり見た目だけで少女だと思っていたらしい。クリスを庇っていた時のキメ顔との落差が凄まじいな。

スケガワと無言で頷き合っていると、再度ジークフリードが声をかけてくる。クリスも一緒だ。

「ユート君。この後なんだが、暇かい？」

「この後？」

「ああ、もし時間があるなら、我々とダンジョンに挑戦しないかい？」

「ぜひご一緒にどうです？」

ああ、ジークフリードとクリスはこの事を話していたのか。

「クリス君が困っているというのでね。僕とスケガワ君が協力することにしたんだ。それで、君もどうかと思って」

「みんなでダンジョンに潜ったら、きっと楽しいですよ！」

うーむ、どうしよう。ジークフリードとスケガワの実力は知っている。先程ダンジョンに潜ってみた感じ、この二人が居れば何とかなるだろう。

でも、俺もある程度消耗してるしな～。ネクロマンサーにはちょっと興味があるけど……。

ここはやっぱりお断りしよう。そう思って、口を開いたんだが……。

「いや、俺は――」

「白銀さん」

スケガワがこれ以上ないほどに真っすぐな瞳で俺を見つめてきた。凄まじい目力だ。

その瞳が、逃げるなんてズルイと訴えている。

だが、俺だってクリスはちょっと苦手だ。だから無理である。そう思いながらスケガワを見つめ返したら、今度は俺を拝み始めた。

「白銀さん！　な？」

「でもな」

「頼むよ～」

「え～」

「いいじゃんか！」

「だってさ～」

「そこを何とか！」

主語はなくてもスケガワと通じ合ってしまう。互いに感じていることは同じなのだろう。

クリスが嫌いなわけじゃない。だが、自分の中の何かを守るために、俺たちも必死なのだ。

「おなしゃす！」

あ、こいつ土下座始めやがった！

「ちょ、お前まだ人が結構いるんだぞ」

「おなしゃす！」

この野郎、俺が頷くまで土下座を止めないつもりだな。いや、無視して帰ってしまったっていいんだろうが……。

「あーもう！　ずるいぞ！　とりあえず土下座止めろ！」

リアルで自分と同年代だと思われるスケガワの土下座は、何故か見てるだけで胸がいっぱいになるのだ。

アバターは若いイケメンなのに、その内側から溢れ出る哀愁が凄まじいからだろうか？　逃げることができなかった。

「だって、だって……」

「どちらにせよ、俺は消耗してるし、付き合えないって！」

「うぅ。まじか！」

「残念だよ。クリス君には色々と教えなきゃいけないこともあるし、同系統の職業であるユート君の言葉も、彼の参考になると思ったんだけど」

どうやらジークフリードはクリスを少しばかり教育するつもりらしい。

「クリス君は完全にゲーム初心者な様だし、マナーもいまいち分かっていないようだからね」

「あー、それはそうかもな。さっきの言い合いも、相手だけが完全に悪いわけじゃない気もするし」

感情論と理屈。暗黙の了解と、最低限のマナー。システム上許されているのであれば、何をしてもいいのか？　他人が嫌がることでも？　その辺は、色々と難しい話だ。

まあ、それでもあの男は完全に言い過ぎだったけどね。多分、ヒートアップして、攻撃的になり過ぎたのだろう。

「誰にだって初心者の頃はあるし、彼のように一方的に怒鳴りつけるのは良くない。そういう時は先達として、説明してやるべきだろう」

「そこは俺も同意するけども」

ＬＪＯをやる前に遊んでいたゲームで、俺もちょっとしたマナー違反をして怒られたことがある。ＶＲ格闘ゲームなのだが、勝者はガッツポーズをするなというマナーがあった。敗者に失礼だからという理屈だ。

だが初心者だった俺はそれを知らず、初勝利の時に思わずガッツポーズをしてしまったのだ。

そして、相手から長文で罵倒された。

暗黙のマナーを調べなかった俺も悪いが「そこまで怒らなくても」と思ったことも確かだった。負けて不機嫌なのは分かるけど、そこで俺に当たられてもね。結局すぐにそのゲームは辞めたよ。

あの時、優しく説明してくれていたら、違った未来があったかもしれない。

「とりあえず、これを持っていけ」

「マップデータ？　いいのかい？」

「俺にはこれくらいしかできんから」

「助かるよ」

やはりクリスのことはジークフリードに任せよう。

今のスケガワは使い物になるかどうか分からんし。

それにしても、周囲からメチャクチャ見られている。まあ、ジークフリードもクリスも目立つし、スケガワも有名プレイヤーの一人だから仕方ないが。

「クリスも、ジークフリードに色々と教えてもらうといい」

「分かりました」

クリスは俺の言葉に頷くと、その場で野次馬たちに向き直った。そして、綺麗な角度でお辞儀をする。アンデッドたちも一緒に。

「お騒がせしました！　それと、ありがとうございました！」

「ヴァァァ」

「カタカタ」

同時に悲鳴が上がった。

やはりアンデッドが怖いのか？　いや、そんな感じの悲鳴じゃなかったぞ。むしろ嬉しそうだった。

「う、うさぎ獣人可愛い！」

「男の娘とスケルトン……ありだ」

「ゴスロリ着てくれないかな」

「いやいや、ここはアイドル風のフリフリだろう！」

ゲーマーたちは意外と順応性が高いらしい。クリスに対して好意的な視線がほとんどだ。ただ、頬を赤らめている男ども。それ以上は踏み込まないように。

まあ、クリスも悪いやつじゃないんだよな。ジークフリードに色々教えてもらって、もっとゲームに慣れれば今回みたいなことも減るだろう。頑張れ。

「僕たちは行くよ。またいずれ」

「ありがとうございました！」

「し、白銀さん……」

「すまん……」

「うぅ……」

やる気に満ちたクリスとジークフリードと、哀愁漂わせたスケガワを見送った俺は、そのまま畑に戻っていた。

アメリアに連絡を取るためと、パーティを入れ替えるためだ。

俺はまずアメリアに連絡を取ることにした。フレンドコールをかけると、数度の呼び出し音の後にアメリアが応答する。

『はいはーい。さっきぶり！』

「アメリア、さっき見つけたダンジョンなんだが、この後どうする？」

『もち行くよ！　白銀さんは？』

「よければ一緒に行こうと思ってな」

『やったー、オルトちゃん達と一緒！』

これは絶対にオルトを連れて行かないといけなくなったな。

「じゃあ、ダンジョンの前で待ち合わせでいいか？」

『ううん。私が行くよ。始まりの町の畑だよね？』

「いいのか？」

『うん。白銀さんの畑を見てみたいし』

まあ、来てくれるならいいか。

「じゃあ、準備して待ってるよ」

『また後でね！』

さて、アメリアが来る前に入れ替えを済ませちゃおう。

「パーティはオルト、リック、ルフレ、ファウ、ドリモ、サクラだな」

クママとヒムカは、ポルターガイスツ戦ではあまり活躍できないのだ。次頑張ってもらおう。

「クママとヒムカはオレアと一緒に留守を頼む」

「ヒム！」

「クマ！」

「トリ！」

敬礼するヒムカたち。それに対してオルト達も敬礼返しをする。

ドリモも、敬礼はしっかりやるんだよな。その横で妖怪たちが必死に跳んで、主張している。自分たちを忘れるなということなのだろう。

「分かってるって。チャガマとスネコスリもたのむ」

「ポン！」

「スネー！」

俺が撫でてやると、二匹は気持ちよさそうに目を細める。一応、俺に懐いてくれてるらしい。

そうやって妖怪たちと触れ合っていたら、オルトたちが一斉に抱き付いてきた。

「ムム！」

「フムム！」

「クックマ！」

どうやら自分たちも構えということらしい。俺はオルトとルフレの頭をワッシャワッシャと撫でつつ、クママのお腹をムニムニする。うーん、良い手触りだ。

「ヒム！」

「――！」

「トリ！」

「分かってるよ。ほれ」

「キキュ！」

「ヤー！」

「はいはい。お前たちもね」

結局、他の子たちも撫でることになった。周りに寄ってきていないのはドリモだけだ。これはドリモも愛でなくてはなるまい。

「ドリモー」

「モグ」

「おいおい、何でそんな後ずさりするんだよ？」

「モグ……」

俺が手をワキワキさせながら近づくと、ドリモが何故か怯えた様子で後退る。

「ドリモ、観念しろ」

「モ、モグ……」

俺はイヤイヤするドリモを捕まえると、そのオーバーオールの中に手を突っ込んだ。

「ホレホレ、ここがいいのか？」

「モグ～」

「ここがええのんか?」

「モグモ~」

やばい、腹の毛がきもちいい。クママよりも長毛で、手に毛が絡みつく感じが何とも言えない。実家で飼っている犬を思い出した。

だが、そんなことをやっていると、強烈な視線を感じた。

「白銀さん……。ぐへへ」

「ア、アメリア」

アメリアが何とも言えない顔でこっちを見ていた。ニヤケ顔に見えるが、多分呆れられているんだろう。だって、冷静に自分の姿を見たら、ド変態にしか思えないし。

「……待たせたな」

「え? 止めちゃうの?」

やめて! それ以上は突っ込まないで! 調子に乗ってたのは謝るから!

「ダ、ダンジョンに行こうか?」

「まだ遊んでてもいいよ? ていうか遊んだら?」

「いや、急ごう!」

「えー? 別に構わないのにー。むしろ推奨だよー?」

「いいから行くぞ!」

三〇分後。

俺たちは北の町の地下洞窟に戻ってきていた。

入り口の周辺にはちらほらとプレイヤーの姿がある。

「もうアリッサさんがここの情報を売ってるみたいだな。あ、そうだ。アメリアにも情報料を分けないと。すまん、忘れてた」

「はっ！　私もシロ×ドリとか、スネコスリちゃんの衝撃が強すぎて忘れてたわ」

「じゃあ、早耳猫に売った金額の半分な。ほれい、受け取れ」

「え？　半分？　え？　え？」

俺がお金の譲渡申請をすると、何故かアメリアが驚いた様子でステータスウィンドウを見ている。

「ちょっと待って！　こんなもらえないから！」

「いや、でも折半するっていう話だったろ？　ここの情報、二〇万で売れたからさ」

「そ、そんなしたの？　情報ってそんなに高いの？　いえ、これが噂の白銀効果……？　普通そんな高い情報なんてそうそう……」

「どうした？」

「ちょ、ちょっと高かったから驚いただけよ。でもその値段は白銀さんが探索した情報もあわせてでしょ？」

「アメリアが発見した入り口の情報が一番高いんだし、むしろ折半でいいのか？」

そもそも、入り口さえ見付ければ、地図や採取物、出現モンスターの情報は簡単に入手できるのだ。それこそ誰だって。

やはり一番重要なのは、隠された入り口を発見することだろう。そう考えたら、アメリアの役割の方が重要だったはずである。

「何なら折半じゃなくて、七割くらいは――」

「あ、いい！　折半でいいです！」

「そうか？」

「うん！」

ま、折半の方が揉めなくていいか。

「それよりも、早く入りましょ！」

「おう。それにしても、凄いパーティだな？」

「でしょ？　可愛いっしょ？」

「いや、まあ……」

可愛いというか、バランスが悪いというか……。何せ、兎三、ノーム二だ。ノームファイター、ノッカーに加え、ハートラビット、クリアラビット、ブラックラビットの三種類である。

「やっぱノーム四体はさすがにバランス悪いからね！　少しは考えてるんだよ！」

「あ、そう」

考えてるやつは、兎とノームだけでパーティは組まないだろう。まあ、アメリアの兎たちならきっと強いんだろうが……。

「前回の反省を生かして、機動力重視だよ！」

掲示板

【有名】現在、有名になりつつあるプレイヤーについてのまとめｐａｒｔ１１【プレイヤー】

ここは、サービス開始直後から色々やらかして、すでに有名になりつつあるプレイヤー達について語るスレです

：：：：：：：：：：：：：：：：：：：

４４４：ナナシ
じゃあ、その騒ぎは絡んでたやつが逃げて、もう終わってるんだ？

４４５：ニフラーマ
うん。ジークフリードがかっこよかった。
スケガワさんは相変わらずｗｗｗ

４４６：ヌオー
有名プレイヤーが続々。
しかも白銀さんまでいたしな。むしろ白銀さんが最後に美味しい所を持って行ったｗｗｗ
他のやつなら「タイミング狙ってたのかよ！」とか言われるんだが、白銀さんの場合は「さすが！」としか言われない不思議。
良くも悪くもさすが白銀さん、なんだよね。

４４７：ニフラーマ
それにしても僕っ子死霊術師を泣かすとは許すまじ。
あれだけ属性を盛ったプレイヤー、そうそういないんですよ！

４４８：ネコ派のイヌ
でも、掲示板だと意外と加害者に同情的な意見もあるみたい？
俺は僕っ子派だけど、アンデッド嫌いな人とかは、むしろ加害者に共感できるってさ。

４４９：ノッカー
それは他のスレでも議論されているが、やはり絡んだ方が悪いだろ？
苦手ならフィルターをかければいいんだ。

４５０：ニフラーマ
そうだよ！
面倒だとか、フィルターのせいで世界観壊れるとか言う人もいるけど、それは我儘！
そもそも、アンデッドってそんなに気持ち悪い？
スケルトンとか意外に可愛いじゃん？

４５１：ノッカー
女はすぐに何にでも可愛いっていうから！
まあ、そこは個人の趣味だろ。
俺は気持ち悪いからフィルターかけてる。

性別に関しては……それこそ個人の趣味だ。
仮想空間であるゲームの中で、何を下らないことを言ってるんだって思うけどな。

４５２：ナナシ
まあまあ、マナー議論はそっちのスレに任せよう。
それよりも、僕っ子死霊術師は最近は噂に上ることが多いね。
テイマー、サモナー、エレメンタラー、陰陽師の陰に隠れて、使役系だと一番地味だったネクロマンサーを一躍有名にしたと言えるかな？

４５３：ヌオー
だな。新発見とかしていないのに、その行動と外見だけであれだけ話題になるのは珍しい。
まあ、白銀さんや浜風には負けるが。

４５４：ノッカー
白銀さんはほら、もう特別枠だから……。
スネコスリがなぜか畑に常駐しているという情報が出回ってから、白銀さんの畑の見学者倍増。
でも「まあ、白銀さんだから」「またやらかしたか」という声ばかり。
嫉妬の声すら上がらないのはさすがｗｗｗ

４５５：ネコ派のイヌ
さすが白銀さんｗｗｗ

４５６：ナミエ
そう言えば一つ疑問が。
以前、ダークテイマーっていう職業が話題になったことありましたよね？
ネクロマンサーとダークテイマーって、何が違うんです？

４５７：ヌオー
何が違うというか、全く違うぞ？
確かに、死霊系などしか使役できないという点では似ているかもしれんが……。

４５８：ノッカー
まず、ダークテイマーはテイマーの二次職。
ミドルテイマーなどと同じ扱いだ。
ダークテイマーオリジナルのスキルはなく、従魔術が継承される。あくまでもテイマーだな。

ネクロマンサーはテイマーやサモナーと同じ扱いの一次職。
オリジナルスキルである死霊術、死霊化がある、独立した系統職。
システムからしてかなり違う。

４５９：ナミエ
じゃあ、ネクロマンサーは別に悪い職業じゃなかったんですね？

４６０：ヌオー
ダークテイマーだって悪いわけじゃないだろう。
最近はテイマー人気によってモンス熱が過熱しているから、悪人みたいに言われるけど。

白銀さんによってモンスブームが引き起こされていなければ、狙ってダークテイマーに転職する奴が居てもおかしくはなかったと思うぞ。

４６１：ナナシ
それはそうだね。
こう言っちゃなんだが、モンスを愛でる趣味のない人間からしたら、そこまで悪いこととは思えない。

４６２：ネコ派のイヌ
でも、現状ではやはり白い目で見られる。
ダークテイマーへの転職条件がモンスへの虐待だと広く知られてしまったしな。

唯一いたダークテイマーも、すでに転職して魔術師になってしまったらしいぞ。
周りからの目に耐えられなかったらしい。
ダークテイマーが使役できるモンスがほとんどいないというのも大きな要因

の一つだろうが。
ダークテイマーに転職するのが早過ぎたってことなんだろう。

４６３：ニフラーマ
あんな可愛いピヨコを虐待するからですよ！　自業自得です！
僕っ子マンサーを虐める人たちも！
なにせ僕っ子ですよ？　人類の宝ですから！

４６４：ノッカー
あれを人類の宝という意見に同意はできんが、ネクロマンサーというレアな職業は保護すべきだ。

４６５：ニフラーマ
アンデッド苦手じゃないの？

４６６：ノッカー
フィルターをかけていれば別に問題ない。それよりも、レアな職業の情報を知りたい。
僕っ子死霊術師は白銀さんと同じで、読み専ぽいからな。
４６５よ、ぜひ頑張ってお近づきになって、情報をゲットしてくれ。

４６７：ニフラーマ
自分で頑張ったらどうですか？

４６８：ノッカー
……それはほら、なかなかね？

４６９：ナミエ
どういうことです？

４７０：ノッカー
察しろ！
俺は新たな扉を開きたくないんだ！

４７１：ヌオー
気持ちは分かる！　別に僕っ子が嫌いなわけじゃないよ？
でも、自分が信用できないんだ！

４７２：ナナシ
同じ！　俺も怖くて話しかけられない。
それでもしキュンッてしちゃったら……。

４７３：ネコ派のイヌ
僕っ子死霊術師に絡んだプレイヤーももしかしたら同じだったりしてｗｗｗ
ときめいてしまった自分を誤魔化すために、攻撃的になってしまったとか？

４７４：ナナシ
あ、ありえる。

４７５：ニフラーマ
ええ？　それって♪
「こ、この気持ちは何なんだ？　も、もしかして……。やめろ！　俺を惑わすな！　く、その可愛い顔をどうにかしてやる！」
みたいな？

４７６：ナミエ
キャー！
それなら許す！

４７７：ネコ派のイヌ
やめたげて！
ただでさえ叩かれているのに！
変な疑惑まで植え付けないであげて！

４７８：ヌオー
俺は僕っ子よりも腐女子の方が苦手だ。

：：：：：：：：：：：：：：：：

【新発見】ＬＪＯ内で新たに発見されたことについて語るスレｐａｒｔ３１【続々発見中】

・小さな発見でも構わない
・嘘はつかない
・嘘だと決めつけない
・証拠のスクショはできるだけ付けてね

：：：：：：：：：：：：：：：：

１８９：ハートマン
まさか東西南北全てにダンジョンがあるとはね。
やっぱり初期のエリアをもっと探索しないとダメだな。

１９０：ふーか
新食材はないようなので、残念です。

１９１：蛭間
素材はまあまあみたいだな。
第４、５エリア相当の品質だが、それが初期エリアで入手できるのは大きい。

１９２：ヘンドリクセン
しかも西と北の発見者は白銀さんらしいぞ。
少なくとも北は間違いないらしい。
白銀さんとウサノームテイマーがダンジョン前でそんな話をしてたらしいからな。

１９３：ボヤージュ
でも、まだ東のダンジョンが一番人気なのは変わらないみたいだ。
最終的にコガッパに渡すキュウリが一番簡単に手に入るし。
まあ、かなり高いけど。

１９４：ふーか
それは仕方ないです。
購入制限があるし、無限に供給できるわけじゃないですから。

１９５：蛭間
北のダンジョンにはテフテフっていう蝶みたいなＮＰＣがいるらしいな。
南がモフフっていうケダマンを可愛くした感じのＮＰＣらしい。
ただ、どちらもまだ好物が判明していないそうだ。

１９６：ボヤージュ
一応、好物が分かってるオバケの方がマシってことかね？
ただ、赤テング茸の白変種なんて、狙って手に入る物じゃないしな～。

１９７：ヘンドリクセン
にしても、東西南北のダンジョンを発見したのが、使役系のプレイヤーって凄いな。
モンスが探索に役立つのか？

１９８：ハートマン
いや、多分白銀さんと、その後追いである浜風っていうのが大きいと思うぞ。
ダンジョン二つに、スネコスリ発見と、最近は浜風の追い上げが凄い。
これは白銀さんもウカウカしていられないんじゃ？　ライバル出現だし。

１９９：ふーか
いえ、白銀さんは自分がこんな風に語られていることも知らないと思いますし、単純に浜風を褒めるだけな気がします。

２００：蛭間
笑顔で頑張れ！　とか言ってな。

２０１：浜風
まさに！　まさにそんな感じでした！　私なんてアウトオブ眼中！
そして、私などが白銀さんのライバル？
ふふ、真実を知った今、ただ乾いた笑いしか出ません。

２０２：ハートマン
おお、ご本人登場。
それにしても何があった？

２０３：浜風
今、陰陽師の検証などで早耳猫に協力してるんです。
詳しい内容は書き込めないんですが、そこで思い知りました。
白銀さんに追いついたと思ったら、すでに白銀さんは二歩も三歩も先に行っていたんです。

２０４：蛭間
ダンジョンの情報のことか？

２０５：浜風
それだけじゃありません。他にも色々と……。
笑ってください。白銀さんに知ってますって言われて調子に乗ってました。
頑張れって言われて、勝手に向こうが私を意識しているだなんて思い込んで……。
ふふ、所詮私は道化だったんです。

２０６：ふーか
本当に頑張れって言われてた！

２０７：ヘンドリクセン
ドヤ顔でライバル宣言をする浜風と、全く対抗心のない顔で「頑張れ」って言う白銀さん。
想像できるｗｗｗ

２０８：ハートマン
いや、でも浜風も頑張ってるよ？
白銀さんはほら、特殊だから。

２０９：蛭間
そうそう。
白銀さんの次に凄い発見してるし？

２１０：ボヤージュ
確かに白銀さんは別格だけど、それ以外だったら十分トップだよ？

２１１：浜風
慰めになってません！
次！　次こそは白銀さん以上に凄い発見してやるんだから！

：：：：：：：：：：：：：：：

「ちょ、こわいこわい！」

「アメリア大丈夫か？」

「こーわーいー」

北の地下洞窟をアメリアとともに攻略中の俺だったが、道中はかなり順調であった。

やはりアメリアのパーティは強い。ノームたちが防ぎ、ウサギたちが攻撃。その分担ができていることによって非常に安定した立ち回りができるのだ。

進化したウサギたちは属性攻撃が可能になっているらしく、意外と攻撃力が高かった。

ただ、戦闘以外では少し手こずったけど。

アメリアは高所恐怖症であるらしい。以前の村防衛イベントで、俺と同じようにグラシャラボラスにぶん投げられて死に戻ってたけど、あれも相当恐ろしかったそうだ。

サクラの作った命綱に掴まりながらノームたちに補助してもらいつつ、涙目で難所の急坂を登っていた。登りきった時には完全に泣きが入っている。

「や、やっとついた……。高いし暗いし狭いし足場不安定だし……！」

「まあまあ、ここを過ぎればもう難所はないから」

「ほんとう？」

「ああ、もうちょっと頑張ろうぜ」

「うん」

恐怖症とまではいかなくとも、暗い場所も狭い場所もあまり得意ではないらしい。

何故洞窟に来たのか。いや、確実にオルトに釣られてだろうけど。

「でも、ここは私だけじゃ絶対無理だったよ」

「え？　そうか？」

「うん。あの坂で詰んでたと思う。あんなの、怖すぎて命綱なしじゃ登れる気がしないもん」

「少しは役に立ってるなら良かった」

道中の戦闘じゃ、完全にアメリアの寄生になってるのだ。

「それに、これも売ってもらったし」

アメリアの腰で光を放っているのは、俺が渡したコケ籠だ。サクラが早速作ってくれていたのである。店売りの品とほぼ同じものだ。むしろこっちの方が色合いがカラフルかな。塗料で一部に色を付けてあるのだ。中に仕込むヒカリゴケも遮光畑で少しずつ育ててあったので、量にも問題はない。

因みに値段は二〇〇〇Gにしておいた。本当は材料費だけでいいと言ったんだが、アメリアがせめてこれくらいはと二〇〇〇Gを渡してきたのだ。

店売りの物は二〇〇〇G弱だったし、フレンドのアメリア相手だったらもう少し安くてもいいと思ったんだけどな。

アメリア曰く、サクラお手製の木工作品なのだから、そんな安く売るなどあり得ないらしい。もし無人販売所で販売する時は、最大の値段を付けるようにと忠告されてしまった。

「とりあえず、ちょっと休憩させて！」

「はいはい」

「あー、疲れたー」

俺も初めてここを登りきった時は、疲れ果てて動けなかったから仕方ない。

「ジュース飲も」

アメリアが岩の上に座って、何やら赤い飲み物を取り出した。

「アメリア、それ何だ？」

「これ？　カボチャ苺ジュースだよ！」

何？　それは聞き捨てならんぞ？

「イチゴを手に入れたのか？」

「いやいや、ワイルドストロベリーのことだよ」

「あ、なるほど」

話を聞くと、アメリアも花屋から始まるチェーンクエストを進めているらしい。考えてみれば、ノームを複数体所持しているのだ。作物も育てられるだろうし、ワイルドストロベリーを育てていてもおかしくはなかった。

テイマーだから料理も持っているだろうし、きっと色々なレシピを開発しているのだろう。

「ワイルドストロベリーと橙カボチャを混ぜたんだ」

その組み合わせは試したことがなかった。ハチミツとか混ぜて甘さを足すことが多いのだ。

ちょっと興味がある。雑草であるワイルドストロベリーを使っているせいか、バフは付いてないようだ。だが、ジュースで重要なのは味である。

「なあ、それもう一本ないか？」

「ごめん、いまこれしか持ってない」

残念。余ってたら譲ってもらおうかと思ったんだが。

「これ興味あるの？」

「おう。まだその組み合わせは試したことがなかったからな」

「じゃあさ、トレードしない？　飲み物同士でさ」

「いいのか？　それ一つしかないんだろ？」

「別にこれが好きって訳じゃないから。こればっかり飲んでて、もう飽きちゃったんだ。そもそも、あんまり美味しくないしね」

それは有り難い提案だ。

俺のハチミツピーチジュースと、アメリアのカボチャ苺ジュースを交換してもらうことにした。

味？　ははは、想像通り甘さ控えめで青臭かったよ。これでもアメリアの作れるジュースではましな方であるらしい。改めて育樹と養蜂の有難味が分かったのだ。

「うーん、さすが白銀さんのジュース。美味しいねぇ」

「まあ、いろいろ研究してるからな」

料理系に関してはそれなりに自信があるのだ。

「そう言えばさ、お茶の試飲会には参加するの？」

「なに？」

「あれ？　知らなかった？」

試飲会？　聞いたことがないが、何かのイベントか？

アメリアが詳しく説明してくれたが、公式のイベントではないらしい。ハーブティーを作っている料理系プレイヤーや、ハーブを栽培しているファーマーたちによる、ハーブティーの品評会のようなものを開催するらしい。

「へぇ。面白そうだな」

「じゃあ、参加する？　明日だけど」

「え？　そんな簡単にいいのか？」

「別に招待状とかあるわけじゃないし。主宰者がフレに声をかけてるだけだから」

始まりの町の会場に行けばそれで参加できるそうだ。楽しみだな。

一時間後。

「ウサぴょん！　頑張って！」

「ピョン！」

俺たちはポルターガイスツ相手に有利に戦いを進めていた。チームを組んでいるとボスが強くなるのだが、それ以上にアメリアたちが強い。

それに、ボスの能力値が上昇しても、取り巻きの雑魚の数が大幅に増える訳じゃない。そして、追加されるポルターガイストは所詮はポルターガイスト。アメリアのウサギたちの攻撃が当たれば一撃で倒される。

結果として、ポルターガイストは増える端から駆除されてゆき、ボスのＨＰがガリガリと削られていった。このダンジョン、道中は人数が少ない方が有利だろう。特にあの激坂は、少人数の方が登りやすいはずだ。前の奴の落下に巻き込まれたりする危険も減るし。

だが、ボス戦では人数が多い方が圧倒的に有利だった。ポルターガイストを駆除する余裕が生まれるからだ。うちはファウたちのおかげで命綱が使えて本当によかったな。

結局、最初に俺たちが死に戻った時よりも短い戦闘時間で、あっさりとボスを撃破できてしまっていた。

「あ！　何か壁が開いたよ！」

ボスであるポルターガイスツを倒すと、壁の一部が開いて登り坂が出現する。やはりこの洞窟も、ボス戦の後は一方通行か。

さて、この先はどうなっているかね？

多分モンスターは出ないだろうが、一応慎重に進んでみる。

先頭はアメリアのウサギさんたちだ。罠察知能力があるからね。

可愛いお尻と尻尾をフリフリしながら、ピョンピョン飛び跳ねて一行を先導してくれる。あー、癒されるわ～。他のプレイヤーがリック達を見てニヤけるのが分かるのだ。

坂を登りきった先は、再び通路になっていた。振り返ると、通路の床に大きな穴が開いているのが見える。

「えーっと、これってボス部屋に落とされる時の穴だよな？」

「そうみたいだねー」

だとすると、あの穴の先に出てきたってことか。

「あんな必死になって、穴の先に渡ろうとしたのが馬鹿みたいだな」

「そだねー」

実は、ボス部屋に入るための落とし穴の先が気になって、渡ることができないか必死に検証してみたのだ。だが、パーティ全員が飛行でもできない限り、無理という結論であった。

ジャンプで届く距離ではないし、ファウが向こうに渡っても命綱を結ぶ場所もない。両手両足を突っ張ろうにも、通路の幅が広すぎた。

「謎が解けたところで先に進むか」

「うん」

その先にあったのは三つ又の分かれ道だ。

同じように先が見えず、どれを進めばいいのかは分からない。

「どうする？」

「うーん、見ても分からないし……。とりあえず左に行ってみるか？」

そう話しながら、左に足を踏み出そうとしたその時だった。

ピヨピヨピヨ――。

何やら小鳥の鳴き声のようなものが聞こえてくる。音の発生源は俺の腰の辺りだ。

「白銀さん、それって？」

「雑貨屋で買ったんだ。毒ガスなんかが発生してると教えてくれるっていうアラームアイテムだな」

鳴いていたのは雑貨屋で照明道具とともに手に入れた坑道のカナリアであった。

俺は腰から外して、左の通路に近づけてみる。

ピョピョピョピョピョピョピョ――――！

すると先程よりも大きな音で、けたたましく鳴き始めたではないか。どうやら左側には毒ガスが発生しているらしい。

俺は試しに残りの二つの通路にカナリアを向けてみた。すると、真ん中の通路でも同じ反応がある。

「正解は右側ってことなんだろうな」

「それ便利だね！　私も買おうかな」

「何度か使うと壊れるみたいだけど、悪くはないと思うぞ」

特に今回は助かったのだ。

俺たちはそのまま正解の通路を辿って、先に進んでみた。モンスターなどはやはり出現せず、赤テング茸が採取できたくらいだったな。

すると、その先で再び三つの道が合流していた。どこを通ってもダンジョンの先へは進めたらしい。ただ、毒を浴びるかどうかってことなんだろう。

しかし、俺は残り二つの通路が気になっていた。

「なあ、こっちの通路どうする？」

「え？　どうするって？」

「いや、何かアイテムがあったりするかもしれないだろ？」

アメリアはこのまま先に進むつもりだったらしい。だが、ハズレと見せかけておいて実は宝箱がありましたとか、普通にありそうな気がする。

「それはそうだけど……。私、毒消しあまり持ってないよ？」

「俺は少し持ってる。それに、別に全員で行かなくても、リックとかウサぴょんとか、すばしっこい子に見に行ってもらえばいいんじゃないか？」

「うーん……」

どうも、毒を浴びると分かっている場所に、可愛い従魔を送り込むことが嫌であるらしい。それでも結局はウサぴょんを送り出すことに同意してくれたのだった。

「し、白銀さんの勘だしね」

「いや、別に直感スキルみたいなのはないぞ？」

「分かってるけど、白銀さんだから」

「ふーん？」

意味が分からんけど、それでアメリアが納得してくれてるならいいか。でも、俺ってそんなに勘がいいって思われるような事してるっけ？

そして、戻って来たウサぴょんを見て、俺の勘なんてあてにならないということが証明された。

「あれ？　ウサぴょんだけ？　リックちゃんは？」

リックが戻ってこない。

「ピョン……」

ウサぴょんが悲し気に項垂れる。というか、ウサぴょんのＨＰが残りわずかなんだけど！　どうやらかなり強力な毒が満ちていたらしい。それで分かった。

「リック、死に戻ったみたいだ」

「ええ？」

ウサぴょんでさえ瀕死だからな。リックはひとたまりもなかったのだろう。

ステータスウィンドウを確認すると、やはりリックのステータスは死に戻りとなっている。こんなことならオルトやサクラに行ってもらえばよかった。毒耐性のある守護者のスカーフを装備しているから、大丈夫だと思ってしまったのだ。

俺の勘が本当に良ければ、リックを行かせるなんて真似しなかったのに……。

そんなことを思っていたら、アメリアが素っ頓狂な声を上げた。

「うえぇ？」

「どうした？」

「こ、これ！」

ウサぴょんが採取してきたアイテムを確認していたアメリアが、白いキノコを手に持っている。何と、赤テング茸の白変種だ。

「へぇ。採取できたのか」

俺もインベントリを確認してみると、リックが死ぬ前に採取したと思われる赤テング茸・白変種の文字があった。

「もしかして、ここは絶対にこれが採取できるのか？」

「だとしたら大発見なんだけど！　オバケにあげられるんでしょ？　今、需要が凄い高いはずだもん！」

アメリアが大興奮だ。まあ、気持ちは分かる。

貴重な白変種が確定で入手できるのであれば、毒消しを持ってきて周回してもいいかもしれない。

「残りの通路も行ってみましょう！」

「そうだな。サクラ、お願いできるか？」

「――！」

サクラならＨＰも高いし、異常耐性も持っている。きっと生き残るだろう。

アメリアは違うウサギさんを送り出すらしい。

ただ、こちらの通路には何もなかったようだ。サクラたちは手ぶらで戻ってきた。残念。そう都合よくはいかないか。

そして、サクラたちはやはりかなりのダメージを受けている。どうも毒ガスだけのせいではなく、罠も仕掛けられているらしいな。サクラが身振りで教えてくれた。矢の罠が設置してあるらしい。

「大変だったな。でも助かったよ」

「――♪」

さて、ある程度通路の情報も分かったし、先に進むか。

早くリックを迎えに行ってやらないといけないからな。

「ここでキノコマラソンするなら、どんな方法が一番効率がいいかしら……」

「ほら、とりあえず先に進むぞ」

「ピョン」

「ムー」

「ああー、ちょっと引っ張らないでー！」

ブツブツと呟くアメリアを、彼女の従魔たちが引きずっていく。

慣れた様子だ。よくあることなんだろう。

「ムー」

ペコペコと謝るように頭を下げるノッカーを、軽く撫でて労ってやる。

「お前ら、苦労してるな」

そうして進んだ通路の先は、オバケのいた部屋と同じようなサイズの小部屋であった。

ギュルルルー！

「テフ～」

腹をすかせたＮＰＣが倒れているのも同じだ。

「蝶？」

倒れていたのは、ヌイグルミちっくにデフォルメされたモンシロチョウであった。

名前はテフテフ。姿通りの名前だな。

「テ～フ～……」

グギュルルル！

俺たちがテフテフを見ていると、ウルウルとした目と腹の音が激しく主張してくる。そこもオバケと同じだ。

「テフ～……」

「あーはいはい、分かってるよ。今食えそうな物を出してやるから」

観察する前に、食べ物をあげてしまおう。ただ、やはり好物が不明なので、オバケの時と同じ食べ物全部並べ作戦である。アメリアにも手伝ってもらって、テフテフのＮＰＣの周りを食べ物で囲んだ。

「どうしたんだアメリア、変な顔して」

「いえ、さすが白銀さんと思っただけ。どんだけ料理メインでプレイしてたら、こんなにたくさんの食材がゲットできるのかしら。異常だわ」

「い、異常って……」

「あ、ごめんごめん。褒めてるのよ？」

褒めてるか？　まあ、いいや。テイマーなのに料理とか畑の方がメインっぽくなっているのは確かだし……。ちくせう。

いつか俺だってアメリアみたいに戦闘方面で華々しく活躍してやる！　向かってくる敵をちぎっては投げ、ちぎっては投げ。モンスの超強力な攻撃でボスを一方的に殲滅して、「薙ぎ払えっ！」て叫んでいる動画をネットにアップしてやるんだ！

「ム？」

「フム？」

「……うん。何でもないぞ？」

まあ、いつかね。

そんなことを考えている内に、テフテフはある食材に飛びついていた。

「テフテフ～！」

「それにしても、まさかこんなものを食べるとは思わなかったな」

「うん。私も」

テフテフが興味を示したのは三つ。苦渋草とランタンカボチャ、キュアニンジンだ。一応用意してみたチューリップの花やロイヤルゼリーなどには目もくれず、その三つを貪り食っている。

蝶と言えば、巻いた管みたいな口だろう。だがテフテフの顔にはそれが付いていない。代わりに、ミ○フィーちゃんみたいなバッテンお口になっているので、固形物もいけるのかな～と思っていたが、まさか普通に野菜に飛びつくとは思わなかった。

羽根で器用にホールドして、齧っている。

「テフ～♪」

この三つの共通点は、すぐに思いついた。品種改良で作り出した作物であるということだ。多分、その条件で間違いないだろう。

「これって、メチャクチャ難しくない？」

「え？　そうか？」

「まあ、白銀さんからしたら大したアイテムじゃないかもしれないけど、普通のプレイヤーは中々手に入らないから。売ってるお店もあるけど、そういうのって必要だから買う訳だし。その後使っちゃうことがほとんどでしょ？」

ああ、それはそうかもしれん。俺みたいに自力で育ててない限り、作物状態で持ち歩くことは少ないだろう。

「いや～、白銀さんと一緒でラッキーだったわ」

「俺もアメリアと一緒でラッキーだったよ。前回、あのボスにボコボコにされて死に戻ったからな」

「じゃあ、今回はお互いさまってことで。あ、でもあの作物の代金は半分出すから」

「別にいいよ。それこそ畑で収穫できるものだからな。それよりも、お茶会への案内頼む」

「そこは任せておいて！　それに、白銀さんが参加してくれるならみんな喜ぶしね」

アメリアと雑談をしている最中、うちの子たちは思い思いに遊んでいる。勿論、アメリアのモンスの達も一緒だ。

ノームたちやルフレなど、人型精霊組＋ドリモは輪になってしゃがみ込んでいる。◯×ゲームをしているらしい。

さっきまでは、アメリアのモンスたち対うちの子たちだったんだが、今はサクラ&ルフレ対ノーム連合になっているな。

あ、次はサクラ対それ以外になった。どうやらサクラが強すぎて、皆で挑む感じになっているようだった。連合軍の中心がドリモになっているところを見ると、サクラに太刀打ちできそうなのはドリモしかいないのだろう。

ファウを含めたオチビさんたちは、普通に追いかけっこをしている。

飛行可能なファウが有利かと思ったが、小回りがきく小動物たちも負けていない。それに、アメリアのウサギたちはレベルも高いので敏捷力も高いのだろう。捕まりそうになっても素晴らしい跳躍で逃げていた。

「テフフ！」

「お、満足したか？」

「テフ～！」

そして、満足したテフテフは、俺とアメリアにアイテムを渡して消えるのだった。ここら辺はどのダンジョンも一緒ってことなんだろう。

報酬アイテムはちゃんとプレイヤーの人数分もらえるようだ。

「えーっと、破れたメンコか」

「オバケはビー玉だっけ？」

やはり懐かしのレトロオモチャシリーズである。

「使い道がさっぱり分からんな」

「まあまあ、その内分かるって。揃えたらイベントが発生したりするのかもよ？」

「それは在り得そうだな」

「それよりも、この後どうする？　どうせだったら他の二つ行っちゃう？」

「アメリアは付き合ってくれるのか？」

「モチのロンよ！　むしろ、こちらからお願いしまっす！」

これは嬉しいぞ。ログアウトまでもう少し余裕があるし、アメリアと一緒だったら東か南は攻略できるかもしれない。

「じゃあ、行っちゃうか？」

「うん！　行っちゃおう！」

勢いというのは怖いものだ。ノリでそんなことを言っていたら、本当にダンジョンアタックすることが決まってしまったのである。

一度畑に戻ってパーティを入れ替えたり、死に戻ったことに落ち込むリックを慰めた後、南の地下墳墓に突撃していた。

この時は、俺もアメリアもテンションがおかしかったからね。モンスたちもノリノリで、止める者もいなかった。地下墳墓にノームたちのムームーという声を響かせながら、イケイケで進撃する。

「ヒムー！」

「いいぞヒムカ！　ドリモ、攻撃だ！」

「モグモー！」

コールゴーレムに対して相性のいいヒムカとドリモは、相変わらず大活躍だ。

ヒムカが受けて、ドリモが攻撃する。しかも、今はアメリアのノッカーがいた。ドリモとノッカーのダブルツルハシによって、コールゴーレムが瞬殺されていく。

やはりツルハシはゴーレムに対して特攻効果があるのだろう。ツルハシコンビの前では、コールゴーレムも雑魚でしかなかった。いや、攻撃力は高いし、俺が戦えば強敵だけどね。

道中の難所は、炎が噴き上がる谷だった。

全力ジャンプすれば何とか飛び越えられそうなクレヴァスが、幾重にも連なった場所である。しかも、クレヴァスの間からは不規則に炎が吹き上げ、接触すると大ダメージを受けるのだ。

そのままクレヴァスに落ちれば、落下ダメージも凄まじい。

実際、アメリアのノームファーマーが死にかけていた。様子見で先行して、炎からの落下コンボで大ダメージを受けたのだ。直前でアメリアが送還したので死に戻ってはいないが、かなり危険だっただろう。

レベルが高いアメリアのパーティでもそうだったのだ。うちの子たちなら確実に死に戻る。

しかしその後は、誰もダメージを受けることなく難所を突破することができていた。

「作戦通り！　お疲れ！」

「「「ムムー！」」」

オルトも含めたノームたちの土魔術で橋をかけることで、炎も落下も気にせず、谷を渡りきることができたのだ。

これ以上はノームが炎上する姿を見たくないという、アメリアの執念が生んだ作戦だろう。

難所を抜ければ、すぐにボスだった。

名前はコールコールゴーレム。コールゴーレムを三倍ほどに巨大化させた、威圧感たっぷりのボスである。腕などが石炭製のコールゴーレムと違って、コールコールゴーレムは全身が石炭でできていた。黒光りする全身の至る所から橙色の光が発せられ、煙が噴き上がっている。

正直メッチャ怖い。奴が腕を振り下ろすだけでも、こちらとしたら巨大な岩塊が猛スピードで迫ってくる状態なのだ。

「ゴッゴォー！」

「ひぃっ！」

コールコールゴーレムはその長い手を使い、前衛を無視して後衛の俺を攻撃してきた。高い場所から伸ばされた手は、ピンポイントに俺だけを狙っている。

やばい！　回避しきれない！　あの巨体で、パンチ超速いんですけど！

躱そうと身を翻したのだが、もう遅かった。

視界をボスの拳が覆い尽くす。

ポルターガイスツ相手に死に戻った時の事を思い出した。状況が似ているのだ。

済まんアメリア！　俺たちはここで脱落だっ！

「ムムムー！」

「オ、オルト？」

しかし、拳が当たる直前、俺の前に飛び込んでくる影があった。

クワを構えたオルトだ。

「ムー！」

「ゴゴォ？」

響く重低音と足元を走る振動が、その衝撃の凄まじさを物語っていた。さすが重量級のボスだ。

きっと、俺だったら掠っただけでも危なかっただろう。

しかし、オルトは見事にコールコールゴーレムの拳を防ぎきっていた。それどころか、弾いて相手の体勢を崩してさえいる。

「た、助かったー！　さすがオルト！」

「ムー！」

「今よ！　攻撃！」

「ピョピョーン！」

アメリアたちはボスの隙を逃さなかった。一斉攻撃を叩き込んでいる。俺たちも負けてられんぞ！

「ドリモ！　いけ！」

「モグモ！」

水魔術が弱点らしく、俺やアメリの水魔術で面白いようにＨＰが削れる。

ただ、コールコールゴーレムの恐ろしい点は、攻撃力の高さだけではなかった。一定の時間で、自身の配下であるコールゴーレムを召喚し始めたのだ。

憎きポルターガイスツと同じだ。処理が遅ければ、ゴーレム軍団に囲まれることになるだろう。

だが、そうはならなかった。コールゴーレム相手に敢然と立ち向かったヒムカとドリモによって、サクサクと狩られていくからだ。ドリモがこっちにかかりきりになることでボスへのダメージは減るが、囲まれることを防ぐ方が優先だ。

「ヒーム！」

「モグモ！」

「いいぞ！　二人とも！」

鉄壁コンビが防いでくれている間に、俺たちはボスを攻撃である。

「クママ、やるぞ！」

「クックマ！」

「ファウは攻撃力上昇の歌を！　ルフレは回復を継続で！」

「ヤー！」

「フム！」

その後は、力の続く限り攻め続けた。

ヘイトはアメリアのノームが受け持ってくれるため、俺たちはひたすら攻撃を繰り返すことができるのだ。攻撃の面でもアメリアたちには及ばないが、クママの力溜めからの一撃と、俺の水魔術はそれなりにダメージソースとなっている。

「クママママー！」

「おお！　クママすげー！」

クママの攻撃がボスの足を破壊した！　どうやら、同じ個所にダメージを蓄積させることで、部分破壊が可能なボスであったらしい。

右足の踏ん張りを失ったボスの巨体が、轟音を立てて仰向けに倒れ伏す。

そこに、ドリモとアメリアのウサぴょんが突っ込んだ。

「モグモー！」

ドリモの渾身の一撃が、今度はボスの胸部装甲を破壊した。真っ赤に輝く、宝石のような物が露出する。あれって、コア的な奴なんじゃないか？　ウサぴょんもそう考えたらしい。

「ピョーン！」

全身が青色に輝くウサぴょんの頭突きが、ボスのコアを捉える。水属性を纏った突進攻撃だろう。広いボス部屋を真っ青に染め上げる程の、ド派手なエフェクトが発生していた。ドリモの竜血覚醒のような、奥の手なのかもしれない。

実際、その威力も凄まじく、コールコールゴーレムのＨＰを一気に削りきっていた。止めを刺されたコールコールゴーレムは、サラサラと砂となって消滅していく。

「勝利！　ブイ！」

「ピョン！」

ブイサインで喜ぶアメリアと、その頭の上でポーズを取るウサぴょん。凄まじい消耗で息も絶え絶えの俺たちと違って、まだまだ余裕があるらしい。さすがだな。

「ふぃー……。とりあえず、先に進むとしようか」

先に進む通路が出現したのだ。あの先に、このダンジョンのＮＰＣがいるはずだった。

第五章　お茶会生配信

アメリアとともにダンジョンを攻略した翌日。

ログインして畑に向かうと、オルトたちが出迎えてくれる。

「おはよう。今日はのんびりするつもりだから、ゆっくり畑仕事をしていてくれな？」

「ムム！」

「――♪」

昨日は激戦続きだった。

結局、北の地下洞窟を攻略した後、南の地下墳墓も攻略してしまったのだ。

アメリアのおかげだが、うちの子たちも頑張ってくれた。

特に守護者スキルを持つオルトと、火属性に耐性のあるヒムカは大活躍である。

いやー、本当に頼もしかったね。ヒムカが、戦闘であれだけ活躍する姿は初めて見たかな？

ダンジョンでは皆のレベルが上がったのだが、俺もレベルアップできていた。特に嬉しかったのが従魔術が25に達したことだろう。テイム枠が一つ増えるとともに、モンスターウィズというスキルを覚えたのだ。

これは一定時間、配下モンスターの知力、精神力を上昇させるというスキルであった。ルフレの回復量や、サクラの魔術ダメージも上昇するはずだった。

レベルが上昇したのは俺だけではない。モンスたちもレベルアップして、新スキルを入手している。

オルトの場合、レベルが30になり変異率上昇というスキルを覚えていた。これはその名の通り、作物の突然変異率を上昇させるというスキルだ。

今すぐ効果を確認できないが、その内役に立ってくれるだろう。

ヒムカもレベル20になったことで、食器作製というスキルを覚えている。

どんな能力なのか、こちらはすぐに目の前で使ってもらった。

今まではシンプルな食器を低品質で作れるだけだったのが、細かい装飾を施した綺麗な金属食器を作成できるようになったようだ。今は金属しかないが、ガラスなどを使うことも可能であるらしい。

サクラの木製食器にヒムカの金属製食器と、色々作れるようになった。あとはガラスと陶磁器を作れるようになれば……。夢が広がるぜ。早く素材や施設をゲットしないとな。

因みに、ドロップなどで目ぼしいものは、ポルターガイスツの落とした赤翡翠と、コールゴーレムの落とした石炭だろう。

宝石は従魔の宝珠用にいくつあっても構わない。石炭に関してはヒムカが大喜びだった。生産時に炉に使用すると、製作物の品質を向上させることができるらしい。

他にも色々な素材はあったが、それらはインベントリに仕舞ったままになっている。今のところお金には困っていないし、装備品を作る時や、錬金に使えるかもしれないからだ。

売るのはいつでもできるのである。

「よし、それじゃあアメリアが迎えに来てくれるまで、ハーブティーを作るか」

「ヤー！」

「フムー！」

農作業や調合を済ませた後に、お茶会に持っていくためのハーブティー作りにとりかかる。

数え切れないほどの種類のハーブティーを作ってきたが、中でもお気に入りのレシピが幾つかあるのだ。それを少し多めに準備しておこうと思う。

「ファウとルフレも手伝い頼むな」

「ヤ！」

「フム！」

「ポコ！」

以前から何度も手伝ってもらっているので、要領は分かってくれている。そこに何故かチャガマも加わって、ワイワイとハーブティーをブレンドしていた。まあ、チャガマは応援しているだけだが。お茶全般に興味があるのだろう。

そうやってハーブティーを準備していると、俺はあることを思い付いた。

「お茶菓子が必要になるんじゃね？」

アメリアは何も言っていなかったが、お茶会と言えばお菓子だろう。いや、品評会だから必要ない？

「うーん。でも、急に押しかける訳だし、用意しておこう。手土産は必要だ」

ファウとルフレにハーブティーの量産は任せられるしな。

となると、何を作るかだ。何人くらい参加者がいるか分からないけど、できるだけ同じものが食べられる方がいいはずだ。不公平感があったら揉めるかもしれないし。

「クッキーを色々作ってみるか」

ハチミツクッキーを作った頃と比べて、今なら果物にヨーグルト、甘味野菜に山羊乳など、素材がたくさん揃っている。これで色々工夫をしたら、かなり美味しいクッキーが作れるんじゃなかろうか？

「山羊乳と山羊バターを混ぜてみよう」

購入制限があるので大量にあるわけじゃないが、北の町に行くたびに少しずつ買いだめてあるのだ。

その後、ちょっとずつ色々な組み合わせを試した結果、お気に入りのクッキーが二種類完成したのだった。一つが、山羊乳と山羊バター、山羊ヨーグルトに乾燥紅葡萄、ハチミツを混ぜ込んだ味だ。

爽やかな酸味があり、幾らでも食べられそうだった。ゲーム中だからか、山羊乳独特の匂いもなく、普通に美味しい。効果はないが満腹度の回復量が多く、満腹度を満たすためのアイテムとしては非常に優れているだろう。

もう一つが山羊バター、ハチミツ、ランタンカボチャ、キュアニンジンを混ぜ込んだベジタブルクッキーである。ランタンカボチャ、キュアニンジンがともに甘いので、バターのコクも相まってかなり食べ応えのある甘いクッキーに仕上がった。バフ効果として、一定時間燃焼にならないという効果があり、できれば火霊門探索前にゲットしておきたかった品である。

また、味にはあまり関係ないのだが、ベジタブルクッキーは完成すると何故かジャック・オ・ランタンの顔の形になった。俺がその形にしているわけではなく、自動でその形状に変化するのだ。多分、ランタンカボチャの効果なのだろう。面白い効果だ。

「よしよし、これなら皆喜んでくれるだろう」

他にお茶会に必要な物って何だっけ？

「お茶会……スコーン？　いや、ダメだ作り方を全く知らん。ベーキングパウダーとか必要そうだもんな。あとは……ジャムとかかな？」

ハーブティーにロシアンティー的な飲み方があるのか分からないが、あっても悪くはなさそうか？

「ワイルドストロベリー、ハチミツ、ロイヤルゼリー、ワインあたりで作れんか？　とりあえずやってみよう」

雑草扱いのワイルドストロベリーは甘さがかなり控えめだし、ハチミツなどを足す必要があるだろう。ワインは風味や酸味などのフルーティーさを期待してみた。

そう思って材料を鍋にぶち込んで煮詰めてみたんだが……。

「ジャムはジャムだが」

ワインジャムというアイテムが完成したのだった。こんなアイテムもあるんだな。効果は微量のHP回復のみ。しかも食べ過ぎると酩酊状態になるそうだ。名前の通り、ワインがメインなのだろう。

ただ、味はかなりよかった。

リアルで普段食べているイチゴジャムから甘みをかなり引いて、ワインの渋みを足した感じの味である。こう言うとあまり美味しくなさそうだが、そんなことはない。

甘いジャムが苦手な人でも食べることができそうな、大人の味だ。

むしろお茶に合わせるにはこの方が良いんじゃなかろうか？

「甘いストロベリージャムを作るつもりだったが、結果オーライかな」

他に必要なものは何だろう。まだ結構時間があるのだ。

「カップ……。いや、茶器か？」

でも、本格的な茶器なんてよく分からん。

シャカシャカ泡立てるやつとか、茶葉を掬う匙みたいなやつとかだろ？

いや、ハーブティーだから日本の茶器じゃないか。洋風なら洋風でコゼーとか色々必要だろうが、今回はポットとカップくらいでいいか？

他に何か必要だっけ？　前にお洒落なカフェに入った時のことを思い出すんだ俺。

何か色々と出てきたはずだ。

「えーっと、カップとソーサー、ティースプーン、ティーポット。あとは砂糖が入った……シュガーポットだっけ？　ミルクピッチャーもあったな」

カップとソーサー、ティーポットはこの世界でもすでに販売されている。ＮＰＣメイドのものを購入したことがあるのだ。

ティースプーンは小さいスプーンでいいだろう。

砂糖はまだないからシュガーポットはいらないかね？　となるとハチミツ？

「ハニーポットってやつか」

海外の映画で見たことがある。木でできた螺旋状の変な棒で、ハチミツを掬うシーンがあった。あれもスプーンと呼んでいいのだろうか？

今、思い出せるのはそんな物かな。

「……よし、作るか！」

ヒムカの陶磁器作製に必要な粘土は、第三エリアに行った時に入手済みである。普通に露店で売っていた。しかもまだ使う人間が少ないらしく、メチャクチャ安かったのだ。

粘土、水、釉薬が必要という話だったが、アリッサさんは釉薬は塗料などでも代用可能と言っていたし、材料は全て揃っている。

ロクロセットも購入した。一番安いロクロセットは結構安かったし、ヒムカの練習用になると思ったのだ。面白そうだったら、いつか俺が使ってもいいしな。

趣味は陶芸とか、ちょっと憧れるよね。

あと必要なのは窯なのだが、これは取りあえずレンタル生産場に行けばいいだろう。

「ヒムカ！」

納屋の中でサクラの木工作業を眺めていたヒムカに声をかける。

「ヒム？」

「茶器を作りにレンタル生産場に行くぞ！」

「ヒームー！　ヒムム！」

すると、ヒムカが何やら手を突き出すポーズをした。待ったをかけているようなポーズだ。いや、実際に俺に少し待ってほしいと訴えかけているようだった。

そして、何やら茶色い物を取り出してテーブルに並べ始める。粘土で作られた食器たちだ。

「え？　もしかしてもう作ってるのか？」

「ヒム！」

「作るのに時間がかかりそうなポットまで！」

何とヒムカがいそいそと取り出したのは、一二個のティーカップとソーサーのセットであった。ティーポットも二つある。どうやら暇な時間に準備を進めていたらしい。

ヒムカがドヤ顔で胸を張っている。心なしか頭がこっちに向いているのは、撫でろというアピールか？

「えらいぞ！」

「ヒム！」

要求通りに頭を撫でてやったら、ご満悦な表情である。しかし、これは褒めてやってもいい仕事だった。これなら焼くだけですぐに茶器が作れる――かもしれない。いや、初めてのことだから失敗する可能性もあるし、用意できたらラッキーくらいに思っておこう。

ヒムカの茶器がダメでも、サクラの木製カップがあるし。

「あ、そうだ。ハチミツスプーンとかティースプーンをサクラに作っておいてもらおう。ついでにハニーポットも」

木製品は木製品で需要があるだろう。ヒムカの陶磁器作製が成功しても無駄にはならないはずだっ

「じゃあ、サクラ。俺とヒムカはちょっと出かけるから、色々と作っておいてくれ」

「――！」

サクラは可愛く拳を握りしめ、俺の言葉に頷いてくれる。

「サクラになら安心して任せられるな」

「――♪」

ということで、俺はヒムカと、仕事を終えて暇だったクママを連れてレンタル生産場にやってきた。

始まりの町の中央区画にあるんだが、建物自体はそこそこの大きさだ。とても何百人もの生産職の需要を満たせるとは思えない。

だが、内部は見た目以上に広く――というか無限なので、順番待ちをしたりする必要はなかった。

受付で使いたい施設の備わった部屋を選び、一時間レンタルを申請し、お金を払い、受付脇の扉を潜ればもう割り当てられた生産室である。

「よし、窯とかロクロとか、陶磁器を作るのに必要な設備は揃ってるな」

「ヒム！」

とりあえずヒムカには、足りていないミルクピッチャーを作ってもらうことにした。

粘土に水を混ぜて、コネコネした後にロクロで成形していく。器用なものだ。

俺にはスキルがないけど、陶磁器作製スキルがあればオート作製で綺麗な形にできるらしい。

あっと言う間に取っ手の付いた水瓶風の形をしたミルクピッチャーの原型が完成した。

「ヒムー」

額の汗を拭う仕草をするヒムカ。結構集中力を要するのかもしれない。

「釉薬はどうする？」

「ヒム！」

ヒムカが指をさす場所には、大きめの瓶が置いてある。中にはトロッとした液体が満たされていた。最低ランクではあるが、一応釉薬も用意してあるらしい。

「なるほど……。なあ、この塗料と、この最低品質釉薬。どっちがマシだ？」

「ヒム！」

ヒムカが迷わず塗料を指差した。自前で用意した塗料の方が品質は上ってことか。ただ、釉薬の出来上がりも見てみたい。とりあえず五セットずつ、釉薬と塗料で焼いてみることにした。

品質は塗料の方が良くなるかもしれんが、俺が重視するのは見た目だからね。

「じゃあ、焼くか」

「ヒム！」

大きなヘラのようなものにティーカップなどを載せると、そのまま窯の中へと並べていく。ちょっとピザ職人ぽい見た目だ。

さらに石炭をガンガン投入していた。リアルだと最適な温度っていうものがあるはずなんだが、ゲームの中だと火力が高ければ高い程いいらしい。

すると、ヒムカが窯の前に立ち、窯の扉に取り付けられた覗き口をじっと見つめた。そのまま腕を組んで微動だにしない。

職人ぽくてかっこいいが……。

「もしかしてずっとこのままなのか？」

「ヒム」

いつになく真剣な顔で、重々しく頷くヒムカ。まじで職人さんモードに突入したようだ。

どちらかと言えば落ち着きのないタイプのヒムカが、そのまま五分以上微動だにせず、窯をジッと見つめていた。

時おり窯の温度を調整しているのは、焼きに何らかの影響があったのだろうか？

まあ、無駄なことをするはずもないし、やはり陶磁器作製に関する作業だったのだろう。

そのお陰か、取り出したティーカップは文句のない仕上がりだった。

特殊な効果はないが、割れたりしたものは一つもなく、全てがきっちり完成品になっていた。

「いやー、バッチリだったなヒムカ」

「ヒム！」

ヒムカも、ルンタルンタとスキップしながらご機嫌である。生産が上手くいったうえに、俺に褒められたからだろう。

「あ、白銀さん！　やほー！」

俺たちが畑に戻ってくると、ちょうどアメリアがやってきたところだった。

結構時間ギリギリだったらしい。遅刻しないでよかった。

「迎えに来たよー。準備できてる？」

「ああ。バッチリだ」

「うんうん。じゃあ行こうか！　白銀さんが一緒だったらきっとみんな驚くよ！」

あれ？　今の言い方だと……。

「なあ。もしかして俺が参加する事、他の人に言ってないのか？」

「うん。みんなをびっくりさせようと思ってさ！」

「それって俺、参加できるのか？　行って、参加できませんでしたってならないよな？」

「大丈夫だよ！　前も言ったけど、ゆるーい集まりだから。毎回飛び入り参加者がいるもん。皆で持ち寄ったハーブティー飲みながらお喋りする感じ？」

なら大丈夫かな？

「それにしても、ゆるいのか」

品評会って言ってたから、順位を付けたりするのかと思ったが、どうもそうではないらしい。

「だいたい、みんなハーブティー作り始めたばかりだし、初心者同士で順位付けあってもねぇ？」

「あー、それはそうか」

どうも品評会というよりは、お茶会という方が相応しい雰囲気であるらしかった。

「うん。でも今回は何か新しいことをするとか言ってたけど……。参加できないなんてことは無いはずだから」

「あ、そう言えばうちの子たちは連れていって構わないのか？」

「大丈夫だよ。私もウサぴょんたち連れてきてるし」

今のアメリアは兎三、ノーム二の構成である。他にもテイマーが居るらしく、その従魔と遊ばせるのが目的であるらしかった。

「じゃあ、俺も皆を連れていっていいのか？」

「ぜひぜひ」

それから三〇分後。

「みんなー、来たよー」

「アメリア。久しぶり」

「今日は知り合いを連れてきたんだけど、参加オッケーだよね？」

迎えに来てくれたアメリアに連れていかれたのは、始まりの町の中央区にある会議所と呼ばれる建物だった。

ここはその名の通り、レンタル会議室を借りることができる場所らしい。

長机に簡素な木製の椅子が並べられた、質素な部屋である。天井には裸電球に銀のシェードを付けただけの簡素なランプが吊るされ、ファンタジーというよりは、昭和レトロ感が強いかな？

ただ、光量は十分なので、薄暗かったりすることはない。

レイドボス前の作戦会議や、ホームが狭いクランが緊急会議などで使用することが多いそうだ。

会議なんて外でもいいじゃんと思ったが、他のプレイヤーには秘密にしている情報もあるため、利用するプレイヤーは結構多いらしい。

「勿論。そちらは――え？　その妖精さんに、樹精ちゃんは……」

「白銀さんでーす」

「まじで？」

「えぇぇ？」

「有名人キター！」

会議室には一〇人程の人がいるんだが、全員がこちらを見ていた。アメリアを見ているのか？　まあ、ノームを三体も連れているし、目立つのだろう。実際、ノームの人気は結構高いとアメリアが教えてくれたのだ。あとはファウかね？　やはり妖精は目立つのだろう。

それにしても、席がいっぱいなんだけど……。

「アメリアに連れてきてもらったんですけど、急に参加できますか？　席が埋まっちゃってるみたいなんで、ダメなら帰り――」

「そ、それは大丈夫です！」

俺の言葉を遮る勢いで叫んだ女性プレイヤーが、何やらテーブルに出ているウィンドウを操作した。すると、部屋は一回り大きく拡張され、机と椅子が出現する。何と、人数に合わせて部屋の大きさを変えられるらしい。便利なシステムだね。

ただ、これなら飛び入り参加が何人いても受け入れられるだろう。

「ささ、こちらにどうぞ！」

「え、そんな真ん中でいいの？」

主催者席なんじゃないの？　だが、周りの人も勧めてくれるので、とりあえずそこに座っておいた。俺がこんな席でいいのかね？　初参加だから、気を遣ってくれているのかもしれない。

「えーっと、今回はお茶はお持ちですか？　それとも試飲だけ？」

「あ、ちゃんとハーブティー持ってきたぞ」

でも、今の言われ方だと試飲だけでも参加できるらしい。本当にゆるいお茶会みたいだ。

「これと、これね」

「ええ？　二種類も？　しかもこんなにたくさん？」

「ああ、人数分に足りそうでよかった」

一応品評会と銘打っているだけあって、ほとんどの参加者がハーブティーを持ってきているらしい。初参加の人は免除されているそうだが、このためにわざわざ作ったのだし、持ってきた分は全て渡すことにした。

「ああ、そう言えば自己紹介がまだでしたね。私は主催者の一人でアスカといいます」

「私がウサミだよ！」

俺に席を譲ってくれた女性たちが女性が挨拶してくれる。

俺の隣にいる金髪お嬢様風のの女性がアスカ。対面に移動した黒髪清楚系エルフさんがウサミというらしい。

どちらも料理系のプレイヤーの中ではそれなりに有名であるそうだ。

「いやー、いつかお会いしたいと思っていたんです」

「私も！　こんなところであえるなんて、感激だよ！」

「白銀さんが参加してくださったとなれば、この品評会の格も上がるというものです」

「確かに！」

いやいや、そんな持ち上げられても。ああ、でもハーブティー作りではそこそこ先駆者なわけだし、少しは影響あるのか？

そんな風に自己紹介していたら、参加者が揃ったらしい。全員が席に着いて、品評会が始まる。

いつもならそのまま普通にハーブティーを飲みつつ、雑談をしたりするそうなんだが、今日はウサミから話があるそうだ。

「えーっと、前回も言っていた通り、時間の都合などで不参加の人にも雰囲気を楽しんでもらうために、フレンド限定で生配信をすることになりましたー」

「え？　生配信？」

「はい。あれ？　アメリアから説明されてませんか？」

「何も……」

ゆるいお茶会だと言われて、連れて来られただけだ。

すると、アスカが説明してくれる。何でも、参加したいけど時間が合わないというプレイヤーが結構いるらしく、せめて雰囲気だけでも味わいたいと言われていたそうだ。

そこで、会議室にあるライブ機能を使って、お茶会の様子をフレンド限定で配信することにしたらしい。ログインしていればどこでも視聴可能だそうだ。

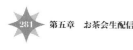

料理プレイヤーにはショップを開いている人も多いらしく、その接客の合間に視聴するという。あとはダンジョンのセーフエリアとかでも視聴可能であるらしい。

ソロでもない限り、ダンジョン攻略を自分の都合だけで切り上げる訳にもいかないしね。

それ以外にも、先のエリアに進んでいるせいで転移にお金がかかってしまい、お茶会の為だけに始まりの町に戻ってくるのが勿体ないというプレイヤーもいるそうだ。

「レシピは共有しますけど、飲んでいる印象なんかも見たいっていう料理プレイヤーもいますし。テイマーの参加率が高いんで、単純にモンスの可愛い姿を見たいっていうプレイヤーもいますね」

「なるほど」

テイマーは初期スキルに料理があるから、ハーブティーを作れるプレイヤーも多いのだろう。

「もし顔出しとかが嫌だったら、今からでも参加取り止めできますけど……」

「いや、別にいいよ。フレンド限定なんでしょ？」

「はい」

だったら構わない。これが何千人もだったらちょっと躊躇うけど、ここにいるプレイヤーのフレンドだけだったらそう多くないだろう。それに料理プレイヤーやテイマーが多いなら、仲間みたいなものだ。

「よかったです。白銀さんにはぜひ参加してもらいたかったので。妖精ちゃんを間近で……うふ」

アスカはファウのファンだったたか。最近はモンスのおまけ扱いにもすっかり慣れてきたたね。

因みに今回はオルト、サクラ、ルフレ、ヒムカ、ファウの人型メンバーにクママを加えた面子である。クママは以前の英国紳士風装備が印象的だったので、お茶と言えばという感じで何となく選んでしまった。今はポンチョ姿だから、お茶会に紛れ込んだ園児みたいだが。

「じゃあ、品評会開始しまーす！」

「はーい」

「お茶を出せ出せー。並べろ並べろー」

「私今回は自信作だよ！」

「私だって！」

品評会が始まると、皆にハーブティーが配られる。最初はアスカのハーブティーからだ。

ただ、数が足りないな。五人分くらいしかないんだけど。しかし、足りない人にはもう一人の主催者であるウサミのハーブティーが配られた。

毎回全員分用意するのは難しいし、厳密に順位を決める訳でもないので、これで十分だそうだ。

「興味があるなら他の人と交換もできるよ！」

「ああ、大丈夫だ」

因みに、モンスたちは俺の後ろに並んでいる。

いつもなら他のプレイヤーが遊んでくれるんだけど、今日は皆が目くばせをしあいながら遠目から見ているだけで、積極的に声をかけてくることはなかった。

品評会だし、皆がモンスよりもハーブティーに興味があるってことなのだろう。さすが料理プレイヤーが揃っているだけある。

さらにウサミ特製というお茶菓子が配られた。何とウサミは、料理の中でもお菓子を専門に作るプレイヤーだそうだ。この品評会も、ウサミの発案であるらしい。

そんなウサミが作ってきたのはスコーンだった。プレーンと胡桃入りがあるようで、香ばしい香りが食欲を誘う。さらに、果物を使ったデザートピザなどもあった。

「スコーンか、美味しそうだな」

「ご賞味あれだよ！」

「いただきます――うま！　何だこれ！」

メチャクチャ美味い。ウサミ特製のフルーツジャムを付けて食べたら、いくつでも食べられるだろう。これだよこれ。俺も本当はこういうジャムが作りたかった。

それにスコーンもサックサクで、メチャクチャ美味い。

「スコーンもジャムも最高だな」

「あんがと！」

「どうやって作るんだ？」

「第七エリアで手に入るベーキング粉があれば簡単だよ」

「第七エリア？　それって、けっこう貴重品なんじゃないか？　随分気合入れたな」

俺にとったらかなり先のアイテムだ。

「やっぱ英国人ですから、スコーンに手は抜けないよ！　まあ、手抜きする方が美味しいって言われてるけど！　実際、食用草の粉とベーキング粉とバターを混ぜて焼くだけだしね。あと気を付けるのは火加減くらいかな」

英国人？　スコーンの作り方よりも、そっちの方が気になるんだけど？　単に、イギリスかぶれってことか？　だが、そうではなかった。

「日本在住一〇年目の、モノホンのスコットランド人でーす！」

「ええ？　でもＬＪＯの初回ロットって、日本限定じゃなかったっけ？」

「まあ、日本在住だったら問題なく買えるからね〜。意外と外国籍のプレイヤーは多いんだよ？」

そりゃそうか。初回ロットは日本で限定販売、日本サーバーのみというだけで、外国人がプレイしてはいけないという訳ではない。

「やっぱ日本在住の人にはゲーム好きも多いしね。ただ、ゲーム内の基本アバターがそもそも西洋風だから、見た目や名前じゃ中々見分け付かないんだよ。翻訳ソフトも優秀だから、少し話したくらいじゃ気付かないもん。あ、私は翻訳ソフト使ってないよ？」

ウサミの言う通り、見た目やネームじゃ外国人かどうか分からないだろう。しかもウサミレベルで日本語堪能だったら、言われないと気付かないかもしれない。

むしろウサミのアバターは純和風だ。黒髪ロングに黒目で、西洋感はエルフであるという部分にしか感じない。

「このお茶会にも、私以外に外国人プレイヤーはいるよ」

「え？　そうなの？」

「うん。料理プレイヤーの中には、母国の味を再現したいっていうプレイヤーも多いから。あそこの二人がそうだね。紹介するよ」

ウサミが紹介してくれたのはドワーフの男性プレイヤーと、金髪白猫獣人の女性プレイヤーだった。

「冬将軍ダ」

「ブランシュです」

ドワーフの冬将軍がロシア人。獣人のブランシュが韓国人だそうだ。

話してみると二人とも日本語堪能で、意思疎通も全く問題がない。冬将軍の方はイントネーションが少し変な時もあるけど、昔旅行にいった青森の民宿のおばあちゃんよりは数段ましである。

「キャラネームは日本語なんだな」

ハングルとかロシア語も選べたはずだけど。それでも翻訳字幕が出るので、問題はないはずだ。

「せっかク日本でゲームやるんダ。ほら、あれダ。ナんだっけブランシュ？」

「郷に入っては郷に従え？」

「そう！　そレ！」

「あと、外国人だと分かると、色々と言われることもありますから」

「あー……」

やっぱそういうこともあるのか。

ただ、最近はほとんどなくなってきたそうだ。何せこのゲームはお馬鹿さんに厳しい。差別的発言をしたやつのほとんどが運営から罰則を与えられて大人しくなったという。

「それに、日本人の友人もたくさんできましたしね」

「オタク仲間が増えたのは嬉しいナ」

結局、日本人だ外国人だということではなく、個人を見ろってことなんだろう。

「唐辛子を発見したら是非ご一報を」

「俺はスビョークラ！　いや、日本ではビーツだったカ？　是非見つけてくレ！　白銀サンなら何とかなル！」

唐辛子は探せばありそうだけど、ビーツはどうだろう？　ボルシチに使う野菜のことだろ？

本場の人が作る韓国料理やロシア料理は凄い興味があるし、いつか食べさせてもらいたいものだ。

「見つけたら絶対に教えるよ」

「ぜひぜひ」

「頼んダ！」

俺はブランシュたちと会話しながら、ウサミのデザートピザにも手を伸ばす。

ウサミ的には自信作だそうだ。

「確かに美味いな」

俺も作ったことがあるけど、それよりも大分美味しい。単純にスキルレベルの差なのかと思っていたらウサミが丁寧に作り方を説明してくれた。

「品質の高い素材を使ってるっていうのもあるけど、ハーブも使ってるから」

隠し味にハーブを色々と入れているという。なるほど、隠し味か。

俺がハーブを使う時は、ハーブティーのようにハーブをメインとして使ってしまっている。隠し味的に使うことはあまりない。リアルのレシピを再現する場合は使うけど、その程度なのだ。

「味がすっごい変化する訳じゃないんだけど、明らかに美味しく感じるんだ〜」

「だから隠し味ってことか」

「うん。色々試してるんだよ」

俺も今後は色々と試してみないとな。これが知れただけでも、ここに来た甲斐があったというものだ。

さて、俺が作ってきたお茶菓子とかはどうしよう。先に出した方がいいのかな?

「なあ、ウサミ」

「はいはい?」

「俺もお茶菓子持ってきてるんだけど、出した方がいいか?」

「え? 白銀さんのお茶菓子?」

俺がウサミに聞いた瞬間、冬将軍やブランシュ、さらにその周辺にいたプレイヤーたちまでもが立ち上がり、俺を凝視している。

「ま、まじ?」

「食べたい!」

「ぜ、全員分有ります?」

ウサミが周囲を軽く見回しつつ、メッチャ真剣に問いかけてきた。

「あ、ああ。少し多めに準備して来たから」

「ホッ。そうですか。よ、よかった、暴動にならずに済む……」

「うん？」

「いえいえ、何でもないんです」

一瞬、戦闘時のような緊迫した雰囲気になった気がしたけど、何だったんだ？　いや、タダのお茶会でそんなわけないか。俺の気のせいだろう。

「それでお茶菓子はどうする？」

「一応、お茶菓子とかは自分のハーブティーと一緒に出す感じなんで、その時にでも」

なんて話をしていたら、周りのプレイヤーが声を上げ始めた。

「ちょっと待った！　白銀さんのお茶菓子と聞いては我慢なんかできない！」

「そうだそうだ！　絶対に美味しいに決まってる！」

「俺も食べたいゾ！」

おお、嬉しいことを言ってくれますな。でも、ウサミのデザートピザを食べた後に出しづらいんだけど……。

いや、あっちはスコーンとピザ、俺のはクッキー。誤魔化せるはずだ。

「じゃあ、順番変えて、次白銀さんの番にしちゃおうか」

「そうね。みんな我慢できないようだし」

ウサミとアスカが相談して、次が俺の番になったようだ。

すると、ファウが待ってましたとばかりにリュートを演奏し始めた。一応場所を選んでいるのか、ゆったりとした上品な曲だ。

だが、うるさいって言われないか？　俺はファウの演奏が大好きだけど、皆がそうとは限らないだろうし――。

「はぁ～。妖精ちゃんの生演奏……」

「素敵～」

「いいな～。私も欲しい」

大丈夫そうだった。ならいいか。ハーブティーの制作者が注ぐルールみたいなので、俺が準備をした。ティーカップも一二個あるので、参加者分ピッタリである。

因みに、ティーカップの出来はまああだった。品質は★3と高い物ではなかったが、色合いは悪くない。

一つが鉄鉱石を使った黒い塗料だったんだが、狙い通り黒くツヤのあるティーカップができた。問題は内側まで全部塗ってしまったため、内部もソーサーも全部が黒いことだろう。

俺は嫌いじゃないんだが、お茶を飲むときにはあまり向いていないかもしれない。ミルクやコーヒーなら美味しそうに見えるか？　でも、茶色いハーブティーだと少し微妙だ。

レンタル生産場に備え付けられていた釉薬のみを使ったカップは、黄色の強いベージュ色だった。こちらも悪くはないが、すごい綺麗という感じでもないな。色にむらもあるし。

ただ、普段使いとしては十分だろう。

今後は色々な色を付けたり、絵を描くことを目指したいね。

俺がティーポットからカップに注いだお茶を、うちの子たちが運ぼうとする。俺がやるよりも、可愛いモンスに渡された方が皆喜ぶだろうと思ったんだが……。

「オルトちゃん！　こっちきて！」

「水精たん！　ぜひ俺にお茶を！」

「クママきゅぅぅうん！」

「ヒムカ君ヒムカ君ヒムカ君！」

「サクラちゃん、ぺろぺろ～！」

やばい、すごい騒ぎになった。どうも、自分の好みのモンスにお茶を渡してもらいたいらしい。ウサミやブランシュもお気に入りのモンスを呼んでいた。

可愛いは国境を越えるんだな。騒いでいないのは冬将軍くらいだろう。

にしてもみんな、メイド喫茶か何かと勘違いしているんじゃないか？　この場合はメイド喫茶ならぬモンス喫茶？　何か意外といけるかもしれん。

まてまて、今はそんなことを考えて現実逃避している場合じゃなかった。

「あーん。ちょっとカップが震えて危なっかしい感じがまた……」

「ここは天国なの……？」

「やばい、プリチー死にする」

どうする？　希望を聞いて、好きなモンスから渡してやるか？　いやいや、それでもし選ばれる数に差が付いたらうちの子たちがかわいそうだ。

「おーい。みんな、戻って来い」

「ム?」

「フム?」

皆が一度戻ってくる。

「収拾つかんし、カップは俺が配るから――」

俺がうちの子たちからカップを受け取ろうとした、その瞬間だった。

「……」

「……」

ピタッと全員が黙った。仕込んでたんじゃないのって言うくらい、息があっているな。

皆が縋るような眼で俺を見ていた。

その目は「俺からじゃなくてモンスからカップ渡されたい」と雄弁に訴えかけている。

お気に入りモンスからじゃなくても、俺なんぞから渡されるよりはマシってことなのかな?

「……じゃあ、みんな、やっぱりカップを配ってくれ」

「ヒム!」

「――♪」

「クックマ!」

もう騒ぎが起きることはなかった。粛々とした雰囲気の中、うちの子たちがカップを渡していく。

「そう言えば、一応カップもうちのヒムカが作ったんだ。使い心地を聞かせてもらえるとありがたい」

「ええ？　このカップ、火精くんの手作り？」

アスカの叫びで、部屋が再びザワッとしたのが分かった。な、何だなんだ？　皆が手元のカップを見つめているんだが。

「白銀メイドのカップ」

「ヒムカくんの手作り……」

ああ、もしかしてヒムカにもファンがいるのか？

サラマンダーはヒムカと同時期にテイムした人も多かったから、そこまで珍しくもないと思うんだけどな。

連れている人は少ないだろうけど、ヒムカしか存在しない訳じゃない。サクラや初期のオルトのように、そこまで注目を浴びる程じゃないと思うんだが……。

ユニーク個体だからかね？　そう言えば、ユニーク個体は少ないってどこかで聞いたかもしれん。だったら、そのユニークサラマンダーであるヒムカの手作り陶器は、多少は珍しがられるかもしれなかった。

「初めて作った試作品みたいな物だから、感想を聞きたいんだよ」

「わ、分かったわ」

「火精くんの初めて……ゴキュリ……」

真剣な顔でカップを検分し始める参加者たちの前に、お茶菓子を並べていく。

「あと、これがお茶菓子だな」

「おお！　待ってました！」

「クッキー？　美味しそう！」

「こ、これが白銀メイドの料理か……。参加しなかったやつら、悔しがるだろうな！」

「いえーい！」

早速手に取って食べ始めたプレイヤーたちの口から、「美味しい」という言葉が飛び出す。

結構好評であるらしい。よかった。

料理プレイヤーたちはカボチャクッキーの形に驚いているようだ。

「まさかランタンカボチャにこんな使い方があったとは」

「他の料理はどうなんだ？」

「安定した供給源を……」

やはりランタンカボチャの効果に驚いている。勝手に完成品の形状が変化する素材なんて初めてだからね。実験するためにも、ランタンカボチャが欲しいのだろう。

テイマーたちはみな、テンション高めにクッキーをほおばっている。調子に乗った奴が、ライブカメラにクッキーを見せびらかしたりもしているな。

「リキューさん、見てるー？」

「白銀クッキー最高！」

リキューも見てるのか。考えてみたら、あいつがお茶会に参加しない訳がないか？　いや、でも人見知りだって言ってたし、難しいのだろうか？

「リキューさん、あれで可愛い物好きだから絶対に悔しがるだろうね」

「リキューさん、今回は来るかどうかで迷ってたんだけど、生配信に出る勇気がないって参加取りやめしちゃったんだよ」

あー、なるほどね。あとで差し入れでもしてやるかね？

「そうだ。こんな物もあるんだが、どうだろう？」

「う？　これはジャム？」

パティシエのウサミが興味を示したな。

俺が取り出したのは、ワインジャムだ。ウサミのジャムには遠く及ばないが、一応作ったしね。

「ワインジャムなんだが、どうだろう？」

「ワインジャム？　え？　ちょっと見せてもらっていい？」

「ああ」

俺がジャムの入った小瓶を渡すと、それを鑑定して驚きの声を上げている。

「食べ過ぎると酩酊ってことは、アルコールが残ってる？　どうやって作ったの？」

「どうやってって、普通に材料を煮込んだだけだが」

俺は製作過程をウサミに教えた。そんなに特別なことはしてないんだけど。

「ワインとワイルドストロベリー、ハチミツにロイヤルゼリーね……」

「ああ、他には何も入れてない」

俺は知らなかったが、リアルでもワインジャムは存在しているらしい。そんなお洒落な物が本当にあるんだな。

ウサミはスコーンに合わせるためにワインジャムの再現を試みたことがあるそうだ。しかし、いくら煮詰めてもワインの成分が消えて普通のジャムになるか、ホットワインになるかのどちらかで、どうやっても再現はできなかったという。

そんなに難しいとは思えないんだが……。材料を全部ぶち込んで煮込むだけなんだぞ？　だが、ウサミには心当たりがあるらしい。

「ロイヤルゼリーなんて貴重品、さすがにジャムに使ったことはなかったわ……」

なるほど、ロイヤルゼリーか。俺の場合はクママの養蜂のおかげでいくつか持っているし、養蜂箱を増やしたおかげで今後は増産の目途もついている。貴重な品ではあるが、二度と手に入らないレベルではない。

だが、ウサミたちにとったらなかなか手に入らない、超貴重な素材であるらしかった。少なくとも試作品に使うことはできないんだろう。

今回、品評会に持っていくために作ったから、ちょっと見栄を張ってロイヤルゼリーを混ぜてみたんだが、それが奇跡的にワインジャムを生み出してくれたらしかった。

「でも、これってそんな騒ぐ程のことか？　だって、食べ過ぎたら酩酊になるからあまり使えないし」

「そんなことないわ！　酔拳使いにとっては最高の食べ物だもの！　絶対に喜ばれる！」

「そりゃそうだろうが、酔拳を覚えてるプレイヤーってそんな多くないだろう？」

「今はね。でも、桜を育ててるプレイヤーは多いし、すぐに増えるわよ！」

ということらしかった。

「それに、ワインジャムは珍しいし、それだけでも十分話題になるわ」

「これは最高ダ！」

ワインジャムを一舐めして声を上げたのは冬将軍だった。早速ジャムをハーブティーの中に入れて飲んでいる。その顔には至福の表情が浮かんでいた。

これが本場のロシアンティーってやつか？　いやでも、本当のロシアンティーってジャムを舐めて、味が口に残っている内にお茶を飲むんじゃなかったっけ？

直接ぶち込むのは本当のロシアンティーじゃないっていうウンチクを、どっかのグルメ系芸能人がドヤ顔で話していた気がする。

冬将軍に疑問をぶつけてみたが、その答えはあっさりしたものだった。

「別にどちらでモいいんじゃないカ？」

「え？　そうなの？」

「日本人ガ全員、日本の伝統を完ペキに守っている訳ジャないだろウ？　お茶を飲むとキ、正座して器まわしテるカ？　それと同じダ。飲みやすいように飲めばいイ。俺は直接入れルほうが楽で好きダ。甘すぎないしナ」

また、このジャムにアルコールが入っていることも冬将軍が喜んだ理由だった。彼はロシアにいた頃は、紅茶に少量のジャムと、大量のウォッカを入れて飲んでいたそうだ。それってもうお茶じゃない気もするけど……。

勝手に期待していたけど、ロシアの人が全員ハラショーウォッカコサックダンスな訳じゃないんだよな。日本人だからといって全員が芸者遊びや富士登山をする訳じゃないのと同じだ。

そういえば、若者のウォッカ離れが深刻とか言う話を聞いたことがある。いや、冬将軍はウォッカを飲むみたいだけどさ。

まあ、とりあえずワインジャムは喜んでくれているみたいだから、良しとしておこう。

隣では料理プレイヤーが多いだけあって、皆があーだこーだ言いながらレシピを見ている。

「このランタンカボチャのクッキー、火霊の試練に挑戦するプレイヤーには絶対に売れるわ」

「ランタンカボチャを使えば、他の料理でも燃焼耐性が付くかしら？」

「ファーマーに頼んで増産してもらえば……」

「これがあればうちのモンスが燃えることも無くなる！　もっと欲しい！」

「やはりどこかで大量に栽培を……」

ランタンカボチャのクッキーには、テイマーたちも食いついているようだ。

そういえば、火霊門では俺も酷い目にあったんだよね。確かに彼らの言う通り、ランタンカボチャの燃焼無効効果が他の料理にも付与できれば、モンス達を守ることができるかもしれない。

他の人が研究してくれるだろうが、俺も少し実験してみようか。ジュースは行けそうな気がするし。

そんな中、アメリアと会話をしていたプレイヤーが話しかけてきた。エリンギというテイマーだ。

右肩に蝶タイプのモンスを、左肩にリスを。頭の上にカブトムシを載せた熊獣人の男性である。

「改めて、エリンギです」

「ユートです。よろしく」

茶色い髪の間から、茶色いクマ耳が飛び出している。笑顔がないうえに眼鏡をかけているのも相まって、非常に怜悧《れいり》な雰囲気を醸し出している。

まあ、ラブリーモンスたちと熊耳のせいで、ギャップが凄いんだけど。

初めましてかと思ったらフレンドでした。やはり花見参加組であったらしい。

「この黒いカップはいいですね。コーヒーを飲みたくなります」

「おお、分かるか？」

「はい。コーヒー牛乳もいいかもしません」

笑顔はないが、その口調に悪いものは感じない。単に表情が硬いタイプなんだろう。

「それに、このクッキーは素晴らしいですね。うちは昆虫系のモンスが多いので、火霊門でかなり苦戦していたんです」

燃焼ダメージを回復している内に、アイテムを消耗して撤退を繰り返しているそうだ。

「へえ、やっぱり昆虫は火に弱いんだな」

「そうですね。でも、風や土には強いので、多少使い所が難しいかもしれませんが、ハマれば強いですよ」

「空を飛べるモンスは貴重だしな。俺もファウを使っていて実感するよ」

「妖精は羨ましいです」

全然羨ましそうには見えないが、本心なのだろう。その目はファウから離れない。

可愛い上に昆虫の羽を備えているのだ。エリンギには垂涎のモンスなのかもしれない。

エリンギとそんな話をしていたら、メールの着信があった。しかも連続して。確認すると、アシハナやマルカなど、比較的仲の良いプレイヤーからだ。

「同じタイミングで、いったいどうしたんだ？」

「どうしたんです？」

「いや、知人連中からメールが一斉に……」

俺が困惑した顔でそう告げると、エリンギは何やら悟ったらしかった。

「もしかして、メールの着信を一時オフにしてないんですか？」

「え？　何でだ？　もしかして参加者はメールを一時オフにしておかないといけなかったのか？」

「いや、そういうことではないんですが。皆、白銀さんが参加するってなったら、自発的にオフにしてましたよ」

「はあ？　俺が参加したら……？」

どういうことだ？

「あ、いえ。何でもないんです。まあ、今回は配信してるんで、何か事件があったらフレンドからガンガンメールが来ちゃいますよ。とりあえずオフ設定にしておいた方がいいと思いますが？」

「ああ、分かったよ」

でも事件？　皆が気にする様な事件があったか？　普通にお茶を飲んで、クッキーやジャムを披露しただけだが……？

いや、お茶会の生配信が初めてって言ってたし、色々と想定外のことが起きているのかもしれない。

エリンギに教えてもらってメールの着信を一時的にオフにした後、すでに着信していたメールを確認してみる。

気づいていなかったが、少し前から他のプレイヤーからも届いていたらしい。

「アシハナ、マルカ、ふーか、タゴサック、ウルスラか」

女性ばかりだな。そして内容もほぼ一緒だった。とりあえずお気に入りのモンスが可愛いという褒め言葉に始まり、何故生配信を教えてくれなかったのかという小言を挟んで、最後は自分も今から参加できないかというお願いで締められている。

どのメールも長文で、熱量がハンパなかった。あいつら、そんなにハーブティーが好きだったっけ？　それともウサミのお菓子に釣られた？

「うーん、どうなんだろう？」

飛び入り参加も可能なら、途中での参加も問題ないとは思うけど……。

そんなことを考えていたら、今度はフレンドコールだ。相手はタゴサックである。

「あー、タゴサック？」

『よー、ユート。今朝ぶりだな。生配信見てるぜ？』

「わざわざフレンドコールをしてくるのは珍しいな」

『メールを見てないみたいだから、直接かけちまったぜ。実は俺も是非品評会に参加したいんだが、無理か？』

メールの返信が待ちきれなかったらしい。タゴサックはハーブ作りも熱心だし、参加したい気持ちは分からなくもない。

『どうだ？』

「うーん、ちょっと待ってくれ」

アスカに相談してみよう。

「あのー、俺のフレンドが途中参加できないかって言ってきてるんだけど、どうだろう？」

「あー、白銀さんもですか」

「俺も？　ってことは、他にも似たコールが来てるのか？」

「はい。相当な数の問い合わせが……。メールもコールも一時的にオフしました」

アスカが自分のウィンドウを見せてくれる。

「うげ」

ちょっとした恐怖映像だ。フレンドコールの着信履歴が、品評会開始数分の内にかかって来た物だけで埋まっていたのだ。スクロールしても同じだ。何も知らなければ嫌がらせを受けているのかと思っただろう。

「それで、申し訳ないんですが今回は飛び入り参加は無しの方向でお願いします。一人オーケーすると、きりが無くなりそうなんで」

「いや、これはしょうがない」

初参加の俺が我儘を言う訳にはいかない。

「すまん。無理だ」

『えー？　まじかよー』

「他にも参加希望者がかなりいるみたいでさ。収拾がつかなくなりそうなんだよ」

『はぁー。そうか～……。まあ、仕方ねーなー』

「すまんな」

『いや、無理言って悪かったな。後でランタンカボチャについて少し話を聞かせてほしいんだが、いいか？』

「それはいいけど、タゴサックだって育ててるだろ？」

『俺が収穫できるようになったのはつい先日だからな。育つのに時間もかかるし、収穫量も全然だから情報がないんだよ』

トップファーマーのタゴサックでさえ、ランタンカボチャを育てるのに苦労しているらしい。うちはオルトがいてくれるからな。こういう話を聞くと、改めてモンス達の有難味が分かる。

『しかし、生配信なんてするなら、教えておいてくれればよかったのによ』

「いやー、俺も知らなかったんだよ」

『今頃、お前のフレンド連中は大騒ぎだぜ？　アシハナなんか、俺との話を切り上げて走っていったからな。今頃会議室の前にいるかもしれないぜ？』

アシハナはクママ大好きだからなー。

『じゃあ、いきなり悪かったな！　また明日な！』

「あ、ああ」

フレンドコールで話したのが、サバサバタイプのタゴサックでよかった。他の奴らだったらもっと文句言われたかもしれない。とくにモンスのファンたちは……。一緒のお茶会というだけで、ご褒美だろうからな。

品評会が終わった後が怖いが、今は忘れてハーブティーを楽しもう。やや現実逃避気味にフレンドコールの設定も一時オフにしたところで、エリンギとブランシュが再び話しかけてきた。

さっきまでアメリアと何やら話していたはずなんだが、どうしたのだろうか？

「白銀さん」

「実はお願いがあるんですが……」

「お願い？」

「はい。南の地下墳墓のモフフ攻略用の食べ物を譲っていただけませんか？」

「もしかしたら白銀さんが持っているかもと、アメリアが」

アメリアと何を話しているのかと思ったら、南の地下墳墓の話か。色々な攻略情報を交換していたらしい。

「実は、南の地下墳墓の奥までは到達したんですが、モフフの空腹を回復できなかったんです」

「私もなのです」

「ああ～。あれは仕方ないと思うよ」

南の地下墳墓の奥にいたのは、ケダマンを可愛くしたような姿のモフフというNPCだった。まあ、小さな毛玉である。

そのモフフの好物は果物だった。しかも品質★8以上じゃなければいけないようなのだ。俺が手に入れたばかりの★8の緑桃を食べてくれたのだが、他の緑桃には見向きもしなかったので確実だと思われた。

「ただ、俺ももう持ってないんだよね」

「そうなんですか？」

「変異で一つだけ収穫できただけだったから」

「それは残念です」

「悪い」

「いえ、仕方ないですよ」

本当はフレンドとは仲良くしておきたいんだけどね。さすがに今回は難しいのだ。

俺がエリンギやブランシュと話している最中、うちのモンス達は方々で可愛がられていた。オルトはアメリアにハチミツをもらい、ファウはアスカに野菜スティックを食べさせてもらっている。ルフレやヒムカ、クママたちも、それぞれのファンが構ってくれているようだ。茶菓子とは全然関係ない好物をわざわざ出してもらって、ご満悦である。

サクラとファウが特に人気かな。入手が未だに困難な、樹精、妖精に興味が向くんだろう。特にテイマーたちがチヤホヤしている。

サクラの場合は飲み食いしないので、普通に会話しつつ褒められているだけだが。ナンパされているようにしか見えんな。

「有り難いね」

「何が？」

「いや、みんなうちの子たちを可愛がってくれてるからさ」

「何言ってるのよ！　逆にこっちがありがとうなんだよ！」

「そうですよ。むしろ金を取ってもいいかと」

「払いましょうか！」

アメリアとエリンギとブランシュに猛反論された。いや、さすがに金は取れんだろう。他のテイマーがモンスと遊ばせてお金を取っているなんて話聞いたことがないし。

「そりゃあ、ファウやサクラは珍しいと思うけど、お金を払ってまで遊びたいか？」

「白銀さん……」

「さすしろ……」

何か驚かれた。いや、熱心なテイマーさんたちの中でも、可愛いモンスとの触れ合いを重視する人たちにとっては、モンスと遊べるならお金なんか全然支払ってもいいのかもしれない。

その後も品評会は順調に続いていった。

うちの子たちも俺の周りに戻ってきて、俺と一緒にティータイムだ。

「ムム！」

「ほれ、オルト。ハチミツ団子だぞー」

「クックマ！」

「わかってるわかってる。ほれ、クママにも」

「ヒムー！」

「フムー！」

「ははは。左右からゆするなー」

「ラランララ～♪」

「――――♪」

サクラの肩の上でファウが軽快な音楽を奏でている。最初はゆったりとした曲だったんだけど、だんだんとテンポアップしてきたな。まあ、他のプレイヤーさんから文句もないみたいだし、ファウの好きに演奏してもらおう。

大きな問題も起きず、無事終わりそうだ。

一つだけ問題というか、気になったのは、ワインジャムの味についてだろう。未成年がアルコールを飲むとジュースの味になるうえ、酩酊にもならないという話は聞いたことがあったが、ワインジャムでも同じだったらしい。

俺たちが口に含むと、軽いアルコールの香りがする甘さ控えめのジャムなのに、未成年にはフルーティーな甘みの強いジャムに感じるそうだ。

酒が飲めない訳じゃないけどそこまで好きでもない俺にとっては、むしろそっちの味の方が興味があるんだよね。どうもウサミが作ってきた葡萄ジャムに似ているらしいので、後でレシピを再現してみるつもりだ。

そのまま品評会が終わりに差し掛かる頃、俺はアスカたちにヒムカ作のティーカップの使い心地を尋ねていた。

「飲みやすいとか飲みにくいとか。別に何もなしでもいいんだけど」

その場合は、少なくとも目立つ欠陥はなかったってことだからな。

すると、皆が口々に感想を述べる。半分は悪くなかったという感想だ。良くも悪くも普通だったのだろう。

残り半分は、ちょっと使いづらいという感想である。こちらから聞いているんだし、そんな申し訳なさそうな顔をしなくてもいいのに。そもそも初めて作ったんだから、多少の失敗はあるだろう。

一番多い感想が、厚みに少し違いがあり、口を付ける場所によってはちょっと飲み難いというものだ。次に、やはり黒いカップはちょっと……という意見が多かった。

まあ、色に関しては個人の趣味だし、今後は塗料を変えれば解決するだろう。

「厚みに関してはヒムカ次第だけど……」

「ヒムム！」

腕まくりポーズでやる気満々だな。どうやら任せろと言っているらしい。

「よし、次はもっと薄くて完璧なカップを作ろうな！」

「ヒム！」

「塗料は俺も色々探すからさ」

「ヒム」

それにしても、このティーカップはどうしようかな？　ヒムカの初作品だし、普段使いにしようかとも思っていたんだが……。

「ヒムー」

ヒムカがティーカップを不満げに睨んでいる。改めて欠点を指摘され、出来に不満が出たって事なのだろうか？

カップを軽く指ではじいたりしながら、色々な方向から見ていた。そして、腕を組んで唸る。

どう考えても、カップの出来栄えに納得できていない。

「ヒム～」

これを普段使いにするのはやめた方が良さそうだ。

カップを見る度に、ヒムカが嫌な気持ちになるかもしれん。

カップ作製の時から感じていたが、ヒムカは意外と職人気質であるようだ。そのうち気に入らない作品を割り始めたりして。

「……ヒムカ。気に入らなくても、割ったりしないでな？」

「……ヒム」

明らかに不承不承な感じだ。やはり割りたいのか？

「……割るか?」

「ヒム?」

ヒムカにカップを見せながら問いかけると、ヒムカが「いいの?」という感じで首を傾げる。まあ、ヒムカ自身がいらないというのであれば、別に割っちゃってもいいかな？　代わりにもっと出来がいい奴をヒムカが作ってくれるだろうし。

売ろうにも無人販売所では売れないし、素材が安いからショップに売りに行っても高くは売れない。これでヒムカのストレス解消になるなら、安いものだ。

「畑に戻ってからだけど」

ここで割り始めたら大惨事だからな。

「ヒム」

やっぱり割りたかったらしい。嬉しそうにコクリと頷く。

だが、その瞬間に周囲のプレイヤーたちの絶叫が響き渡った。

「ちょっとまったー！」

「わ、割るぅ？」

「もったいない！」

「割るなんてとんでもない！」

「だったら私にちょうだい！」

「いやいや、俺が買うぞ！」

おおう。何か凄い勢いで詰め寄られた。

「え？　いや、欲しいって……。このカップ、そんないい物じゃないよ？」

ＮＰＣショップに行けば、もっと綺麗で使いやすいティーセットが安く手に入るはずだ。ヒムカの初作品だし、せっかく作ったから使ってもらおうと思って持ってはきたけど、試作品も試作品である。

だが、皆の熱視線は変わらない。本当に欲しいらしい。

「えっと、欲しい人ー？」

「「「はい！」」」

全員でした。どうしよう。

「な、何で？」

「だって火霊くんの手作りよ？」

「レアアイテムだもん！」

「それに、この品評会に参加したっていう記念になるし」

「正直に、他の奴らに自慢したいって言えよ」

「それだけじゃないもんね！」

やばい、皆が一斉に話し出して、全然何言ってるか分からん。それでも何とか聞き取った言葉から推測するに、ヒムカのファンと、記念に欲しいという人がいるっぽかった。

「ヒムカ、どうする？」

「ヒム？　ヒムヒム」

俺が問いかけると、ヒムカはどーぞどーぞという感じでカップを差し出す。

あれ？　割りたいんじゃないの？　そう思ったが、欲しい人がいるなら別にいいよっていうスタンスであるらしい。

目につくところに置いておくのが嫌であるらしい。

「うーん……。じゃあ、全員に一つずつでいいか？」

材料費だけでいいって言ったんだけど、押し問答の末に1人三〇〇〇Gずつということになってしまった。皆の勢いが凄くて、もらわなきゃ終わらない感じだったのだ。

「三〇〇〇Gもあれば、もっとちゃんとしたティーカップが一セット買えると思うけどな……？」

「ヒムー」

アシハナの場合

「ちょっ！　何この配信！」

そのメールの着信は、三〇分ほど前となっていた。珍しく、白銀さんからだ。もしかしたらメールは初めてかな？

メールはまとめて見る癖が付いちゃってるんだよね。そもそも私の場合、注文メールとかが多いからいちいち開いてられないし、着信もマナー設定にしてしまっている。

だが、そのせいで白銀さんのメールを開くのが遅れてしまったのだ。

白銀さんからのメールは、会議室の通知機能を使って送られているらしい。そして、そのメールに記されていたURLを開くと、衝撃的な映像が生配信されていたのだ。

「ク、クママちゃんとお茶会……。ああ！　クママちゃんにハチミツ食べさせてる！」

クママちゃん以外のモンスちゃんたちも、参加者に可愛がられている。何この桃源郷は！

「ああっ！　しょ、しょんにゃ！　こんなことまで！」

うきゃーっ！　ずるい！　私も！　私もこれやりたい！

「待たせたな。これが俺の畑で穫れた――って、おいアシハナ？　顔面崩壊しちまってるけど大丈夫か？」

「タゴサック？　ごめん！　ちょっと用事できた！　また後で！」

「え？　ちょ、どうしたんだよ！」

タゴサックに呼び止められるが、こうしちゃいられないのよ！

「これよ！　これ！」

「えーっと、何だこれ？　ユートからのメール？」

「私もクママちゃんとお茶するの！」

「いや、だってお前、ほぼ毎晩ユートの従魔と遊んでるだろ？」

「それはそれ！　これはこれよ！　だってお茶会なのよ！」

「ああ、そうかい」

「そうなの！」

クママちゃん！　待っててね！

「おーい！　ユートに迷惑かけるなよー……。俺も確認しておくかな」

アリッサとルインの場合

「むむー……」

「どうしたんだ？」

「ルイン。これよこれ！」

「ほう？　何だこれ？　生配信か？」

「うん。料理プレイヤーたちが定期的に開いてるお茶の品評会。まあ、実態はゆるいお茶会だけど」

「それがどうしたんだ？」

「今回はユート君が参加してるのよ！」

「あー、てことは平穏無事には終わらんな」

「そう！　そうなのよ！　くっ、知ってれば絶対に参加したのにぃぃ！　すでに色々爆弾落とされてるし……！」

「奴は天然で爆弾放りまくるからな～」

「あー！　これ見てよ！　陶磁器よ！　物は普通っぽいけど、ユート君が作ったものだし……。何か凄い秘密が隠されているかも！」

「……気になるなら、今から行ってくりゃいいじゃねーか。店番なら他の奴に任せればいいしよ。クラマスも前線からこっちに戻ってきてるだろ？」

「無理よ……。今頃同じような問い合わせが殺到してる頃だし……。特例を認めてたら際限ないわ」

「なるほどなぁ」

「くぅ！　あのボケが長々とゴネなければすぐにメールを確認できたのに！　下らない情報で値段交渉してくれちゃって～！」

「まあ、あとで話を聞きに行けばいいじゃねーか」

「……そうするわ」

ソーヤの場合

「くっ！　参加するべきだったたっ！」

「ど、どうしたんですかふーかさん？」

「ソーヤ君！　これを見て！」

ふーかさんがウィンドウを見せて何やら熱弁している。どうやら、白銀さんからのメールが問題だったらしい。

お茶の品評会だという。僕は普通に飲めればそれで十分だからあまり興味はなかったけど、料理人のふーかさんにとっては大問題であるようだった。

確かに、僕もこれが錬金アイテムの品評会とかだったら参加したいから、気持ちは分からなくもないけど。

「ど、どうすれば……」

「え？　どうするって、今ダンジョンの中ですし、無理ですよ」

現在はセーフエリアで休憩中。アイテムを使えば脱出できるけど、もう少しでボスだし、ここまで来て引き返すなんてありえない。え？　ありえないよね？　品評会より、ダンジョンの方が優先順位高いよね？

「どうにかならない？」

「なりませんね～」

「うう」

ふーかさんは行きたそうにしてるけど、さすがにここで回復役に抜けられたら困る。そもそも、今から戻っても間に合わないいんじゃ……。

「ハーブティーのことはあとでユートさんに聞けばいいじゃないですか」

「ランタンカボチャもあるよ！」

「それもですよ」

「モンスちゃんとお茶会は？」

「いや、ふーかさん、いつも白銀さんの畑に遊びに行ってるでしょ？」

「お茶会ってところが重要なの！　それに、これ見てよ！　モンスに手ずからお茶を……。やばいでしょ？」

うーん。確かに白銀さんのモンスは可愛いと思うし、僕だってたまに遊びに行くことはある。でも、ファンと呼ばれる人たちほどの熱量はないので、ふーかさんの気持ちがいまいち分からなかった。

「ううう－」

「唸ってもダメですよ」

「うわーん！」

「泣いてもダメです。ねえ、ウルスラさん？」

「……何で私はここにいるのかしら？」

「こ、こっちもだった」

それにしてもこのメールって白銀さんのフレンド全員に送られているのかな？　だとしたら暴走しそうな人たちに心当たりがあるんだけど……。

「ユートさん、大丈夫かな？」

コクテンたちの場合

「……ああっ！」

「うぉ。どうしましたコクテンさん。急に大声出して。仕事のミスでも思い出しました？」

「せっかく今日から有休なんですから、嫌なこと思い出させないでくださいよ」

「はは。すいません。でも、急に大きな声出してビックリするじゃないですか」

「ごめんごめん。ほら、これ見てくださいよ」

「うん？　何すかこれ？　配信映像？」

「お茶の品評会ですね」

「よくそんな地味動画見れますね」

「いや、私も興味があるわけじゃないんですが、白銀さんが参加してるみたいだったんで」

「ははー。それは確かに見る価値あるかもしれないっすね。それで、何かあったんですか？」

「これですよ。これ。ワインジャムですって」

「ワインのジャムですか？　あまり美味そうではないですね」

「リアルだと結構美味しいですよ。前に同僚がどこかのお土産で買ってきてくれたのを食べたことがありますす」

「コクテンさん、オサレな物食べてますね」

「はは、自分じゃ絶対に買いませんよ。まあ、リアルの話は良いです。それよりもゲーム内でのワインジャムです」

「何かバフでも付いてるんですか？」

「ＨＰ微回復と、酩酊だそうです」

「え？　まじで？　それって凄いじゃないですか！」

「そう！　我々酔拳使いにとって、最高のアイテムとなり得ます！　絶対に手に入れないと」

「場所はどこなんです？」

「始まりの町でやっているみたいですね」

「もうすぐ第九エリアなんですけど……どうします？」

「……どうしましょう？」

「……でも、そのアイテムは欲しいっす」

「……戻りますか」

リキューの場合

「……うう――……グスン」

第六章 マヨヒガと座敷童

品評会終了後。

全てが終わったかと思ったら、全然終わっていなかった。

会議場の外に凄い数の人が集まっていたのだ。どうやら生配信を見て、集まってきたらしい。一〇〇人近くいるだろう。

「え？　メッチャ見られてる」

「ムム？」

俺が会議場から出た瞬間、全員の視線がこちらを向いてちょっと怖かった。

「おおー、生白銀さんだ～」

「俺初めて見た」

「モンス可愛い」

好奇の視線と言えばいいのかな？　モンスター達が見られているっぽい。まあ、うちの子たちが注目されるのは今に始まったことじゃないし、仕方ないか。

そんなことを思っていたら、人混みの中からこちらに向かって歩いてくるプレイヤーがいた。

「ユート君！」

「あれ？　アリッサさんじゃないですか？　どうしたんですか？」

「どうしたって、私たちがこんなイベントを見過ごせるわけないでしょ。配信は見たけど、本人たちから情報を集めようと思ってね」

「なるほど」

「あとは、こいつを紹介しておこうと思って」

「どもども」

「あ、どーも」

アリッサさんの隣にいた男性が、軽いノリで頭を下げてくる。

「あっはっは。僕、ハイウッドといいます」

やはり軽いな。

あと絶対に本名が高木だろ。まあ、優太でユートの俺が言えたことじゃないけど。

金髪高身長のイケメンエルフだ。エルフは身長補正がなかったはずなので、リアルでも一八〇を越えているということだろう。うらやましい。一〇センチ分けてくれ！

ただ、軽薄な口調と緩んだ表情のせいか、あまりイケメン度は高くないな。

どちらかというと残念な感じだった。エロ鍛冶師のスケガワに近しいものを感じるかもしれん。残念イケメン属性だ。

「これでも一応、早耳猫でクランマスターやってるんで、よろしくおねがいします」

「え？　早耳猫のクラマス？」

「はい。でも、僕は前線でダンジョン攻略してることがほとんどなので、クランを仕切ってるのは実質アリッサくんなんですけどね～」

アリッサさんを見ると本当だという感じで頷いた。まさか、大手クランのマスターとお知り合いになってしまうとは。

「情報は買うだけじゃなくて、自分たちでも集めてるし、検証したりする人員も必要だから。クラマスはそっちの担当なのよ」

「面倒な情報の売買は人に任せて、自分は好き勝手やってるだけですけどねー」

「ま、こんなんでもそこそこ有名な人だから。イベントでも活躍したし、最前線で暴れてるから」

何と、軽薄な感じとは裏腹にメチャクチャ武闘派のトッププレイヤーであるらしい。残念イケメンとか思ってごめん。俺の見る目がないだけでした。

「お得意様にはぜひ挨拶をしておこうと思ってさー」

「お得意様って、俺？」

「当然。白銀さんには色々と情報を売ってもらってますからー」

それでわざわざ挨拶しに来てくれたらしい。律儀だな。多分だけど、こいつもリアルだと社会人ではなかろうか？　営業職の匂いがする。まあ、あえて聞いたりはしないけど。

「これからもよろしくお願いします」

「あ、ああ。こちらこそ、よろしく」

あぶないあぶない。つい敬語が出そうになった。

コクテンといい、ハイウッドといい、リアル社会人の雰囲気が出ている相手だと、こっちもつい引きずられそうになるな。

ロールプレイをしているわけじゃないけど、できるだけゲームの中では敬語を使わないという下らない決意をしたからには、できるだけ守らねば。

まあ、アリッサさんとかには普通に敬語使っちゃうんだが。何故だろう。会社の先輩に雰囲気が似ているからだろうか？　まあ、最初に敬語で話してしまい、それが当たり前になってしまったのだろう。

「そうだ、ちょっと耳寄りな情報があるんだけど」

「何です？」

「ちょっとお耳を拝借」

そう言って、アリッサさんが俺の耳に口を寄せた。やばい、メッチャドキドキする。体調異変判定で強制ログアウトにならんよな？

それにしても、アリッサさんが耳寄りというレベルの情報だろ？　いったいどんな内容なんだ？

「ユート君からいくつか譲ってもらった霊桜の花弁で、霊桜の塩漬けが作れたわよ？」

「え？　まじっすか？」

「ええ。ユート君、ちょっと前に普通の桜で失敗してたでしょ？　だから一応教えておこうと思って」

「ありがとうございます。それは本当に有益ですよ？　お代はいくらですか？」

「うふふ。お代はいらないわ。ユート君から譲ってもらわなければ検証もできなかったわけだし」

「え？　でも……」

「いいからいいから」

じゃあ、お言葉に甘えちゃおうかな？　それにしても、桜の塩漬けは霊桜の花弁を使わなきゃいけなかったか。さすがにもったいなくて実験してなかった。戻ったら早速ルフレに頼まねば。これでハーブティーにさらなるアレンジができそうだぞ。

そんな話をしていると、凄い勢いでこちらに走ってくるプレイヤーがいた。

「クママちゃーん！」

「マルカか？」

それはイベントで知り合った女魔術師マルカだった。アシハナとはクママを巡る永遠のライバルである。花見の時もクママを取り合っていた。

「クママちゃん、こんにちはー」

「クマー」

「あ、白銀さんも」

「あー、はいはい」

マルカはクママとお辞儀をしあうと、俺には適当に挨拶をしてくる。いつも通りの光景だな。

「ね！　ね！　私もクママちゃんとお茶会したい！」

言うと思った。だが、それは無理である。

「すまんな。実はこのあと、他のプレイヤーたちと東の地下通路に挑むことになっててさ」

お茶会で知り合ったエリンギ、ブランシュ、冬将軍と一緒に、コガッパのところに向かう予定になっていた。

「そ、そんなー」

「そのうち畑に遊びに来てくれよ。な？　ほらクママもそう言ってるぞ？」

「クマー」

「うう。クママちゅあーん！」

「クマー」

マルカを落ち着かせていると、今度は後ろから声をかけられた。

「ユートさん！」

「アシハナか。追加の養蜂箱を作ってもらった時以来だな」

「ね、ねえ！　この後時間ない？　私もクママちゃんとお茶したい！」

マルカと全く同じことを言われた。だが、その言葉に言い返したのは俺ではなかった。

「へっへーん！　それは私が提案して、もう断られたもんねー！」

そのマルカ当人である。

「それはあんただからでしょ！　私ならいいよね？」

「いや、どうしてそんな結論になるのか分からんけど、このあとダンジョン行くから」

ブランシュたちと東の地下通路に行くと説明する。しかしアシハナはマルカよりも諦めが悪いようだった。

「じゃあ、私もいく！　一緒に行けば、クママちゃんにオヤツあげるタイミングあるかもしれないし！」

「あー」

どうしよう。アシハナがクママに抱き付いて離す気配がないんだけど。しかも、その言葉にマルカが「その手があったか」っていう顔をしている。次に発する言葉が予測できるんだけど。

「じゃあ、私も行く！」

「ダメに決まってるだろう」

マルカの言葉を否定したのは俺ではなかった。

「俺たちだって、ダンジョン行くんだぞ？」

マルカのパーティメンバーたちだ。ヤレヤレって感じで、首を振っていた。そして、そのままマルカを引きずっていく。

「ちょ、待ってよ！」

「ダメだって。明日から仕事の奴もいるんだから、今日中にクリアしないと」

ここに来たのも、マルカの我儘であったようだ。

「私はソロだもんね！」

「あ！　ずるいわよアシハナ！」

「ばいばーい」

「ちょ、クママちゃーん！」

あいつ、これだけの人が見ている中で、よくあれだけ大声で叫べるな。ある意味尊敬するぞ。

「うふ♪」

マルカが強制退場させられた後、アシハナが期待の眼差しで俺を見ている。

「……はぁ。なあエリンギ。俺のモンス枠一つ減らしていいから、アシハナも一緒じゃダメか？」

「我々は一向に構いませんよ？　有名プレイヤーとお近づきになれるチャンスですから」

「俺もかまワないゼ？」

「私もです」

「やた！　ありがとう！」

なんてやり取りから1時間後。

「クーマーマーちゃーん」

「クーマー？」

「クーマーマーちゃーん！」

「クマーマー」

ダンジョンに入る列に並びながら、クママを甘やかし続けるアシハナがいた。マルカが見たら、血の涙を流すかもしれん……。

そんなアシハナたちを横目に、俺はエリンギたちとダンジョンの情報をチェックしていた。

とはいえ、東の地下通路は浜風のおかげで、ほぼ全ての情報が出そろっている。しかもエリンギはテイマーの中でもかなり武闘派であるらしく、戦闘力には定評があるらしい。ここは正直楽勝っぽかった。

それでも俺が攻略に誘われたのは、キュウリを所持しているからだ。最近はダンジョン攻略用に高騰してしまっており、なかなか入手が難しいらしい。

因みに今回のパーティ、俺とアシハナ以外は、ヒムカ、ドリモ、クママ、リック、ファウである。

クママはアシハナの、ファウはエリンギの希望だった。

特にエリンギ。あの無表情で熱心にお願いされるとメチャクチャ迫力があった。思わず頷いちゃったよ。まあ、いいんだけどね。ファウはチームプレイでも活躍してくれるしさ。

リックを連れてきたのはお茶会で留守番をさせてしまったので、その穴埋めだ。ヒムカに関しては、レベリング兼陶磁器の素材探しのためである。

「じゃあ、二時間くらいで攻略できるってことか？」

「はい、ボスもそこまで強くないですし、メンバーも充実してますからね。少し急げばそれくらいで攻略できるかと」

いくら攻略情報があると言っても、本当にそんな短時間でダンジョン踏破が可能なのだろうか？

こう言っちゃなんだが、俺はかなりの足手まといだぜ？　甘く見ない方がいいと思うんだけどな……。

だが、エリンギの言葉は正しかった。そもそもエリンギやブランシュは普段は前線にいるメンバーであるらしく、このダンジョンではレベル帯が全く違っていたのだ。

「いえ、今はまだ最前線で活動していますが、すぐに遅れ出すと思いますよ。すでに最前線プレイヤーたちとはレベルが離されていますし」

「そうなのか？　エリンギもかなり強そうに見えるけど」

そもそも、テイマーなのに普通に魔術師としても大活躍なのだ。

だが、エリンギは静かに首を振った。

「最前線でも特に上位のプレイヤーたちは、やはり執念が違いますから」

「そんなもんか？」

「ええ。レベリングと戦闘に命を懸けているようなプレイヤーたちにはなかなか勝てませんよ」

とは言え、現状で彼らがトップ層であることに変わりはない。

どのモンスターも瞬殺だったし、罠の解除なども完璧で、俺たちの出る幕など何もなかった。ボスも殆ど苦戦しなかったしね。クママがクリティカルを食らって死にかけたくらいかな。

あとは、その光景を見たアシハナがブチギレて、リキュー特製の爆弾を投げて自爆して、死に戻ったくらいだ。

その後、一応コールで連絡をとったが、自分のことは忘れてそのまま進んで欲しいということだった。

まあ、後はコガッパというNPCにキュウリをあげるだけだしね～。というか、アシハナはすでにこのダンジョンを攻略済みであった。コガッパから貰えるアイテムもゲット済みであるらしい。

じゃあ何で付いて来たんだと尋ねたら「クママちゃんがいるところに、私の姿ありよ！」だってさ。

「まあ、あいつのことはいいや……」

「アシハナは、何と？」

「先へ進んでくれってさ」

それにしても、まじで今回のダンジョンアタックは何もしなかった。最後にキュウリを出すくらいの貢献じゃ、全く足らんのだけど……。

だが、エリンギたちは気にしていないようだった。

「それよりもコガッパです。お願いします」

「あ、ああ」

「それに、間近で妖精を観察できましたからね。私的には非常に有意義な攻略でしたよ？」

「俺とブランシュはキュウリが手ニ入らなかったから、それを提供してもらえるだけでも十分だゾ？」

「そうですよ」

まあ、どうするかは後で考えよう。

ドロップ品の一部を譲渡したりすればいいと思うしね。

「じゃあ、とりあえず進むか」

情報では、この先にコガッパがいるはずなのだ。

皆でワイワイと話しながらコガッパの下へと向かっていると、不意にワールドアナウンスが聞こえてきた。

ピッポーン。

《東西南北の地下エリアを全て攻略したプレイヤーが現れました。最初に4エリアを攻略したプレイヤーに、称号『マスコットの支援者』が授与されます》

《転移陣による転移可能場所が増えました》

どうやら全ての地下ダンジョンを攻略したプレイヤーが現れたらしい。

「うーん、誰かに先を越されたか～」

俺も、もう少し早く来てれば、一番乗りだったかもしれないんだが。

「残念だったな～」

「ヒム～」

「まあ、仕方ない」

かなり残念ではあるが、これればかりは早い者勝ちだしね。そう思っていたら、一緒にいたエリンギやブランシュたちから悲鳴が上がった。

「さ、先を越された！」

「し、白銀さん！　すいません！」

土下座しそうな勢いで謝ってくる。どういうことだ？　首を傾げていたら、自分たちが攻略をもっと急いでいれば、俺が一番になれたかもしれないと言って頭を下げていた。

「俺たちガもっと急いでいれバ！」

いやいや、俺一人だったらもっと時間がかかってた訳だし、どうせ一番乗りは無理だったたって！

そんな謝られても困る！

その後も恐縮している皆を何とか宥めて、俺たちは先に進んだ。それに色々と調べてみたら、先を越されたのは俺のせいっぽかった。

実は、アリッサさんから俺にコールがあったのだ。称号を獲得したのが俺かと確認したかったらしい。

その時に話を聞いたんだが、昨日売った南のダンジョンの攻略情報がすでに結構売れており、早耳猫の掲示板に情報を公開済みであるそうだ。そのせいでモフフの好物の情報も多少は広まっているという。

そして、第一〇エリアでは★8の果実が入手できる可能性があるそうだ。南のダンジョンの情報を得た攻略組の誰かがモフフの好物を入手して、一番乗りを果たしたっぽかった。

つまり、俺とアメリアが考え無しに情報を売らなければ、先を越されることもなかったかもしれないのだ。

いやー、あの時は攻略できたことでテンションが上がりまくってたからねー。ノリノリで情報を売りにいってしまった。

「それに、増えた転移先って言うのも気になるし、早くこのダンジョンを攻略しちゃおう」

「そうですね……」

「そうそう。ほら、行こう。うちの子たちもそう言ってるぞ?」

「ヒムー!」

「ヤー!」

「キキュ！」

「モグモ！」

「クックマ！」

うちの子たちが一斉に手を挙げる。その可愛い仕草のおかげか、皆の顔に笑顔が戻ってきた。やはり落ち込んだ時は可愛いモンスに癒されるに限るよね！

多少のすったもんだはあったものの、ようやく俺たちは最後の間へとやってきた。

そして、地面に倒れ伏すコガッパを発見する。

「あれか」

「情報の通りですね」

グギュルル～。

「早く助けてやろう」

「お願いします」

「それにしても青いヌイグルミにしか見えないな」

色は全体的にペンキをぶちまけたように真っ青。全体のフォルムは――埴輪っぽい？　頭部と体が一体化した、凹凸のない円柱状の胴体。そこに、それこそヌイグルミっぽく見える、指の無い細く丸みを帯びた手足と思われる物体が付いている。

肌の質感は柔らかそうだ。布にも見える質感をしている。あと、真っ青と言ったが、頭の天辺と顔の中央は黄色かった。皿と嘴だ。頭頂部にはヒマワリの花をデフォルメしたような皿をくっつけ、口と思われる部分は鳥の嘴風である。

目は小さくも円らだった。黒いビー玉っぽい感じだ。

カッパなのだろうが、大分可愛いな。

「カパパ～……」

グギュルルル～！

「はいはい。ちょっと待てって」

「カパ」

「ほい、キュウリだぞ」

「カパパパ！」

「うお！」

あぶな！　今、キュウリを離していなかったら腕ごと食われていたのではなかろうか？

「カ～パ～」

コガッパは美味しそうにキュウリを食べている。だが、不思議な食べ方だな。嘴とか動いていないのに、口に咥えたキュウリが少しずつ飲み込まれていく。

何だろう。電動鉛筆削りに鉛筆をずっと入れ続ける無駄遊びを思い出した。

「カッパパ～」

キュウリを食べて満足したのだろう。コガッパがお腹をポンポンと叩いて満足げな表情をしている。

「カパ」

「くれるのか？」

「カパー」

コガッパが俺に差し出したのは黒い鉄の塊だった。五百円玉より少し大きいくらいのサイズである。

やはり懐かしのレトロオモチャシリーズであった。オバケに貰ったひび割れたビー玉。テフテフがくれた破れたメンコ。モフフの欠けたおはじきに、今回の潰れたベーゴマ。

「潰れたベーゴマか」

使い道が分からないのも同じだ。

消えるコガッパを見送りつつベーゴマを眺めていたら、アナウンスが聞こえてきた。

『東西南北の地下エリアを全て攻略しました。ユートさんに『破けたお手玉』が授与されます』

「また謎アイテム？」

よく分からない報酬だ。しかも、お手玉をゲットしたのは俺だけであったらしい。四ヶ所を攻略できたのが俺だけだったからだろうな。

アナウンスのことをエリンギたちに説明する。

「面白そうですね。でも使い方は分からないのですか？」

「うーん。それが分からないんだよな。まあ、とりあえず広場の転移陣に行ってみないか？　それで何か分かるかもしれないし」

「そうですね」

「勿論行きますよ！」

「おウ！」

アイテムを使ってダンジョンを脱出すると、広場に急ぐ。

「うわー、人が……」

「ヒムー」

ワールドアナウンスがあってから、少し時間が経っているからだろう。町へ戻ると、多くのプレイヤーが広場に集まっていた。しかし、転移陣は広場にいれば使用可能だ。

俺たちは広場の隅でウィンドウを確認してみることにした。

「えーっと……何だこれ？　朽ちた遠野の屋敷？」

確かに見慣れない場所が増えている。

「なあ、皆はどうだ？　朽ちた遠野の屋敷っていう場所が増えているんだけど」

「俺たちも同じですね」

エリンギたちも同じ転移先が増えたらしい。

朽ちた屋敷ならともかく、遠野？

「遠野って何だろうな？」

「分かりません」

「俺もダ」

ブランシュと冬将軍は全然分からないらしい。岩手に遠野市っていう場所があったはずだけど、そこに関係あるのか？　すると、エリンギが何か思い当たることがあるらしい。

「遠野と言えば、遠野物語などが有名ですね。妖怪のメッカと言えるでしょう」

言われてみれば、聞いたことがあるかもしれない。柳田國男だっけ？　河童伝説特集をテレビで見た記憶が蘇る。

「つまり、妖怪関係のイベント？」

「そうですね……。その可能性は高いかと」

「ふーむ。パーティをどうしよう。戦闘になるかもしれないし……」

そこでアシハナに連絡を取ったんだが、取り込み中なのかコールに出ない。

「仕方ないです。俺たちだけで行きましょうか」

「そうだな。とりあえず様子見で行ってみるか」

「賛成です」

「俺モ」

ということで、俺たちはその転移先を選んで、転移することにした。

料金はかからない。無料で転移することができるようだ。

そして転移した先は――。

「朽ちた屋敷か……。確かにそんな感じだな」

そこにあったのは廃墟と化した日本家屋だった。俺たちが転移してきたのは、正門と屋敷の間の庭である。正門は閉じており、そこから高く長い壁が屋敷を囲っている。

この敷地から出られないって事かな？

「ファウ、壁を越えられるか？」

「ヤー！」

ファウが俺の言葉に頷くと、勢いよく飛び出した。まるでスーパーマンみたいなポーズで、壁の上を目指す。

「ヤー？」

そして、いきなりボヨーンと跳ね返されてしまった。どうも見えない壁によって先に進めないようになっているらしい。

その後はいろいろな場所に突撃して跳ね返され続けたファウは、結局空に張り巡らされた見えない壁を越えることはできず、肩を落として戻ってきたのだった。

「お疲れ」

「ヤー……」

「やっぱ、敷地の外には出られそうもないか」

「ヤー」

ションボリするファウを慰めつつ、俺は周囲を観察する。

広大な庭では、縁日のような催しが開かれていた。和風の平民風の格好をしたＮＰＣたちが、楽し気に笑っている。

その中にプレイヤーのマーカーがまばらに見えている。何やら露店みたいな物に並んでいるようだ。

「プレイヤーが意外と少ないな」

俺たちがいた東の町の広場だけでも一〇〇〇人くらいはいたと思うが。

「たぶん、サーバー分けがされているのでは？　イベントやオークションの時などもそうでしたし」

「なるほどね」

つまり、一つの屋敷に定員が設定されており、その定員を上回ると全く同じ造りの違う屋敷に送られるわけだ。

俺たちはそんな話をしながら、とりあえず日本家屋に向かってみる事にした。

敷地の広さに対して、屋敷自体は普通の日本家屋である。木造の平屋だ。

江戸時代というほど古くはなさそうだが、昭和初期とかそんな感じだろうか？　非常にレトロな雰囲気がある。

ただ、窓ガラスなどは割れ、中を覗くと埃や瓦礫で足の踏み場もない様子だ。

完全なる廃墟。

妖怪探査などを発動してみるが、スキルには特に何も引っかからない。

「えーっと、中は……あれ？」

「どうしたんですか白銀さん？　急に立ち止まって」

「立ち止まったというか、これ以上先に進めん」

「え？」

「本当ダ！」

「見えない壁があるようです」

ブランシュが言う通り、見えない壁のような物に阻まれて、一定の距離以上屋敷に近づけないようになっていた。敷地の外にも出れず、屋敷にも近付けないと……。

この転移先で最も目立つ場所なんだがな。逆に、中に入るには何かのイベントやアイテムが必要っぽかった。

となると、鍵になるのは縁日だろう。そう思ったからこそ、他のプレイヤーたちも露店に並んでいるに違いない。

「その前に、この敷地内を一周してみませんか？　何か発見があるかもしれないし」

「えー？　先に祭りデいいんじゃないカ？」

「私も気になりますね」

どうやらブランシュと冬将軍の外国人コンビは、縁日が気になるらしい。単純に日本の縁日が珍しいのだろう。

「白銀さん、どうします？」

「いや、何で俺に聞く？」

「だって、リーダーですし」

「いやいや！　エリンギがリーダーだろ？」

「私はそんな柄じゃないです。知人にはトップに立つよりも、補佐する方が才能を発揮できると言われていますから」

俺はどんな分野においても才能があるなんて言われたことないが……。

「私はほら、外国人ですから」

「俺もダ」

あ、ずるいぞ。こんな時だけ外国人アピールするなんて！

「じゃあ、多数決をとりましょうか？　白銀さんがリーダーに相応しいと思う人？」

「はい！」

「はイ！」

「ヒム！」

「キュ！」

「ヤー！」

「クマー！」

「モグ！」

ヒムカが何故か嬉しそうに手を挙げているのを見て「ヒムカ、お前もか！」って叫びそうになったんだが、他の子たちも一斉に手を挙げていた。しかも嬉しそうに。

「ほら、白銀さん以外全員が手を挙げてますよ？」

「ぐぬぬ。分かった！　分かったよ！」

「おおー」

「ヨッ！」

「ヒムー！」

皆が拍手している。もう逃げられそうになかった。

「くくく。俺に権力を握らせたことを後悔させてやる！」

「それで、どうしますか？」

「冷静！　エリンギ冷静！　はぁ……。とりあえず敷地を探索してみようか」

「はーい」

「分かったヨ」

自分たちでリーダーを押し付けた手前、ブランシュたちも文句は言わんな。

そうして屋敷の周りをグルッと一周した俺たちだったが、いくつかの謎を見つけ出していた。

どうやら、露店の店主たちがプレイヤーによって見え方が違うようなのだ。屋台は普通の人間なのだが、ゴザのような物を敷いて商売をしているNPCが、どうやら怪しかった。

「やっぱり、ゲットしたレトロオモチャによって変化するみたいですね」

俺には露店の店主がどう見てもコガッパ、オバケ、テフテフ、モフフに見えるのだが、エリンギたちには普通の人間NPCにしか見えない場合があるのだ。

「私たちは南の地下墳墓を攻略できていないので、欠けたおはじきを持っていません。そして、私達にはモフフが見えていない」

「やっぱ、東西南北の地下ダンジョンのNPCからアイテムをもらってるかどうかが鍵か」

「どうすル？」

「とりあえずレトロゲームをやってみましょうか？」

「そうだな。そうするか」

店主がダンジョンNPCの露店は、全てがちょっと変わっていた。射的や食べ物系の屋台などではなく、店主とレトロゲームで対戦できるという露店だったのだ。

メンコ、ベーゴマ、おはじき弾き、ビー玉落としの4種類だった。これは、四つの地下ダンジョンで入手したアイテムを使った遊びである。お手玉だけは見当たらないが……。

やっぱこれを遊んでみろってことなんだろう。

ゲーム的に考えるなら、ここでNPCに勝利すると、イベントが起きるのだろうか？

「とりあえず、ここで遊んでみるか」

一番近くにあったテフテフの露店の前に立ってみる。すると、ウィンドウに料金一〇〇Gと表示される。

「安いのか高いのか分からんけど……」

支払いを済ませると、テフテフが何やらカードを手渡してくれた。それは、様々なポーズをしたテフテフの描かれたメンコである。

「えーっと、ルールは……ふむふむ」

意外と簡単だな。

お互いにメンコは五枚。そして、最初に地面には一〇枚置かれる。

メンコを投げて、地面のメンコを裏返せたら、そのメンコに描かれた得点が加算される。成功しても失敗しても、一投で交代。ただし、失敗した場合は自分の投げたメンコは地面に置かれたままとなり、一点分のメンコ扱いになる。

交互にメンコを投げていって、五投した後の得点で勝敗が決まるらしい。

多分、正式なものじゃなくて、ＬＪＯ風のルールなのだろう。

「メンコか……。なあ、エリンギたちはやったことあるか？」

「ないです」

「私も」

「俺もダ」

まあ、仕方ないよな。俺たちの世代でやったことがある人間の方が珍しいだろう。それこそ、俺たちの祖父母世代の遊びだ。

「まあ、とりあえずやるだけやってみようか。何度もチャレンジしていればその内慣れるだろうし」

ということで、テフテフとメンコバトルである。

テフテフが適当に並べたと思われるメンコ。その中で、特に大きなメンコには五点。中くらいのサイズに三点。一番小さいメンコには一点と書かれている。

この横にメンコを叩きつけて、風圧でひっくり返すってことだよな？

「もしかしたら俺の内に眠るメンコの才能が目覚めてしまうかもな」

「おお！　期待してるゾ！」

「頑張ってください白銀さん！」

「よーし！　行くぜ！　唸れ俺のメンコよ！　ちょりゃあああ！」

ペッタン……。

「白銀さん……」

「……ま、まあ初めてやったんだし、仕方ないだろ？」

「ヒムー……」

「ヤー……」

だから皆そんな目で見るなって！　エリンギだけじゃなくて、ヒムカたちまで！　だって仕方ないじゃない！　初めてやったんですもの！

「ほ、ほら。テフテフがやるぞ。これを見て研究だ！」

「そ、そうですね」

「キキュ！」

「モグ！」

「クマ！」

皆が見守る中で、テフテフがメンコを持ち上げる。翅に吸着しているように見えるが、どうやって持っているんだろうな？　ドラちゃん方式なのかね？

テフテフは俺たちが見守る前で、勢いよく地面にメンコを叩きつける。すると、見事に一点のメンコがひっくり返ったではないか。

「テフー！」

「おー。なるほど」

ただ力任せに叩きつけるのではなさそうだ。角度なども重要なんだろう。

「次こそは――！」

なんて決意したものの、結局五投して一枚しかひっくり返せなかった。テフテフはきっちり五枚とっている。

「負けか……」

ただ、単純に勝ち負けだけではないようだ。何かウィンドウが表示されている。

「へえ、勝敗とは別に、賞品があるのか」

「一点の場合はハチミツだな」

しかもメチャクチャ品質が悪い。そして高ポイントの商品になると、ポーションやマナポーションの詰め合わせ、バフの付いた甘味などが並んでいた。

「すごいですね。この辺のアイテムなんか、ショップで購入したら一〇万Gはしますよ」

「でも、今のを見ていると中々難しいのではないですかね？　二〇ポイントなんて、全部をめくらないと無理ですよ？」

「それもそうですね」

「なあ、次は俺ガやってもいいカ？」

賞品に関しては、とりあえず脇に置いておこう。

それよりも、勝敗だ。せめて勝ちたい！

「テフ」

すると、テフテフが何やら俺たちを手招きしている。

蝶の羽で手招きとか、器用だな。

「何だ?」

「テフー」

「練習用メンコ一〇〇〇G?」

「テフ!」

商売上手! 外見は可愛いヌイグルミさんでも、中身はテキ屋のおやじなのか?

これで練習しろって事なのだろう。なるほどね……。

「とりあえず何度か挑戦して様子を見てみようかな」

その後、皆で何度かメンコに挑戦したんだが、勝利できる者は現れなかった。俺が一度五点ゲットしたんだが、テフテフは六点で勝つことはできなかった。モンスはさすがに遊べないらしく、応援である。

「難しいですね。日本の子供はこれで遊んでいたのですか? 器用なのですね」

「すごいナ! さすが日本ダ」

「いやそんな。間違った日本のイメージを持ったまま来日しちゃった、テンション高めの観光客みたいなこと言われても……。俺たちだって全然成功してないだろ?」

これは練習用メンコを買うしかなさそうだ。

「一つくれ」

「テッフ！」

「ふふん。これで俺もメンコマスターになってやる！」

「ヒムー」

「お、これはヒムカも手に取ることができるのか」

「ヒム！」

「使ってないメンコで遊んでていいぞ」

「ヒーム！」

エリンギたちがテフテフにメンコ勝負を挑む間も、俺はメンコの練習を続けた。

だんだんとひっくりかえせる確率も上がってきた気がするぞ。

「ヒムー！」

「くそっ！　上手いな！」

「ヒムム！」

「なるほど、その角度か」

モンスと対戦したりもしたんだが、ヒムカがメチャクチャ上手いのだ。人型だし、器用も高いからな。

モンスが挑戦できたら、ヒムカに任せるんだけどな。それは無理なので、精々ヒムカと練習を重ねて上達せねば。

モンスの中だと、クママはあまり上手ではない。そのクママよりもメンコの扱いが苦手そうなドリモは、何とヒムカの次に上手だ。これは器用さよりも、冷静さや観察力が上回っているからだろう。

リックはそもそもメンコ自体ができないから論外。

意外なのがファウだった。テフテフと同じ、メンコを抱えてからの急降下爆撃で、意外に強くメンコを叩きつけることができるらしい。しかも角度などの調整も上手く、力任せなだけのクママよりも成績が良かった。

「クマママー！」

「モグ……」

「ク、クマッ？」

「モグモ」

「クーマー……」

クママは今も、ドリモに圧倒的な差で敗北したところだ。ああ、因みに練習用のメンコをもう一セット購入してしまった。モンスたちの遊びにちょうど良さそうだったからな。実際、楽しんでメンコをしている。

そうやって皆で挑戦しながら三〇分程経過したころ、エリンギが何やら違う露店を覗いていた。

「どうした？」

「これ見てください」

「うーん？　え？　何だこれ？　メンコ？」

「はい。どうやら普通よりも強力なメンコを売っているようです」

うわー、本当に昔のテキ屋みたいなノリなのか。そこではステテコに腹巻、サングラスという怪しい風体の男が、高額な値段でメンコを販売していた。一〇〇〇Gから、高い物では一万Gもする。

しかし、明らかに大きかったり、分厚かったりしていた。もしかしてメンコで勝利するには、このメンコを使わないといけないのか？

「そういうことカ！」

「じゃあ、早速購入しましょう！　次こそは勝利します！」

「私も買っておきますかね」

エリンギたちはこのメンコを買うらしい。俺はどうしようかな……。

というか、練習用メンコが完全に無駄になったってこと？　いやテフテフは普通のメンコを使っているのだ。同じ条件で勝負したい気もする。そもそも、さっき惜しかったんだ。もう少し練習すれば行ける気がするんだよな。

俺が悩んでいる内に、エリンギが高額メンコを使って再戦を挑みにいってしまった。後ろから見守っていたら圧勝である。

「やったナ！」

「次は私の番です！」

最後はテフテフは涙目だったな。それを見て、何か昔のことを思い出した。

俺が子供の頃にミ〇四駆が流行っていたんだが、当時俺はおこづかいも少なく、ようやく買った安売りの不人気マシンを自力で微改造するのが精いっぱいだった。

車体を彫刻刀で削って軽くしたり、シャーシの一部に錐で穴をあけてみたりと、今思えば本当に速くなるのか疑いたくなる工作レベルの改造だ。

しかしクラスメイトの中には親に高額な改造パーツを買ってもらい、改造の作業まで手伝ってもらっている金持ちもいた。

圧倒的な速さで俺たちのマシンをぶっちぎるクラスメイト。高いモーターを搭載したマシンに勝てるわけがない。

親に改造してもらったマシンで勝ち誇って本当に嬉しいのか！　親に改造してもらうのはズルだろ！　そう訴えてみても、結局速いのは相手のマシンである。負け犬の遠吠えでしかなかった。

涙目のテフテフを見て、ふとその時のことを思い出したのだ。

「白銀さんはこっちのメンコを買わないのですか？」

「うーん。もうちょっとだけ自力でやってみるよ」

まあ、二〇連敗くらいしたら考えよう。

そう思いつつ自力での勝利を目指した俺は、九回戦目にしてようやく勝ちを拾っていた。一点差でも、勝ちは勝ちだ。賞品が下級ポーションだろうが気にしない。

「勝利！」

「テフテフ～」

「お、何だ？」

「テフ～」

何故かテフテフに握手を求められた。あれかな？　昨日の敵は今日の友的な？　まあ、いい勝負だったな。

「テフ！」

「ん？　これくれるのか？」

「テフー」

するとテフテフが何か小さいものを手渡してきた。テフテフの形をした人形だ。懐かしの、消しゴム風人形である。ホームオブジェクトのインテリア扱いになっていた。

「何ですそれ？」

「人形カ？」

エリンギたちも興味深げに俺の手元を覗き込んでいる。そう言えば俺しかゲットできなかったな。どういうことだ？

「回数ですかね？」

「ああ、それは可能性があるかもしれませんね。白銀さんは私達の倍以上は挑戦していますし」

「もしくは練習用のメンコを購入したから？」

「うーん、分からないですね……」

その後、色々と検証した結果、露店で買った特殊メンコを使わずに勝利したブランシュが、テフテフから人形をゲットしたのであった。

「うわー、つまりズルはダメってことですか」

「それハ……。無理ダろウ！」

冬将軍が頭を抱えている。俺たちの中で一番メンコが下手だからなー。エリンギはもう少し頑張れば行けそうな気もするが、冬将軍は絶望的だろう。

「冬将軍、どうする？　もう少し粘るか？」

「ぐぬヌ……。いヤ、もういイ。また明日にでも頑張るヨ」

「そうですねー。今日は取りあえず露店の様子なども確認したいですし、私も諦めます」

「そうか。分かった」

「次行くゾ！」


五分後。

「よっしゃ！」

「バケ～」

テフテフとのメンコ対決に勝利した俺は、次のゲームに挑戦していた。

二つ目のレトロゲームは、オバケとのビー玉落としだ。これは地面にダーツのような的が描かれており、そこに一メートル程の高さからビー玉を落として最終的に得点の高かった方が勝ちという遊びである。

自分のビー玉で相手のビー玉を弾いたりもできるので、最後まで気が抜けない遊びだった。

これは全部のモンスが遊べるから、メンコよりもいいんじゃないか？　購入した練習用ビー玉で遊んでいるんだが、メンコの時は見学だったリックも参加できている。クママに持ち上げてもらう形だけどね。

「キキュ！」

「クマ？」

「キュ！」

「クックマ」

クママに細かく指示を出してミリ単位で位置を修正して、ビー玉を落としている。これが結構上手いんだ。しかも、明らかに弾く力が強い。どうやら、そのちっちゃな手でビー玉に回転をかけながら落としているらしい。その回転によって、相手のビー玉を弾いているようだ。

体が小さいからこそのテクニックだよね。

ただ、この遊びは運にかなり左右されるようで、俺は四戦目であっさりとオバケに勝利できていた。オバケの消しゴム風人形も無事ゲットだ。

因みにエリンギ以外は結局自力で勝利できず、高額改造ビー玉を購入してオバケに圧勝していた。インテリア狙いはまた今度にするという。

「今日は偵察に来ただけだし、俺もそっちの方法に切り替えた方がいいか？」

「いや、逆に白銀さんには自力での勝利を狙ってほしいですね。検証のためにも、一人はその方がいいと思いますし」

「そうか？」

「はい。全員が勝利するまでだと時間がかかり過ぎますし。そもそも、全ての露店を回れるのは白銀さんだけですので、ここは適任かと」

「分かった。俺はこのままズルをせずに、他の露店も制覇するよ」

「お願いします」

とはいえ、明日は風霊門開放日だから、零時に到着できるように向かうつもりだ。そのことを考えれば、ここで遊べるのはあと三時間くらいである。

「時間内に間に合うといいが……」

テフテフ、オバケの露店を攻略した俺たちは、三つ目の露店へと向かう。

「次はおはじき弾きか」

「モッフ〜」

モフフと遊ぶのは、おはじき弾き。

あれだ、冬のオリンピックの定番、カーリングに似ている。所定の場所から的めがけて交互におはじきを指で弾き、止まった場所の得点で競い合う。的に届かなければ、そのおはじきは取り除かれてしまう。相手のおはじきをどうやって弾くかがキモであろう。

これがなかなか難しかった。意外と力の込め方が繊細で、下手すると明後日の方に飛んで行ってしまうのだ。しかし、八回目にしてモフフが大失敗をしでかし、そのおかげで何とか勝利することができたのだった。

「モフフ！」

「はいはい、握手ね～。お、人形もくれるか。ありがとうな」

「モフ！」

やっぱり正々堂々の勝負で勝利した方が、ＮＰＣの反応が良いな。

「最後はコガッパのベーゴマ対決か」

他の三人はモフフと対戦ができないので、俺よりも先にコガッパのところに行っている。今も熱戦を繰り広げているのが見えた。

「どうだ？」

「これは今までで一番難しイ」

「改造ベーゴマを使っても、上手く回せなければ負けなのです」

このベーゴマ対決は、弾き飛ばした相手のコマの飛距離で特典が変化する方式みたいだな。しかし、そもそも回すことさえできていないようだ。

「一応、ここに紐の巻き方などを書いた紙があるんですけどね」

エリンギが渡してくれたのは、数種類の紐の巻き方が書かれた藁半紙《わらばんし》である。こんなところもレトロ重視か。

「男巻きに女巻きね」

「実はこれには少し自信があったんですが、ダメでした」

「え？　ブランシュはベーゴマやったことがあるのか？」

「いいえ、やったことは無いんですが、大好きな漫画でベーゴマの話題が出ていたんです」

詳しく聞いてみると、某少年誌で一〇〇巻以上の連載が続いていた、日本一やんちゃな警察官が主人公の漫画のことだった。ブランシュは日本にきてからその存在を知り、すぐにはまって全巻読破したそうだ。

「リョーさんが、ベーゴマのちん――」

「はいストップ！　それ以上は禁止です！　男巻きって言おう！」

「でも、リョーさんは、まん――」

「それもダメ！　今の時代は色々あるから！　とりあえずそれは女巻きにしといて！」

「は、はあ。分かりました」

危ない危ない。

「うーん、シューターさえあれば……」

エリンギがそんなことを呟いている。もしかしたら子供の頃はブレーダーだったのかもな。巨大なベーゴマを手に、四苦八苦しているようだ。

そんな二人を尻目に、速攻で勝利を挙げていたのが冬将軍である。どうやらドワーフの器用さが発揮されたらしい。

リアルスキルが高くなくても、ステータス補正で勝利が可能ってことなのだろう。全然気付かんかった。いや、俺はそこまでステータスが高くないから、あまり関係なかったというのもあるけどさ。

それから、ひたすらコマを回し続けること一五分。

「よっしゃあ！」

「カパー！」

一〇度も挑戦してればビギナーズラックって起こるよね。これまで練習ベーゴマでもほとんどまともに回せなかったのに、一か八か挑戦したら偶然綺麗に回せてしまったのだ。いや、うちの子たちとの練習が生きたのだと思っておこう。

結果、俺のベーゴマはコガッパのコマを弾き飛ばし、勝利を収めていた。

「ふー、これで全部に勝利だぜ！」

課金してないので賞品はショボいが、満足だ。人形も四つコンプだし！

「さて、これで全部を回ったんだけど……」

「何か変化はないですか？」

「うーん」

とくにアナウンスがあったりもしないし、目に見える変化もない。露店で勝つというのはあまり意味がなかったかな？　そう思っていたんだが、何やらうちの子たちが騒がしい。

「モグモ！」

「クマ！」

「ヒムー！」

さっきまでは練習用に購入したレトロオモチャで遊んでいたので、それがヒートアップして来たのかと思ったんだが……。

違っていた。全員が同じ方向を指差して、俺に何かを訴えている。

「キキュー！」

「ヤーー！」

「ちょ、分かったから耳を引っ張るなって！」

ちびっ子コンビが左右から耳を引っ張る。これ、リアルだったら耳が千切れるレベルの激痛だからね？　ＣＶ富永さんの少年が「姉さん痛いよ！」って言いながら涙目になる奴だ。

「向こうに何があるんだよ？」

とりあえずモンス達が指し示す方に歩き出すと、ようやく俺は異変に気付いた。

朽ちた屋敷の前に、赤い和服を着たおかっぱの少女が立っていたのだ。小学校低学年くらい？　オルトと同じくらいの背格好である。

少女はにっこりと微笑んでおり、不思議と恐怖は感じない。むしろ優し気な印象があった。

「うーむ、座敷童？」

そう、その少女はどこからどう見ても、座敷童にしか見えなかった。

「ほほう？　なるほど、遠野ですからね」

エリンギが納得したように頷いている。遠野は座敷童伝説が残る場所であるそうだ。なるほど、この場所の名前は朽ちた遠野の屋敷だし、座敷童系のイベントが起きてもおかしくないか。

「あれが座敷童ですか」

「なんダ？　座敷わらシ？」

「あっ！」

近づこうとすると、座敷童が屋敷の敷地の中に入って行ってしまった。そして、少し歩いた場所で振り向き、こちらを手招きしている。

「来いってことか？」

「行ってしまいますよ！」

座敷童が再び歩き出した。やばい、このままだと見失うかも。俺たちはその後を追って走り出す。

「通り抜けられましたね！」

「そう言えバそうだナ！」

座敷童と出会うことが、この屋敷に入るために必要なイベントだったのだろう。まあ、どうして出現したのかは分からんが。

俺たちは朽ちて骨組みだけになった扉を開き、玄関に足を踏み入れる。すると、エリンギたちの姿がいつの間にか消えていた。

「あれ？　みんな？」

「ヒム！」

「いや、お前らじゃなくて……」

パーティではなく、プレイヤー単位で分けられてしまったようだ。

「どうしようか……引き返す？」

この先戦闘がなければ問題はないだろう。それに、もし引き返してイベントが終了してしまったら最悪だ。

「うーん、とりあえず先に進むか」

少し先にある扉の前に、座敷童が立っているしな。

「えーっと、玄関で靴は脱いだ方がいいのか？」

「ヒム？」

「クマ？」

あー、お前らそんな土足で……。いや、そもそも、モンス達は靴なんか脱げんし、仕方ないか。よく見たら座敷童も下駄を履いたままだ。

俺たちを見つめながら、相変わらずニコニコと笑っている。

「えーっと、こんにちは？」

「あい」

俺が座敷童に声をかけると、少女が可愛らしい返事をしつつ、ペコリとお辞儀をしてくれる。そしてそれに合わせるように、アナウンスが響き渡った。

『座敷童がオモチャを欲しがっているようです』

座敷童が「ちょうだい」とでも言うように、両手を俺に向かって差し出している。

は？　オモチャ？　急に言われても……。

いや、待てよ。オモチャ持ってるじゃないか。

「座敷童にあげるためのアイテムだったってことか？　でも、壊れてるんだけど大丈夫かな？」

そう思いつつ、俺はインベントリを開いたんだが……。

「アイテムが変化してるな」

ひび割れたビー玉は綺麗なビー玉に。潰れたベーゴマは硬いベーゴマに。破れたメンコが格好いいメンコに。欠けたおはじきは可愛いおはじきというアイテムに変化していた。さらに破けたお手玉も、美しいお手玉という名前に変わっている。

「知らん間にイベントが進行していたって事ね。まあ、とりあえずオモチャを座敷童に上げちゃおうかな」

やはりここは特別感のあるお手玉だろう。どう考えても、女の子にはお手玉だしな。俺はお手玉を取り出して、両手を差し出している座敷童に渡してやった。

すると座敷童がお手玉を懐に仕舞うと、ニコリと微笑む。だが、その両手は差し出されたままだった。おや、まだ欲しがっとるのかな？

「もっと欲しいのか？」

「あい」

コクコクと頷く座敷童。

「……じゃあ、これも」

「あい！」

なんてやり取りを繰り返すこと四回。結局全てのオモチャをあげてしまったのであった。

「えーっと、くれるのか？」

「あい！」

そして、座敷童が俺に差し出したのは、古びた鍵である。

鑑定してみると「マヨヒガの鍵」となっていた。

さっきエリンギが教えてくれた話を思い出す。マヨヒガというのは、欲がないと宝がもらえて、欲が深いと罰が当たる、雀のお宿とか花さか爺さん的な内容の伝承であるらしい。

「この鍵……。どう考えても、この扉の鍵だよな。えっと……。ここを開けろってことか？」

「あい！」

俺は観音開きの木製扉の鍵穴に、手に入れたばかりのマヨヒガの鍵を差し込んでみた。すると、案の定扉のロックが解除された。

その先には、長い廊下が延びている。左右には襖《ふすま》が並び、不気味さと神秘さを感じさせた。

「何か、雰囲気あるな」

和風ファンタジーRPGにこんなダンジョンがあった気がする。

「あーい！」

「あ、ちょっと！」

俺が通路を観察していたら、座敷童がタタタッと通路に駆け出していった。そのまま、途中にあった曲道を曲がっていってしまった。

いや、頭だけ出してこっちを見ているな。そして、アナウンスが響き渡った。

『座敷童が遊びたがっているようです』

「あい！」

なるほど、オモチャだけじゃダメってことか。

「よし、みんな行くぞ！　ただし危険そうだったら即行逃げるからな？」

「ヤー！」

「キキュ！」

マヨヒガは、欲のない人間に富をもたらし、欲深い人間には罰を与える。

つまり、何か悪いことが起こる可能性も十分あるのだ。何をもって欲深いと言われるか分からないが、俺は自分を無欲だとは到底思えんしね。

俺たちが通路に踏み込むと同時に、座敷童が再び駆けていってしまった。楽し気な声を残して走っていく姿は、見ているだけでホッコリする。あんな可愛い座敷童がいる場所なら、罠やモンスターなんていないかもしれない。いやいや、それが運営の罠かもしれん。慎重に行くべきだ。

色々と考えながら座敷童が消えた通路を曲がると、その先は何とも言えない場所であった。

基本は日本家屋。しかし、その入り組み方は半端ない。エッシャーのだまし絵？　アスレチック？

そんな感じだ。しかもメチャクチャ広い。

広大な空間に上り下りの階段が幾つも配置され、梯子が無数に存在し、吹き抜けになった場所に通路がかかっているのも見える。立体構造の巨大迷路。それがたどり着いた場所の正体だった。

「おーい、座敷童さーん？」

「……」

ダメだ反応がない。まずはここから探し出さないといけないらしい。

「よし、みんな！　座敷童を探すんだ！　頼んだぞ！」

「モグ！」

「クマ！」

さて、俺も探そう。複雑に入り組んだ立体迷路のような場所を探索していく。しかし見つからない。そうやって座敷童を探している内に理解した。

「つまり、もう遊びは始まっているって事ね」

隠れんぼなのか、鬼ごっこなのか。まあ、隠れんぼだろうな。

そうやって一五分程座敷童を探している内に、ふと気づいた。

マヨヒガの通路は、二股になっていたはずだ。

座敷童を追って曲がったところで、立体迷路に辿り着いたが……。真っすぐに続いていた道は、どこに繋がっていたのだろう？

いまやっている遊びが隠れんぼなら、座敷童は動かない。だが、鬼ごっこなら今も逃げている最中だろう。その範囲がこの立体迷路の中だけとは限らないんじゃないか？　可能性は低いと思うが、あっちの通路も一応確認しておこうかな。

「ドリモ、クママ！　俺と一緒に来い！」

とりあえず、探索にはあまり役に立っていそうのないドリモとクママを引き連れて、俺は来た道を引き返した。

相変わらず襖が左右に並んだ、ちょっと不思議な雰囲気の通路が続いているな。

「襖は――開かないか。そっちはどうだ？」

「モグ」

「壁代わりってことか？　まあ、一応全部確かめながら進もう」

「モグ！」

一見壁っぽく見えつつ、実は一ヶ所だけ開くとかあり得そうだ――なんて思ってたんだけどね。

全く無駄でした。押しても引いても、全ての襖はビクともしなかったのだ。

そのまま突き当りの扉の前にたどり着いてしまう。

「さて、この向こうは何だろうな。ドリモ、クママ、前衛頼むぞ」

「クマ！」

「モグモ！」

ゆっくりと慎重に、扉を開ける。鬼が出るか蛇が出るか。ドッキドキだ。

だが、開けた扉の先には、何もいなかった。

「えーっと、普通の小部屋っぽいな」

畳が敷かれた、四畳半の小さい部屋だったのだ。

窓などは一切なく、部屋の四隅に置かれた行灯が淡い光を放ち、ゆらゆらと部屋を照らしていた。

その部屋の中央に、机が一つ置いてある。

「何だ？　アイテム？」

机に近づいてみると、ウィンドウが表示される。

「この部屋にあるアイテムを一つ手にお取り下さい？」

へえ。なるほど。マヨヒガは富を授けてくれるんだったな。

とりあえず机の上のアイテムを鑑定してみる。まず一番右の緑の布だ。名前は『河童の力帯』となっていた。

「結構高性能だな」

アクセサリー扱いで、腕力＋１０と魔術の威力上昇効果があるらしい。防御力はないが、攻撃力は飛躍的に上昇するだろう。

「で、こっちが『幽鬼の包帯』？」

これもアクセサリーみたいだ。知力＋１０に、隠密効果が上昇か。

その隣にあるのが『サトリの毛飾り』。見た目は茶色のファーキーホルダーにしか見えないが、精神＋１０、詠唱速度上昇効果があった。

最後が『玉繭の糸玉』か。絹糸を丸めて作った玉に紐を付けた、キーホルダー風のアクセサリーだな。体力＋１０に加えて、ＨＰの回復速度が上昇する効果があった。

「うーん、これは迷うな」

俺的に、河童の力帯は微妙だが、他のアイテムは全部欲しい。

「いや、腕力が上昇すれば重い装備も付けられるようになるし、これもありっちゃありか？　魔術の威力上昇は良い効果だし……」

俺が思案している間、クママ達は思い思いに部屋を見て回っている。絵が描かれた掛け軸なんかもかかっているし、面白いのだろう。

「そう言えば、さっきのメッセージ……。やっぱこの部屋にあるアイテムを一つ差し上げますってなってるな」

つまり、壁にかかってる絵などもありなのか？　まあ、今のところ金には困ってないから最有力はこっちのアクセサリー類だけど、絵はどんな感じなんだ？　それとも、持ち出せるのはアクセサリーだけ？

そう思いながら絵を鑑定してみたら、やはりこれも持ち出せるアイテムであるようだった。日本画的な、おどろおどろしい河童の絵や、幽霊の絵などがある。

「単なる絵じゃないのか？」

河童の絵の名前は『河童の封じられし絵』となっている。しかもアイテムの説明には気になる一文が書かれていた。

名称：河童の封じられし絵
レア度：１　品質：★１０
効果：売却・譲渡不可。この絵をある場所に持っていくと……？

「この絵をある場所に持っていくと……？」

その先は不明だが、単なる絵ではないってことだろう。名前から考えても、特定の場所に持っていけば河童が現れるに違いない。陰陽師じゃなきゃ意味がなさそうだよな。

掛け軸には河童、幽鬼、サトリ、玉繭の四種類があった。

「なかなか不気味な絵だなー……。この幽鬼の絵、リアルだったら絶対に祟りとか心配になるレベルだろ」

そうやってアイテムを物色していると、ふと気になった。

「うーん……でも、これって本当に頂いても構わないのか？」

だってマヨヒガだぞ？　欲深い者には罰を与えるっていう……。何か、落とし穴がありそうじゃないか？　そう考えたら、ちょっと疑心暗鬼になってきた。

「うん、アイテムゲットはいったん保留しておこう」

座敷童を放っておいて、お宝をゲットするなんて、どう見ても欲深い人間の行動なのだ。

「とりあえず座敷童を探すぞ」

どうせどれを貰うかまだ決まってないんだし、座敷童と遊びながら考えればいいや。

「この部屋にはいそうもないし、戻るぞ！」

「クマ！」

「モグ！」

クママたちを連れて迷路に戻る。

「やっぱここの迷路のどこかにいるんだろうな」

しかし、未だに座敷童は発見できていない。

「キキュー？」

「ヤー？」

リックとファウのチビーズは狭い場所を重点的に探しているらしい。あんな場所に隠れるかっていうような場所に頭を突っ込んで、ほこりまみれになりながら座敷童を探している。

「ヒム？」

ヒムカは隠し通路などがないか、コンコンと色々な場所を叩いているが、成果がないらしい。耳を付けて音の反響を聞いては、首を傾げている。

「クックマ～？」

「モグモ～？」

クママとドリモは普通だ。歩きながら、物陰などを覗き込んでいる。ただ、その探し方で見つかるかねー？

「俺はどうしようかな」

探索はうちの子たちに任せて、俺はその場で推理してみた。これだけ見つからないということは、単に見つかり辛い場所というだけではないだろう。

きっと意表を突くような、思いつかないような場所に違いない。

「うーん、つまり普通は探さない場所。こういう時はあれだ、灯台下暗し的な？」

しかし、俺の足元には隠れられる場所はない。いや、待てよ。

「足元じゃなくて、横はどうだ！」

俺は、開けっ放しになっている扉に手をかけた。座敷童が開けたであろうこの扉。考えてみたら調べていなかったのだ。

「ここだー！」

「あい？」

ええ？　まじでいたよ！　扉の陰にある小さいスペースで正座していた座敷童とバッチリ目が合った！

「見つけたー！」

「あいー！」

見付けられた座敷童は、何故か嬉しそうにピョコンと立ち上がる。

いやー、本当にここにいるとは思わなかった。

「キキュー！」

「ヤー！」

リックとファウは俺の肩の上に乗り、両側で拍手している。褒めてくれているのかね？　クママたちは悔しげだな。俺に先を越されたからだろう。

すると、アナウンスが聞こえてきた。

『アイテムの持ち出し許可を得ました。このマヨヒガからアイテムを一つだけ持ち出すことができます』

あれ？　もしかしてまだアイテムを持ち出しちゃいけなかったのか？

危ねー。やっぱり罠じゃねーか。もし座敷童を発見せずにここから出ていたらどうなってたんだろうな？　いやー、さすがマヨヒガ。

まあ、これでイベントも終了――。

「あい！」

「うん？　何だ？」

『座敷童がまだ遊びたそうにしています。どうしますか？』

「え？」

何と、イベントは終了していなかったらしい。俺の前にウィンドウが出現する。

そこには、『アイテムを受け取って屋敷を退出する』、『アイテムを受け取らずに屋敷を退出する』、『座敷童と遊ぶ』という三択が書かれていた。

どうやら帰ることもできるらしいが……。

「あいー……」

懇願するようにこちらを見ている座敷童。あの目を見て、断ることなどできようか？　見た目は人間の少女みたいだし、これを断るにはなかなかの精神力が必要だろう。

「まあ、もう少し時間あるしな」

『では、隠れんぼを再開します』

俺は座敷童と遊ぶを選択するのだった。

すると、俺たちのパーティが瞬間移動で立体迷宮の入り口前へと戻される。

さっき座敷童が隠れていた扉が閉まっており、そこに「10、9、8――」というデジタルのカウントダウンが表示されていた。

その数字が0になった瞬間、扉の向こうから座敷童の「あーいーい！」という声が響く。

もういーよー的な事なんだろう。

扉が開くと、そこに座敷童の姿はない。再び隠れんぼが始まったのだ。

ただ、先程の隠れんぼが生きたのだろうな。一〇分ほどで、箪笥《たんす》の陰に隠れていた座敷童をリックが見つけだしていた。

「キッキュー！」

「あーいー」

見つけたリックも、見付けられた座敷童も楽しそうにはしゃいでいる。うんうん、楽しそうでよかった。さて、これで――。

『座敷童がまだ遊びたがっている様です。どうしますか？』

「おお？　まじか……」

何と再びそんな文字が表示されたのだ。

先程と全く同じ潤んだ眼で、座敷童が俺を見上げる。

くそっ！　運営め！　俺をこの場所で永久に拘束するつもりか！　これ以上、お前らの思惑には踊らされないからな！

『では、隠れんぼを再開します』

「あい！」

そうして、再び扉の前に戻され、カウントダウンが始まった。うん、断れるわけないよね。

およそ四〇分後。三度目の隠れんぼを終え、四度目の隠れんぼを開始した時だった。

『強欲の翁《おきな》、貪欲の媼《おうな》が出現しました。座敷童が捕えられる前に撃破するか、座敷童を発見してください』

「え？」

強欲の翁と、貪欲の媼？　何だそりゃ？

駆け出そうとした足を止めて、周囲を見回してみる。すると、俺たちから少し離れた場所に、昔話に登場するお爺さんのような格好をした人影が出現するのが見えた。頭に頭巾、服はジンベエとチャンチャンコである。

しかし、その顔は、お爺さんと言われて想像するような優し気なものには程遠い。

まず、眼球がない。樹の洞のような穴が二つ、並んで空いているだけだ。頬は骨が浮き出るほどにこけ、半開きの口からは獣のような鋭い牙が覗いている。

茶色い肌は乾燥し、一切の水気が感じられなかった。

まず想像したのは、ミイラである。それ以上に、この怪物を的確に表現する言葉は思い浮かばない。

そんな不気味なミイラが、こちらを見ていた。

「あれが、強欲の翁か……？」

欲深すぎて、モンスターになり下がったとか、そんなストーリーなのだろうか？

ともかく、アレを座敷童に近付けてはいけないことはよく分かる。

「倒すか、隠れてる座敷童を見つけるか……。ともかく、あいつの強さが分からないと作戦も立てられん！　一度攻撃を仕掛けるぞ！」

奴の視線はこちらを向いているし、どうせ逃げられんだろう。だったら、先制攻撃だ。

「おっと、その前に空いてるパーティ枠を埋めないと」

うーん、誰がいいだろう？

「そうだな。ここはサクラを召喚だ！」

「――！」

今日は木の日である。この後は、精霊様の祭壇に顔を出す予定だったのだ。その時にサクラをパーティに入れるつもりだったからね。ここで呼び出しておこう。

「ヒムカ！　壁役を頼む！　ドリモ、クママは攻撃！　リック、ファウは攪乱だ！　サクラは後ろから魔術を！」

「ウオオオオオォォォォォォ！」

「うわっ！　こわ！」

俺たちが戦闘態勢に入ったことを察知したのか、強欲の翁がこちらに向かって駆け出すのが見えた。背筋がゾッとするような金切り声を上げながら、暗い眼窩でこちらを睨んでいる。

「和気藹々と隠れんぼしてたと思ったら、和風ホラーゲームかよ！　落差が凄すぎる！」

「ウオオォワァァォォォ！」

「ヒム！」

おお！　強欲の翁の迫力にビビっている俺と違って、ヒムカが勇敢に前に出た！　さすが！

クママとドリモも戦闘態勢に入る。ヒムカが奴を受け止めて、ドリモたちでドカーンだ！

だが、やる気になったのも束の間、翁の強さは想像以上だった。

「ウォォア！」

「ヒムー！？」

「ヒムカーッ！」

何と、ヒムカが一発で弾き飛ばされてしまった。ヒムカはオルトと同じで、戦闘力はないが防御力はそこそこだ。槌術スキルを使い、ハンマーで相手の攻撃を受けることができる。

そんなヒムカが受けに失敗するとは……！

「モグモー！」

「クックマ！」

だが、ヒムカを攻撃したことで、翁に隙ができていることも確かだ。

そこにドリモのツルハシとクママの爪が炸裂したのだが――。

「げぇ！　全然減らないじゃないか！」

ノーダメージではないが、想定の半分以下しかダメージが入らない。

これ、無理ゲーじゃね？

適正レベルが相当高い？　いや、それにしては、ヒムカのダメージが少ない。あれだけ派手に吹き飛ばされたのに、そこらの雑魚モンスターに攻撃された程度しかＨＰが減っていないのだ。

お邪魔モンスターとして、中々倒されないように防御力が高いのかもしれない。しかも、吹き飛ばしなどの妨害能力特化。これは、倒すのは無理なんじゃなかろうか？

ただ、大きく吹き飛ばすことには成功したので、そこが鍵になるだろう。多分、強欲の翁を攻撃して妨害しつつ、座敷童を探すのが正解だ。

「ヒムカとドリモとクママは、やつをここで釘づけにしてくれ！」

「ヒム！」

「モグ！」

「クマー！」

三人がビシッと敬礼を返してくれる。任せておけってことだろう。

「俺たちはさっさと座敷童を見つけるぞ！　リックとファウは特に頼む！」

「キュー！」

「ヤー！」

ちびっ子たちも同じように敬礼をすると、それぞれ違う方向へと散っていった。

あの二人の機動力なら、好きなように行動させた方がいいからな。

「俺たちも探そう」

「――！」

俺はサクラとともに、行動だ。二人で協力しながら、考え得る限りの場所を探していく。

ただ、すぐに俺たちは動きを止めてしまった。

「ギヒヒヒィィィ！」

「うわぁ。こっちも怖いなぁ」

通路の向こうから、強欲の翁によく似た、ミイラ風のモンスターが現れたのだ。こちらは女性風の格好をして、白い髪が頭部に生えている。

あれが、貪欲の媼で間違いないだろう。

「サクラ！」

「――――！」

俺に言われるまでもなく、サクラは前に出て盾を構えてくれていた。俺はその後ろで魔術の準備である。

強欲の翁は弾き能力が高かったが、貪欲の媼はどうだ？

「ギヒョオォォ！」

「――――！」

やっぱりか！　媼も翁と同じだ！　盾で受け止めたサクラが、弾かれて大きくバランスを崩した。

「アクア・ボール！」

「ギィ！」

水魔術でもダメージは低い。だが、媼の体は後ろへ大きく弾き飛ばされ、尻餅をついた。

やはり、こいつも翁と同じ性能か！

「サクラ、ここでこいつを釘づけにして、時間を稼ぐぞ！」

「――！」

俺が前に出るのは危険すぎる。サクラに頼りきりになってしまうが、ここは頑張ってくれ！

サクラが防御、俺が攻撃と回復を担当しながら、五分ほど戦っただろうか。

ＭＰの消費は激しいが、それなりに上手く足止めはできている。この間にファウたちが座敷童を発見してくれればいいんだが……。

そんなことを考えていたら、貪欲の媼の動きが急に止まった。

「ギ……」

「ど、どうし――」

「ギヒャァァアア！」

「うわぁ！」

何なんだよ！　急に！

叫び声を上げた貪欲の媼の視線は、俺たちには向けられていない。微妙に焦点が合っていないのだ。貪欲の媼は、俺とサクラの後ろを見ていた。

「あい？」

「ギヒョオオォォ！」

「うがっ！」

「――！」

「あーいー!」

時間をかけすぎたのか? 何と、座敷童が通路の角からヒョッコリと顔を出し、こっちを覗いていたのだ。

貪欲の媼は俺とサクラを弾き飛ばすと、そのまま座敷童を追いかけ始めた。

それにしても、座敷童が笑顔なんだけど。怖くないの?

「お、追うぞサクラ! 媼の邪魔をして、先に座敷童を捕まえる!」

「――――!」

媼の後を追いながら、魔術で攻撃する。そうして妨害をしても、媼はすぐに立ち上がって座敷童を追い始めるのだ。

しかも座敷童がご丁寧に足を止めて待っているのである。

「あーい?」

彼女にとっては、楽しい追いかけっこのつもりなのかもしれない。

そうして媼とデッドヒートを繰り広げていると、前方から何かが向かってくるのが見えた。

「最悪だ!」

強欲の翁である。その後からは、ドリモたちが駆けてくるのが見えた。

向こうも翁に逃げられたらしい。

細長い通路の両側を媼と翁が塞ぎ、座敷童が閉じ込められてしまった。吹き抜けになっており、天井は高い。だが、道幅自体は狭いし、上層階に上るための階段なども見当たらない。身軽そうな座敷童も、これでは上に逃げられないだろう。

「あい？」

「ウアォォ」

「ギシィイ」

座敷童も逃げ場がないことに気付いたらしい。左右を見て、相変わらず楽しげに笑っている。

やべー！　このままだと、座敷童がモンスターに捕まる！

とりあえず詠唱を開始するが、やはり翁たちの方が速かった。

間に合わない！　絶望しかけた、その時だった。

「ヤヤー！」

「キキュー！」

「あい？」

何と、上からファウとリックが降ってきたのである。

上層階にいた二人が、吹き抜けから落下してきたらしい。

その勢いのまま、座敷童に抱き付くチビーズ。すると、座敷童の体が強い光を放った。

「あいー！」

「ウァア……」

「シギィ……」

その光を浴びたからか、強欲の翁と貪欲の媼が、崩れるようにして消えていく。

数秒もかからず、二体のモンスターは姿を消していた。

ピッポーン。

『座敷童が満足したようです』

「あーいー」

座敷童が満面の笑みを浮かべ、バンザイをしてる。アナウンスの言う通り、満足したのだろう。

「おお、そうか……」

最後はマジで焦ったが、上手くいったようでよかった。

「リック、ファウ。よくやったぞ。助かった」

「キュ！」

「ヤ！」

「あい！」

何故座敷童までドヤ顔だ？

直後に座敷童の姿が消えていく。最後まで笑顔で、楽し気に手を振っていた。

これでイベントも終了だろう。というか、終了であって下さい！

『アイテムを一つ取り、屋敷から退出してください』

「よかった。マジで終わりっぽい。ようやくアイテムをゲットできるな」

まあ、隠れんぼに夢中になり過ぎて、どれを選ぶか全然考えてなかったけどね！

どのアクセサリーをゲットするか頭を悩ませつつ、アイテムの置かれていた小部屋に戻る。

すると、俺はある変化を発見していた。

「絵が増えてるな」

壁にかかった妖怪の日本画の中に、座敷童の絵が増えていたのだ。他にも変化がないかと調べてみたが、新しい絵以外に変化はないようだった。

「他の四つはアクセサリーにも名前があるけど、座敷童はこれだけか？」

河童や幽鬼の絵はちょっと不気味だし、凄く欲しいって感じでもない。むしろ怖い。ただ、座敷童の絵は非常に愛らしい雰囲気があり、目を引かれた。

それに、さっきまでなかったわけだし、多分イベントをこなしたことによって出現したレアアイテムなのではなかろうか？　隠れんぼに付き合った報酬なんだろう。

名称：座敷童の想いが宿った絵
レア度：１　品質：★１０
効果：売却・譲渡不可。この絵を所持している者に幸運をもたらす。

河童の封じられた絵とは、効果などの文言も違う。もしかして、オルトの持つ幸運スキル系の恩恵があるのか？

「うーん……。よし、決めた！　これにしよう！」

ステータス上昇アクセサリーも気になるが、俺は戦闘をメインにしているわけじゃないのだ。器用さと生産力が上昇するアクセサリーなら迷わずゲットしたんだがな。

俺は座敷童の封じられた絵を取り外して、インベントリに仕舞いこんだ。

「えーっと、これで終了か？」

特にイベントが起きたり、終了を告げるアナウンスもない。

「……あれ？」

普通にアクセサリーを手に取れるんだけど。これって、もしかしてアクセサリーもゲットできるんじゃないか？

「いや、でもな……。アイテムを一つって言ってたもんな」

ここは欲をかかずに帰ることにしよう。

そうだ、欲深は罰せられるのだ。そのまま来た道を引き返す。すると、外に出た瞬間に再びウィンドウが起動した。そこには、「マヨヒガから持ち出したアイテム一つを差し上げます」とだけ書かれている。やはり欲をかかないのが正解だったか。

「あ、白銀さんが戻ってきた！」

どうやら俺が最後だったらしい。エリンギたちと情報を交換したんだが、人によって置かれたアイテムが違っていたみたいだった。

アクセサリー四種は全員が見つけたそうだ。だが、壁にかかっていた絵に関しては、それぞれ違っていた。どうやら座敷童にあげたオモチャによって変化したらしい。

また、座敷童にあげるオモチャなんだが、これはレトロゲーム露店で人形をゲットした妖怪に対応して、修復されるようだ。

コガッパのベーゴマ露店に自力勝利して人形を手に入れた冬将軍だけ、ベーゴマが修復されて座敷童にあげることができたそうだ。

しかも、座敷童との隠れんぼに関して、おかわりが発生しなかったという。

まだ続けるかどうかというアナウンスがなく、『アイテムを受け取って屋敷を退出する』、『アイテムを受け取らずに屋敷を退出する』の二つしか選べなかったらしい。

その理由はいまいち分からなかった。

お手玉なのか、人形四種コンプなのか、他に理由があるのか……。

「すまん。だとするとずいぶん待たせたな」

「いえ、おかげで露店を回れましたから。検証する時間も取れましたし」

「それで、白銀さんは何を手に入れたのでしょうか？」

「おオ、俺も興味があル！」

「ああ、俺はこれだよ」

エリンギたちは普通にアクセサリーをゲットして戻ってきていた。人が持っているのを見ると、急に羨ましくなるんだが……。

いやいや、座敷童の絵はそれなりに入手が難しいみたいだし、これをゲットしてよかったんだ。そう思っておかなきゃやってられん！

「うわぁ、絵ですか」

「さ、さすが白銀さん。チャレンジャーです」

「なるほド、ここで迷わず絵にイけるから、白銀さんなんだナ」

妙に感心されてしまった。いや、結構迷ったよ？　それにレアアイテムなんだし、皆だってこれを選ぶと思うけどな。

「まあ、使い道が分かるまではしばらくは持っておこう……」

それよりも、もう時間がギリギリだ。風霊門に向かうためにも、一度始まりの町に戻らないと。

屋敷前から始まりの町に戻ってきた俺たちは、そのまま畑に向かった。

「しかし、風霊門はどうすっかな」

実は風霊門にはエリンギたちと一緒に行くつもりだったんだが、もう約束があるらしい。あとで他のフレンドたちに声をかけてみようと思っている。風結晶を使って俺だけが門を開けるのはもったいないのだ。

あと、納屋に座敷童の絵を飾ることはできなかった。小物を置く程度はともかく、絵を壁に飾るのは簡易ホームでは許可されていないらしい。

「――？」

「おっと、悪い悪い。待たせたな」

サクラが俺のローブを引っ張っている。早く祭壇に行きたいらしい。

日付が変わる前に精霊様の祭壇へといかねばならないのだ。明日になったら、精霊様に会えなくなってしまうからな。

「じゃあ、精霊様の祭壇に行くか」

「――♪」

サクラが嬉し気に頷いた。やはり大樹の精霊様に会うのは特別なのだろうか？　スキップするサクラなんて、中々のレアショットが撮れてしまった。

相変わらず橋の下にひっそりと存在する地味な扉を潜り、精霊様の祭壇に向かう。

それにしても、祭壇を利用するプレイヤーの数が増えたな。道中も数人とすれ違った。

さすがに、橋の下で順番待ちが発生するほどではないみたいだけどね。まあ、俺だってサクラが居なければ、毎週こようとはしていないだろう。

「よく参りましたね」

「ども」

「――♪」

「よく育っている様子。このままこの子が健やかに育つように、お願いします」

やっぱりイベントとかは起きない。

普通に言葉を交わして、嬉しそうなサクラを精霊様が撫でるだけだ。いや、サクラが嬉しそうだから、それで十分だが。

結局、数分程サクラを可愛がった精霊様は、そのまま姿を消してしまうのだった。

「満足かサクラ？」

「――♪」

コクリと頷いてはにかむサクラ。うむ、この姿が見られただけでも来た甲斐があったというものだ。

精霊様の祭壇から地上に戻る際中、アメリアとウルスラから連絡がきた。

何とすでに一番乗りで風霊門に並んでおり、そのパーティに加わらないかという。

その代わり風結晶をという話かと思ったら、すでに結晶は確保してあるうえ、俺はタダでもいいというのだ。

「いや、それじゃあ俺が得するだけなんだけど？」

『実はお願いがあるの』

「お願い？　何だ？」

『私とアメリアたちに、畑への立ち入り許可をください！』

え？　いや、フレンドなんだから俺の畑には入れるだろ？　その辺の設定はいじってないと思うけど……。

そう思ったんだが、ウルスラが説明してくれた。

次の大規模アップデートにより、フレンドでもスキンシップが大幅に制限されるようになってしまうらしい。

「あー、そういえばそんな情報があったな」

ＬＪＯのホームページには少し前からアップデートの詳細が記載されている。

俺自身は他のテイマーの従魔を可愛がることはそう多くないので、あまり気にしてはいなかった。

アメリアやアシハナが悲しがるだろうなーとは思っていたけどね。

俺は軽く流し読みして、他のテイマーの従魔に長時間触れられなくなるという程度だと思っていたが、もう少し厳しい内容だったらしい。

アメリアがその内容をマシンガントークで説明してくれた。

フレンドの従魔を撫でるのにも毎回許可が必要で、畑やホームへの立ち入りも許可制。しかも長時間撫でたりもできず、過剰なスキンシップを取った場合は従魔からの好感度が下がるそうだ。他人の従魔からの好感度が下がってしまった場合、二度と触れることはできなくなるという。

それ以外にも人型従魔へのスキンシップに制限が付いたりと、色々な改変があるらしい。

これは、一部のテイマーが異性型モンスターへの過剰なスキンシップを行っているという通報が元になっているそうだ。

お、俺のことじゃないよね？　って思っていたら、どうももっと酷い奴らがいるらしい。

『オイレンとかね』

「あー」

納得してしまった。最近のオイレンは、ウンディーネテイマーって呼ばれているそうだ。それだけでも奴のパーティ構成がよく分かってしまうよね。

でも、ちょっとかわいそうな気もする。ノームばかりテイムしているアメリアたちは別に変態扱いされないのに、オイレンはハーレム野郎扱いだもんな。

同僚が女性社員にロリコン扱いされて落ち込んでいたのを思い出した。三〇過ぎのおっさんが女子高生を好きって言うとロリコン扱いなのに、二〇代後半ＯＬが可愛い男子高生を好きでもショタコンとは言われないらしい。ショタコンはもっと年下が守備範囲ということだった。

それに対し「最近じゃ対義語扱いなんだし～」とかは言わないよ？　女性を敵に回したら身の破滅だからな。俺には飲み屋で愚痴を聞いてやるくらいしかできないのだ。オイレンのことも今度慰めてやろう。

「何か面倒そうだな……」

うちの子たちを撫でたいというフレンドたちに、いちいち許可を出すとか、面倒くさいんだけど。

ただ、それを解消するのが事前許可的なシステムだ。

撫でる程度の軽度の接触を事前に許可しておくというシステムらしい。

「今までみたいに抱きつくとかは難しいけど、普通に撫でたり、畑でモンスちゃん達を見て愛でることはできるはずなんです！」

「ふーん。でも、報酬代わりがそんなものでいいのか？」

今、彼女たちは風霊門の順番待ちで一番前にいるという。となると、彼女たちのパーティに入れてもらえば、俺も風霊門を最初に開くことができるということだ。

多分、称号がもらえると思う。全部の精霊門開放を一番最初にした的なやつだ。しかも風結晶のお金はいらないとなると、俺が有利過ぎじゃないか？

「いえいえ、そんなことないですよ！」

「そうか？」

「見守り隊のルールで、白銀さんの手を煩わせすぎちゃいけないって決まったし……」

「うん？　何か言ったか？」

見守りたい？　何のことだ？

「いえいえ、何でもないです。それで、どうでしょうか？」

「いや、俺としてはありがたいけど……。本当にいいのか？」

「はい！　ぜひ！」

まあ、それでいいなら俺としてもかまわない。ここはぜひお願いしておこう。

EPILOGUE ｜ エピローグ

「いやー、参った参った」

「どうしたのですか、主任？」

「緊急アプデが続くせいで全然家に帰れてないだろう？　妻に今日も帰れないって電話したら、ブチギレられた……」

「ああ」

「まさか自分の妻から『仕事と私達どっちが大事なの？』っていうセリフを聞くことになるとは思わなかったぜ」

「この前の結婚記念日もドタキャンだったでしょう？　そりゃあ、奥さんもキレますよ」

「じゃあ、帰っていいのかよ？　帰れるもんなら帰るぞ？」

「ダメです。主任に帰られたらアプデが絶対に間に合いません。社に大損害を与えてノウノウと給料を受け取り続ける面の皮の厚さがあるなら止めはしませんが。ああ、ちなみにその場合、全部の責任は主任に押し付けますからね？」

「……あーあ、楽しいゲームを作っているはずの俺たちがどうしてブラック勤務しなけりゃいかんのだ？」

「楽しすぎて人気が出ているからでしょう」

「はぁー。自分の作ったゲームが面白すぎてツライ」

「はいはい。よかったですね。ああ、それとこれ。白銀さんの定期報告です」

「お？　最初からそれを出せよ。さてさて、今日はどんな斜め上のプレイをしてるかなー？」

「楽しそうですね」

「そりゃあ、白銀さんのプレイデータを見ながら晩酌するのが、ここ数日の一番の楽しみだからな！」

「前も言いましたけど、運営室でお酒飲まないでください」

「家に帰れないんだから、ここで飲むしかないだろうが！　一時間に一回は緊急事態とかで呼び出されるしよぉ」

「せめて仮眠室に行ってください」

「あそこはもうプログラマーどもの墓場と化してる」

「ああ、なるほど」

「奴らを起こしたら可哀想だろ？」

「というか、ここでプログラマーたちの安眠を妨害して作業効率が落ちたら、ゲームの運営に差しさわりがあります」

「だろ？　だからここで飲むしかないんだよ」

「まあ、いいですけど」

「ほほう。これはまた色々と面白いな」

「また一人だけアイテムをゲットしましたね」

「すでに驚かない俺がいる訳だが」

「私もです。そのプレイヤーだったらそれくらいは当たり前な気がしてしまいますね」

「そもそも最初からおかしかったからな。一番驚いたのは水臨樹の樹精だが。結構条件が厳しかったよな？」

「はい。水臨樹を元にした樹精の場合、普通の樹精とは少々違いますからね」

「こんな序盤で入手できるモンスターじゃないだろ。しかも、病気を癒して、大精霊ルートに可能性を残したしな」

「ヒントもなしの序盤では、彼以外には不可能でしょう」

「そして今度は妖怪の開放に、ダンジョンの攻略だ」

「どうしてこう上手くいくんですかね？」

「か～、やっぱこいつは面白いな！　ビールが進むぜ」

「……イカをあぶらないでください！　匂いが部屋に染みつくでしょう！」

「じゃあこっちにしとくか」

「魚介類はやめてくれと言ってるんです」

「へいへい。お、こいつ、ついに食器作りまで始めたか！」

「サラマンダーのユニーク個体を手に入れていますからね。本来は出現率が凄まじく低いのですが」

「まあ、称号やら何やら、色々もっているからな～。しかし、見事にモンスターが特殊な奴ばかりだな」

「ユニークの精霊と灰色リス、水臨樹の樹精に、妖精とドリモール。ハニーベアも初期に手に入れていましたしね。狙って変なのを集めているわけでも無さそうなんですが」

「変なプレイをしている奴の下には、変なモンスが集まるんじゃね？　いや、運営的にはむしろ推奨したいんだがな」

「それに本人は変だと思っていないと思いますけど」

「それこそ真の変人の条件じゃないか！」

「そうかもしれません。主任も自分を変だと思っていないでしょう？」

「おう！　え？　それってどういう――」

「まあ、主任が変態かどうかは置いておいて」

「変態？　変人通り越して変態？」

「最近はこのプレイヤーのことを真似して、戦闘以外に力を入れるプレイヤーがぽちぽち出て来たようですよ？　もっともっと、ゲームに良い影響を与えてくれるといいですね」

「誤魔化そうとしてもダメだかんな？　俺の事をどう思ってるか、じっくりお話しするからな？」

「べつにじっくり話さなくったって答えますよ」

「じゃあ、俺のイメージを一〇個あげてみろ！」

「多いですね。ゲーム馬鹿で我儘で精神年齢低い？　あと私服のセンスがダサい。眼鏡もダサい。最近太った。デスクの上が汚い、加齢臭がキツイ、あと近頃は生え際が――」

「もういい！　それ以上は言うな！」

「自分が言えって言ったんじゃないですか。それで勝手に凹まないでください」

「だって、お前が酷いこと言うんだもん」

「いい年した大人がもんとか言わないでくださいよ。気持ち悪い。そんなことよりも、これを」

「きも……！　ま、まあいい。というか、これ以上はもういい」

「最後にとっておきの一言が残っていたんですがね」

「ぐ……そ、それで？　何だよこれ」

「第二陣が入ってくる前に行う大規模アップデートの詳細です」

「ふむふむ……。ホームエリアの導入も予定通りにいけそうか」

「はい。基本のホームを揃えてあります。あとは、日本家屋もこのタイミングですね。最初から出現条件を満たすプレイヤーはいないと思っていたのですが……」

「まあ、白銀さんだからな……。ある意味、俺は期待してたぞ？」

「私も、諦めてはいましたが……」

「そもそも、白銀さんがホームを買うかどうか分からないし、買うとしても日本家屋を選ぶかどうか分からんぞ？」

「……選ばないですかね？」

「……選ぶかな？」

「多分」

「まあ、いいじゃねーか。あれは攻略に影響するようなもんじゃねーし」

「それはそうですね」

「値段も相当するから、金が足りるかどうかも分からんし」

「お金……。足りないと思います？」

「……思わん」

「私もです」

「とりあえず、ホームのことは忘れよう。あー、あと、これも今回入れるか」

「はい。不殺の取得条件の変更とその告知は絶対に必要でしょう。下手したら第二陣のほとんどのプレイヤーが最初の四日間引きこもるという現象が起きかねないので」

「あれもなー。発見されるのが早過ぎたよな。第二陣や三陣の変わり者が発見するかもしれんとは思っていたんだが……」

「仕方ありませんよ……。白銀さんですから。あとはフレンド登録者からの接触行為に関する制限の変更ですね」

「これも、最初はこいつのデータを基にしてたよな？」

「はい。運営の中にも、フレンドだからといって過剰なスキンシップが許されるのかという疑問を口にする人間がいますから」

「あれは単に、可愛いモンスターと触れ合っている奴らに嫉妬してるだけじゃね？」

「とはいえ、その疑問は当然でしょう。白銀さんは大らかなので気にしていないようでしたが、自分のモンスターに過度な愛情を抱くタイプのプレイヤーだったら通報される可能性もあります」

「まあな。で、今回はプレイヤーと、その従魔に触れる際はフレンドでも許可が必要。畑やホームへの立ち入り制限。あとは長時間のスキンシップが確認された場合の自動警告ね」

「はい。しかし、今回のアップデートの目玉二つにどちらも彼が関わっていますね」

「さすが俺が目を付けたプレイヤーってことだな」

「目を付けているのは主任だけではないようです。このプレイヤーの白銀さんという呼称はすでにプレイヤー全体に広まっているようですよ」

「今さらだが、何で『さん』付けなんだろうな？　俺も疑問に思わず、白銀さんって呼んでたが」

「一応、敬称ってことなのではないですか？」

「ははは！　不名誉称号で呼ばれてるのに敬称か！　このプレイヤーっぽいな！」

「ですが、プレイヤー情報保護の観点から言うとかなりギリギリかと。実際、彼に対する誹謗中傷案件で、ＧＭ係が動いたこともあるようですし。今でも掲示板で相当数名前が挙がっています」

「だが、名指しで情報を暴露してるわけじゃないし、現在進行形でその白銀さんから運営に対して何か訴えがあるわけじゃないんだろ？」

「はい」

「うーむ。だったらもう少し静観だな。ただ、中傷するような掲示板には目を光らせておけ。まあ、ＧＭの奴らも分かってるだろうがな」

「了解しました」

「いやー、次はどんなことしてくれんのかね。楽しみだわ～」

Deokure Tamer no Sonohigurashi

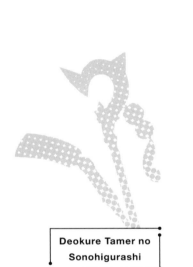

GC NOVELS

出遅れテイマーのその日暮らし⑥

2020年11月6日　初版発行

著者　棚架ユウ
イラスト　Nardack

発行人　武内静夫
編集　岩永翔太
装丁　AFTERGLOW
印刷所　株式会社平河工業社
発行　株式会社マイクロマガジン社
URL:http://micromagazine.net/

〒104-0041
東京都中央区新富1-3-7　ヨドコウビル
TEL 03-3206-1641 FAX 03-3551-1208(販売部)
TEL 03-3551-9563 FAX 03-3297-0180(編集部)

ISBN978-4-86716-068-8　C0093

本書は小説投稿サイト「小説家になろう」(https://syosetu.com/)に掲載されていたものを、加筆の上書籍化したものです。

ファンレター、作品のご感想をお待ちしています!

宛先　〒104-0041　東京都中央区新富1-3-7　ヨドコウビル
株式会社マイクロマガジン社　GCノベルズ編集部　「棚架ユウ先生」係　「Nardack先生」係

アンケートのお願い

二次元コードまたはURL(http://micromagazine.net/me/)ご利用の上
本書に関するアンケートにご協力ください。

■ご協力いただいた方全員に、書き下ろし特典をプレゼント!
■スマートフォンにも対応しています(一部対応していない機種もあります)
■サイトへのアクセス、登録・メール送信時の際にかかる通信費はご負担ください。

出遅れテイマーのその日暮らし
Deokure tamer
可愛いモンスター達との冒険が漫画で読める!!
漫画:タチバナ
原作:棚架ユウ
キャラクター原案:Nardack
コミックス①～④巻も好評発売中!
異世界コミックにて、絶賛連載中!
©Tachibana ©Tanaka Yuu